緋の抱擁

アン・スチュアート

村井　愛　訳

MIRA®

Fire and Ice

by Anne Stuart

Published by Harlequin K.K., Tokyo, 2009

わたしのすばらしいエージェント、ジェーン・ディステルとミリアム・ゴダーリッチに。

ふたりのたゆまぬ支えと賢明な助言、そしてなにより忍耐に。

謝辞

まずはじめに、Jロックと日本という国に恋することなくこの作品を完成させることはできなかったと申し上げます。その意味で、アメリカにおけるオタクの祭典〈Otakon〉になかば強引に連れていってくれたわたしの娘に感謝しなければなりません。今ではわたし自身、日本のドラマは中毒になるほど観《み》ています――十二話完結の連続ドラマならもう夢中、手に入れられる映像は日本語のせりふに中国語の字幕がついているだけで、わたしはどちらも理解できませんが、それでもかまいません。

おそらく、わたしが描くヤクザの世界はひどく現実味に欠けていると思います。ですが、デイヴィッド・E・カプランとアレック・デュブロ、彼らの共著『Yakuza: Japan's Criminal Underground』に責任があるわけではもちろんありません。

もしこの作品のサウンドトラックが欲しい場合は、パシフィック・ムーン・レコードのニューエイジ音楽や、hydeがいるL'Arc~en~Cielの曲、そうそう、それから『ファイナルファンタジーⅦアドベントチルドレン』の音楽をお勧めします。

日本のロックバンド、DIR EN GREYの曲も悪くないかもしれません。

緋の抱擁

■主要登場人物

ジリー・ロヴィッツ…………考古学専攻の大学生。
リアン・ロヴィッツ…………ジリーの母。
ラルフ・ロヴィッツ…………ジリーの父。
サマー・オブライエン………ジリーの異父姉。
タカシ・オブライエン………サマーの夫。テロ対策秘密組織のスパイ。
レノ（ヒロマサ・シノダ）……タカシのはとこ。テロ対策秘密組織のスパイ。
キョウ…………………………レノの友人。
親分……………………………レノの祖父。シノダ組の組長。
コバヤシ………………………シノダ組のボディガード。
ヒトミ…………………………シノダ組に新しく入ったヤクザ。
ピーター・マドセン…………テロ対策秘密組織のスパイ。

1

階段を二段ずつ駆けあがり、アパートメントのドアを押し開けるなり、レノはぴたりと動きを止めた。自動式拳銃《けんじゅう》の銃口が、まっすぐこちらに向けられている。

ピーター・マドセンはゆっくりと銃を下ろした。「ここでなにをしている？　危うく引き金を引くところだったぞ」

レノはにやりと笑った。かつて〝委員会〟に属したエージェントのなかでもこれほど風変わりで扱いにくい男はいない、と自分が思われているのは承知している。世界を危険から守るためとあれば、ときに無慈悲な手段を選択するのもいとわない秘密組織にあって、レノ自身もそんな大義に従って最善の努力をしてきた。レノはほかの者ではきっと気づかない糸くずを革のジャケットから払った。照明の落とされた部屋は薄暗い。それでも、いつもかけているサングラスは外さなかった。

「あんたの反射神経は信用してるさ」背後でドアを閉め、レノは部屋のなかをぶらぶら歩きはじめた。爪先のとがった革のカウボーイブーツが寄せ木張りの床を踏みならす音が、ごつごつと響いている。

「そんなに大きな足音をたてて、よく人の背後に忍びよれるな」とピーターは言った。

レノは相手の神経を逆なでするときに使う、とっておきの笑みを浮かべた。"氷の男〟と呼ばれるピーターをいらいらさせるのは、なによりもおもしろかった。「簡単なことだよ」とレノは言った。「それより、助《すけ》っ人《と》を求めてるんじゃないかと思ってね」

「援助が必要な場合はこちらから要請する」

レノは肩をすくめた。「俺《おれ》はたんに義務を果たそうとしてるだけだよ、ボス。イザベルが引退して組織を去ったというのは、ほんとなのかい？　恐れを知らぬリーダーは姿を消し、あとのことはみんなあんたにまかせたというのは？」

「そのとおり」ピーターは渋い顔をしてレノをにらみつけた。「それから、〝ボス〟なんて呼ぶのはよしてくれ。おまえがここにいるのは俺が望んだことじゃない」

「それはこっちの台詞《せりふ》だよ。で、イザベルはキリアンといっしょに？」

「たぶん」

「なるほどね、真の愛ってことか。じゃあ、もう二度とこの世界には戻ってこないかも？」

「そう願ってるよ」ピーターは言った。

「どうしてまた？　今度はあんたが組織を牛耳れるようにかい？」レノは窓際に向かい、

雨降りの冬の午後を眺めた。

「そんな重荷を背負うのはごめんだね。組織のリーダーとしてふさわしい人物が現れたら、すぐに地位を引き継いでもらうつもりだ」

「だったら、イザベルに戻ってきてもらうのがいちばん話が早いじゃないか」

ピーターは肩をすくめた。「この世界に身を置くには高い代償が要求される。イザベルとキリアンは、もう充分すぎるほどこの世界の厳しさを経験したよ。ふたりとも、誰にも文句を言われずに身を引く権利はある」

レノは鼻を鳴らした。「あんたが感傷的な人間だとは知らなかったよ」

「おまえこそ、いつから人を判断する人間になった?」

レノはたんに口元をほころばせ、悠長に言った。「だったら説明してもらおう。なぜ俺たちはまだこうして隠れてるんだ。日本にいるタカシだって、妻のサマーといっしょに姿を消したままでいる。トマソンはもうこの世にいないんだ。死ぬ前にどんな悪巧みをして、どんな契約をしたにしろ、いまとなってはみんな中止になってるに違いない。ロシア人の傭兵《ようへい》たちだって、とっくに興味を失ってるさ。傭兵は報酬がなければ動かない。連中の資金源だって底を突いてるはずだろう。俺たちもそろそろ新しい任務に向けて準備を始めるべきだ。過去のごたごたの後始末にこれ以上時間を費やすのは無駄だよ」

「トマソンが接触したロシア人の傭兵の大元には、雇い主が死んだという知らせがまだ届いていないかもしれない。あるいはもうとっくに、ほかの雇い主の下で働きはじめているのかもしれない。だが、我々の組織の機密がもうもれていないという保証はどこにもない。そんな状況のなかであえてリスクを冒すのは危険だ。我々はすでに大勢の有能なエージェントを失った。それに、おまえの親戚《しんせき》であるタカシは、俺にとっては大切な人間でね」

「それは俺にとっても同じだよ。でもタカシなら、たとえ以前軍隊でならしたロシア人の傭兵五、六人に囲まれたって、自分の身を守るくらいわけないだろう」

「たしかに。だが、それを実証させるつもりは毛頭ない。我々がだいじょうぶと判断するまで、ふたりには安全なところで隠れていてもらう。わかったな?」

レノは返事をせず、話題を変えた。「マフムードはどうしてる?」

「手にあまるほど元気だよ」ピーターは顔を曇らせた。「今日はプレイステーション3を買って帰ることになってる。あの子どもはまさしく血も涙もない殺し屋だ。仮想の世界で人間の頭を思う存分吹き飛ばせば、少しは興奮も収まるんじゃないかとジュヌヴィエーヴは考えているが、うまくいくとはとうてい思えない。これもみんな、あいつにゲームのおもしろさを味わわせたおまえのせいだぞ」

レノは他人事《ひとごと》のように笑い声をあげた。「それならマフムードが好みそうなゲームのリストをあとで渡してやるよ」

「まったく、いい気なもんだ」ピーターはつぶやいた。

レノはあらためてピーターのほうに向きなおった。「いっそのこと、ここにオフィスを移したらどうなんだい？　部屋の数も充分にあるわけだし。いや、もっといい案がある。俺もここに越してこよう」

「ケンジントンの本部がもはや安全でないように、この場所も危険にさらされている。ゴールダーズ・グリーンにある隠れ家に関しては、しばらくはだいじょうぶだろうが」

レノはうなり声をあげた。

「いまの住処《すみか》が気に入らないなら、ウィルトシャーの田舎にある我が家に居候してもかまわないんだぞ」

それが本心でないことは承知していた。一瞬、ふたつ返事で誘いを受け、相手を困らせてやろうと考えたものの、ピーターの妻で母親のように世話を焼きたがるジュヌヴィエーヴには耐えられそうになかった。もう二十七になるのだ。七歳の子どものように母親を必要とする年でもない。自分のことは自分で面倒を見られる。

上着の内側で電子音が鳴るなり、ピーターは小型の情報端末を取りだし、送信されてきたメッセージを見つめた。「くそっ」と言ってレノのほうを見たが、当のレノは好奇心に目を輝かせている。「問題が起きた」ピーターは言った。

まだ完全には部下として認めていないにしても、ピーターが組織の問題を共有しようとする態度を見せるのは、おそらくこれがはじめてのことだった。

「問題？」

「アメリカにいる情報提供者から報告が来た。タカシのことだ」

レノは背筋が凍りつくのを感じ、一転して真剣な表情になった。「たったいま、あのふたりは安全だって」

「たしかにタカシとサマーは安全だ。この俺でさえ、居場所は知らない。問題はそこなんだ。タカシの義理の妹のジリーが、ふたりを驚かせようと、事前に連絡も入れずに日本に向かうつもりでいるらしい。タカシとサマーはどこか安全なところに隠れているが、ジリーはみずから危険な状況に飛びこんでいこうとしている。〝委員会〟としてもいまは誰も送る者が……」

「俺が行く」レノの声は淡々としていながらも、そこには確固とした決意が感じられた。

「だめだ。だいたいおまえは日本を追いだされて、しばらく海外でおとなしくしていろと言われている身だろう」

「俺を日本から追いだしたのは俺の祖父だ。政府に目をつけられているわけじゃあるまいし、帰ろうと思えばいつだって帰れる。バスチアンの家族はノースカロライナの家に戻ったことだし、いまじゃ組織のエージェントの半分は命を落としたか、行方がわからなくなっているかだろう。現実的に考えても、あんたに残されている選択肢は俺しかない」

「上司である俺に許可を求めているのか」ピーターは言った。

「許可だって? 誰がなんと言おうと、俺は行く。ほかのエージェントを送ってよこすのはかまわないが、日本では結局足手まといになるだけだ」

「ほかに送るエージェントなどいないことはおまえも知っているだろう。行方不明のマガウアンになにがあったのかも、いまだわからないというのに」

レノはうなずいた。「だったら動ける駒《こま》は俺しかいない。ジリーはいつアメリカを発《た》ったんだ?」

「はっきりしたところはわからないらしい」ピーターはじっとレノを見つめた。「しかしタカシは、おまえがサマーの妹に近づくのだけは避けたがっていたようだが」

「タカシは自分の思いどおりにするのが好きなんだよ。自分の判断がいちばんだと思ってる。でも、そのタカシもいまはどこにいるかわからない。ほかに送るエージェントもいない。たとえ止めようとしても、あんたを倒して行くまでさ」

「俺を倒すだって?」とピーターは言った。「それこそ時間の無駄だ。日本行きの便はこちらで手配する。おまえの申し出を承諾したわけではないが、無理に止めようとするのも面倒だ。いったい誰が生き残っているか、詳細がわかり次第、すぐに援護を送る」

「援護なんて必要ない」

「それは俺が決めることだ」とピーターは言った。

けれどもレノはすでにその場から姿を消していた。夜もふけて凍りつくような、冬の夜へ。ここ数週間、ロンドンは毎日厚い雲に覆われていた。この町に住みはじめて数カ月が経《た》つが、自分の国にいるような心地よさを感じたことは一度もなかった。とにかくいちばん近い空港に向かおう。そしていちばん早い便に乗って、日本に戻るのだ。祖父が孫の帰国を認めようと認めまいと、そんなことは関係ない。いまはタカシの義理の妹、ジリーを危険から遠ざけるのが自分の役目だった。まだ十代のジリーはすらりと背が高く、以前に一度だけ会った印象では、とても内気な性格のように見えた。そんな彼女のことなんてとっくに忘れていてもおかしくないのに、ときおり夢に現れては妙に心をかき乱された。

一刻も早くジリーを捜しだして、危険な目にあう前にアメリカへ連れ戻す必要がある。そうすれば、彼女の存在など完全に忘れ去って、もう夢に現れることもないだろう。

時差ぼけになるのは、ある程度予想していた。日本を舞台にした映画『ロスト・イン・トランスレーション』は、数えきれないくらい観《み》ている。機内でろくに眠れなかったジリーは、ふらふらと空港のロビーを抜け、おそらくかなりの回り道をして成田から東京に向かい、かわいらしい緑色のタクシーを拾った。なんとか東京にたどり着けたのは幸運と言うほかない。運転手に住所を書いた紙を渡し、座席に腰を埋《うず》めて目を閉じた。

いったいサマーとタカシはどこにいるのよ。姉の携帯電話には五、六回メッセージを残したのに、向こうからはうんともすんとも言ってこない。確実に連絡が取れてから飛行機に乗るべきだったのはわかっているけれど、いまは分別や常識をわきまえる気になれなかった。とにかく早く姉さんの顔を見て、その胸に飛びこみたかった。そしてぎゅっと抱きしめられながらひとこと、〝だいじょうぶ。心配することなんて、なにもないのよ〟と心強い言葉をかけてもらいたかった。

ともかく、ようやく日本に来られたのだ。実際、日本を訪れる理由はいくらでもあった。大好きな姉のサマーにはもう三カ月も会っていないし、国立博物館では平安時代の陶器を集めた大規模な展覧会がもよおされるという。現在取得中の考古学の博士号も、そのテーマをメソポタミア文明から中世以前の日本に変更しようと考えていることもあって、平安時代の暮らしぶりをほぼ完璧《かんぺき》に再現したという展覧会は、大学院生として必要な研究の一部でもあった。たしかにその展覧会は数年にわたって長期的に開催される予定で、いますぐ観なければ終わってしまうものでもない。大学院のアドバイザーにも専攻の変更についてはまだ相談もしていないけれど、性格上、決断したらすぐ行動に移さなければ気がすまなかった。

いまの自分にとって、日本を訪れるのは当然の成り行きだった。たしかに時期的には、デュークとの関係が一夜かぎりに終わったのと重なるかもしれない。ちなみにそれは宇宙が誕生して以来の最悪なできごとだった。でも、今回の日本行きはまたべつの話。時期的な重なりは、たんなる偶然にすぎない。みじめな思いをしたろくでもない夜のことなんて、とっとと忘れてしまうつもりだった。あとで悔いるような愚かなまねをしたのは、なにもはじめてではない。たしかに相手が異性となると、愚かな失敗ばかりしている気もするけれど、この期に及んであれこれ気に病むつもりはなかった。いまはスカーレット・オハラのように、明日のことだけを考えていよう。姉さんと会って、ひと目顔を見れば、もやもやとしたものも吹き飛んでしまうに違いない。それに、日本で会いたい人はほかにもいた。姉さんの夫のタカシはもちろん、タカシのはとこにあたるレノにも。いずれにしても、いまは姉さんとの再会だけを楽しみにして、それ以外はなにも考えたくなかった。

気づくと空はだいぶ暗くなって、色とりどりのネオンの光が街を照らしはじめていた。興奮しすぎて、のんびり異国情緒に浸る気分になれないのは残念だった。まずは泊まる場所を見つけるのが先決。冷静沈着な姉さんに賢明なアドバイスをもらい、まともなベッドでゆっくり眠れば、心身共に余裕も出てくるだろう。今後のことを考えるのは、それからでも遅くない。

運転手は手渡された住所になかなかたどり着けないでいて、タクシーが東京の南部にある住宅地に到着するころには、ほとんど眠りかけていた。

「ありがとうございます」とジリーは日本語で言い、白い手袋をした運転手にすでに円に換金してあった代金を差しだした。そしてバックパックを抱えて這《は》いでるように車から降り、目の前にある一階建ての建物を見つめた。

タクシーはしばらくその場に停《と》まったまま去ろうとせず、やがて運転手も外に出てきた。その顔には困惑した表情が浮かんでいる。「家には誰もいないようですが……。よろしければ、町の中心にある大きなホテルまでお乗せしましょうか」と日本語で言ったが、その申し出を相手が理解してくれるとは最初から期待していないようだった。

けれども義理の兄や、そのはとこだという謎《なぞ》めいた男に会って以来、日本語はがんばって勉強を続けていて、ある程度話せるようになっている。「だいじょうぶです。わたしが来ることは姉も知っています。鍵《かぎ》も持っています」どちらも嘘《うそ》だけれど、鍵がなくてもなんとかして家のなかに入る自信はあった。

タクシーの運転手はすっかり驚いた様子だった。流暢《りゅうちょう》な日本語に感服したのか、ひどい発音に唖然《あぜん》としたのか、そのへんのところはわからない。それでも礼儀正しくお辞儀をし、ふたたびタクシーに戻った。まあ、不運な外人に振りまわされずにすんでほっとしているのはたしかだろう。ジリーは車が薄暗い通りの向こうに消えるなり、家のほうに歩みよった。四方を壁に囲まれた建物は要塞《ようさい》のようにも見える。

ひょっとして鍵をかけずに出かけたかもしれない。淡い期待を抱いて正面の鉄の門を確認したけれど、やっぱり無駄だった。ジリーはため息をついた。

どうやら壁をよじ登るしかなさそうね。

建物のわきに回って、木やフェンスなど、なんでもかまわないから足をかけられるものを探したけれどなかった。義理の兄は親類がヤクザで、おまけに本人の職業はスパイとなれば、素人が勝手に入りこむのは不可能に近いのかもしれない。

住宅地の通りは薄暗く、ほかに人の姿はなかった。最初から冷静に考えていれば、タクシーの運転手に頼んで壁の向こうに押しあげてもらうこともできたかもしれないのに。いかにも人のよさそうなあの運転手なら、きっと手を貸してくれたに違いない。

壁の向こうには何本か木が見えたが、当然手が届く位置にはなかった。「こうなったら意地でもやるわ」ジリーはつぶやくように言うと、ジーンズのベルトを外し、輪を作っていちばん近くにある枝に投げた。

三度目の試みでベルトの輪はみごと枝にかかり、ジリーはその場で飛びはねて、垂れさがるベルトの端をつかんだ。そしてバックパックを壁の向こうに投げ入れ、ベルトのかかった枝をたぐりよせるように壁をよじ登り、思いきって庭に飛びおりた。さながら女忍者ね、と年甲斐《としがい》もなく誇らしく思いながら。

もちろん警報器が鳴ったり、警報灯がついたりするのもなかば覚悟していたけれど、こぢんまりとした家は依然として闇《やみ》に包まれていた。姉さんもタカシも、よりによっていまバケーションに出かけるなんて。ジリーは荷物を拾いあげ、ベルトをなかに突っこんで、冬枯れの狭い庭を歩きはじめた。それにしても、小さな家だった。母親のリアンが使っている広々とした寝室にすっぽり収まってしまっても、おかしくない。けれども住宅事情の厳しい東京では、たぶんこれくらいの不動産でも宮殿並みの価値があるのだろう。

壁をよじ登って庭に入ったものの、さすがに窓を割るなんてことはしたくない。玄関に鍵がかかっていないのは幸運だった。タカシはヤクザの親分の身内、その家を荒らそうとする愚かな泥棒なんて、たぶんいないのだろう。蹴《け》るようにして靴を脱ぎ、家のなかに入った。〝まるで鏡の国のアリスね〟とジリーは思った。

いったいサマーはどこに行っちゃったの？

日本に戻るからといって、こそこそ行動する必要もなかった。日々こちらの動きを確認している者がいるとすれば、成田空港に降りたった瞬間にその知らせが祖父の耳に入るだろう。たしかに、気づかれることなく戻れるならそれに越したことはない。祖父の命令か、タカシの義妹の身の安全か、どちらかを選ばなければならないのなら、迷わず後者を取る。厳格な祖父も、きちんと事情を説明すれば理解を示してくれるのかもしれないが、あえてそんなことをするつもりはなかった。

ヒロマサ・シノダという名前は、日本ではまだかなりの力を維持していた。税関を素通りしたレノは、レンタルバイクを借り、法定速度など完全に無視して、一路東京に向かった。とはいえ、そう簡単にことが運ぶとは最初から考えていない。千葉市に着くころには、空もだいぶ暗くなっていた。追っ手の存在には先ほどから気づいている。祖父の力をあなどっていた自分が愚かに思えて仕方なかった。後方からぴったりとつけてくるふたり組の男は、放蕩《ほうとう》のかぎりを尽くす孫を即刻屋敷に連れてくるよう、祖父から指示を受けているに違いない。しかし便の到着時刻まで知っていたとすれば、タカシの義妹の居場所も知っている可能性は充分にある。それどころか、問題は早いうちに芽を摘むのが得策だと、すでに祖父なりの方法で片をつけているかもしれない。もしそうだとしたらどんなに楽だろう。祖父とはひとつの約束をしており、それをやぶるのはさすがの自分も気が引ける。たとえそれが、やはりタカシやその妻のサマー、そしてジリーを守るためであっても。

そもそもジリーを助ける役目を自分が買って出る必要はない。一度しか会ったことがない彼女のことなんて、もう顔も忘れかけている。

レノはあれこれ口実を考えている自分に苦笑いをした。そう、ジリーを前にすれば、たとえ目隠しをされていても、その存在を感じとれるに違いない。はじめて会ったときも、ひと目その姿を見るなり、それまで自分が生きてきた世界が崩れそうになる不安を覚えた。

自分が生きてきた世界は、それなりに気に入っていた。セックスの相手に困ることもなく、誰の指図も受けずにやりたいことをやる。なにかと干渉してくる祖父やタカシにはいつも閉口させられるが、それはそれとして受け入れていた。

祖父がよこしたふたり組の男は腕利きの子分だった。祖父としても、黙って見過ごすわけにはいかないのだろう。追っ手のふたりだって、まんまとまかれようものならそれこそ顔が立たない。同情心に厚い人間なら、あえて追いつかせてやるところなのかもしれない。寛容な精神で失敗を許すほど、ヤクザの世界は甘くなかった。

だが自分自身も、感傷的な男に成りさがるほど長い日々をロンドンで過ごしたわけではなかった。町の中心部へと続く最後のカーブを曲がったレノは、いくぶんスピードを落として追っ手の気をゆるめ、即座に左に折れて横道に入った。けっして車では入れないような狭い道で、風も身が引きしまるほど冷たく感じられる。背後に目をやったレノは大声で笑った。ようやく日本に戻ってこられた喜びはもちろん、祖父が送ってよこした追っ手を振りきって、すかっとした思いもある。しかもいま乗っているのはお気に入りのハーレーダビッドソンだった。これ以上、なにを望めるだろう。

つぎの横道をふたたび左に折れたレノは、徐々にまたスピードを上げ、突然ブレーキをかけた。白いストレッチ・リムジンが道をふさぐように行く手に停まっている。それ以外にも黒塗りの車が二台、道の両側に陣取って、完全に逃げ道をふさいでいた。ヘッドライトの光が、不気味なまぶしさで袋小路となった路地を照らしだしている。

バイクから降りたレノは、安全のためというより顔を隠すためにつけていたヘルメットを外し、頭を振って平らになった髪を直し、相手の出方をうかがった。

リムジンの運転席にいる男には見覚えがあった。元力士で、祖父の専属ボディーガードであるコバヤシだ。巨漢で相当の力持ちだが、そのぶん動きは遅い。たとえこの男を相手に戦うはめになっても、勝算はあった。しかしへたに抵抗を試みれば、祖父の顔に泥を塗ることになる。その場に立ったままでいると、コバヤシが車から降り、後部座席のドアを開けた。ゆっくりとした動作で姿を見せたのは祖父だった。

レノは深くお辞儀をしたが、その勢いで尻尾《しっぽ》のような長い髪が前に垂れ、地面を打った。最悪だった。昔気質《かたぎ》の祖父は髪を伸ばして染めるのも、タトゥーを入れるのも快く思ってはいない。それは勝手に〝レノ〟という名前をつけていることについても同様だった。

「ヒロマサ」厳しい表情を浮かべる祖父はそう言って、あいさつを返すように軽く頭を下げた。もともと小柄な人ではあるが、冷たい冬の光の下に立つ男は、いっそうきゃしゃに見える。ヤクザの親分も、さすがに老いには勝てないらしい。「おまえはここでなにをしている。せっかく雇ってもらった組織にもう必要なしと言い渡されたのか」

いまとなってはもう遅いけれど、レノは祖父が毛嫌いするサングラスをさっと外した。頬骨の上に彫った血の涙のタトゥーが見えてしまうことになるが、祖父の前でサングラスをしているのは失礼にあたる。どっちにしても、跡継ぎはこうあるべきだという確固とした祖父の考えからすれば、不快な思いをさせるのは避けられなかった。「理由があって日本に戻ってきました」

「まあ、おまえのことだ。前もって小賢《こざか》しい言い訳を考えているのだろう。だが理解できんのは、帰国をするならするで、なぜ大切な祖父にひとこと連絡を入れなかったのかということだ。命令を無視して日本に戻ってくるには、それなりの理由があるのだろうな」

「タカシの奥さんの妹にかかわることです」

「そしておまえは、わしの力だけでは家族の一員を危険から守るのは充分ではないと考えたわけだ」声の調子は抑えられているものの、そこには相手を震えあがらせるような険しさがあった。

レノはふたたび頭を下げた。イギリスでの滞在のあいだにお辞儀をする習慣などほとんど忘れかけていたが、祖父の前に出ると一瞬にして気が張って、日本人としての礼儀正しさがよみがえった。「わざわざわずらわせるようなことはしたくなかったんです。我々としても、これは組織の問題として解決して——」

「我々？」と祖父が説明をさえぎった。「〝委員会〟だかなんだか知らんが、タカシやおまえがその下で働くことを許したのは、まだまだ若くて経験の浅いおまえたちを思ってこその判断だ。だが、家族にかかわる問題とあれば話はべつ。対処が必要であれば、その方法はすべてわしが選択する」

面倒なことになったぞ。手厳しい上司に徹しているピーター・マドセンも、ヤクザの親分である祖父と比べればなんでもなかった。レノはふたたび頭を下げた。「タカシの義理の妹のジリーが、姉を訪ねて日本に来るつもりらしいんです」

「タカシは妻を連れて隠れている。ロシア人たちの問題が片づくまでな」祖父の声はあくまでも穏やかだった。

祖父がそこまでの情報を得ていることにはとくに驚かなかった。実際、そんな大事な情報が入ってきていないほうがおかしい。「連中がロシア人かどうかはまだ――」

「すでに確認ずみだ。しかし、サマーの妹が日本に来るというのは初耳だな。危険が迫っている状況にあって、タカシやサマーがそんなことを許すはずがない」

「たぶん急に思いたって日本を訪ねることにしたんでしょう。事前に連絡もせず」

祖父の渋い表情は、若い世代や外人、それに衝動的な行動に対する否定的な思いを物語っていた。「それで、その義理の妹というのはいつ日本に？」

「それはわかりません。もしかしたら、もう来ているかもしれない」

「すでに来ているとしても、どこに泊まっているというのだ」

外の風がこんなにも冷たくなければ、きっとだらだら汗をかいていたことだろう。路地を吹きぬける風も、冷然とした祖父の存在に比べれば南国のそよ風にすぎない。「わかりません」

「ホテルは調べたのか」

実際、そこが問題だった。「じつはフルネームを知らないんです。名前はジリー……。タカシの奥さんのサマーにとって父親の違う義理の妹にあたるので、名字は違うんです」

祖父がもらした静かなため息はすぐに風が運び去ったが、レノの耳にはしっかり届いた。

「名前はジリー・ロヴィッツ」と祖父が言って指を鳴らすと、黒塗りの車から子分が降りてきて、さっとわきに立った。きっと自分が日本を離れてから子分になった男なのだろう。はじめて見る顔だった。祖父が小声で指示を与えると、子分の男は深くお辞儀をして車に戻った。

「詳しいことはヒトミが調べる。おまえは一度、わしの家に戻って――」

「それはできません」

路地は静寂に包まれた。祖父はまばたきひとつしなかった。

「できません」声に力を込めて、レノはふたたび言った。「彼女を捜しだして安全を確保するのが今回の任務なんです。それが俺の責任でもある。俺はもうあなたの下で働いているわけじゃないんです。いまではれっきとした〝委員会〟のメンバーなんだ。タカシがそうであるようにね。俺を信頼して日本に送りこんだ組織のボスや、タカシの面目にかけても、必ずジリーを捜しだして守らなければならないんだ」

こんな口のきき方をすれば、今度はボディーガードのコバヤシに何本か骨を折られかねないな、とレノは思った。さっきのようにぱちんと指を鳴らせば、それを合図にコバヤシは即座に行動に出るだろう。祖父の表情を見るかぎり、その合図を出すか出すまいか、本気で考えているのは明らかだった。といっても、ここで逃げればもっとやっかいなことになる。「それがこうして日本に戻ってきた目的なんです。その任務を果たすために」祖父の怒りを静めようと、レノはもう一度、今度はていねいな言い方でくりかえした。

祖父がひらりと手を振ると、いつでも行動に出られるように準備していたコバヤシは体の力を抜いた。「任務ね。そのジリーという娘が、若くてぴちぴちしたかなりの美人だというのは、たんなる偶然だとでも？」と祖父は言った。

「彼女がどんな外見をしていたかなんて、覚えてもいませんよ」

「わしに向かって嘘はつくな。おまえはわしが育てたようなもんだ。イギリスにはそれこそ若くてぴちぴちした外人が山ほどいるだろう。その相手をするのに、おまえもさぞ忙しい時間を過ごしていたに違いない」

どんな状況でも冷静さを失わない自信はある。そんな挑発に乗ることもなく、レノは黙って祖父を見つめていた。身内でなければ絶対に許されない口答えをしていることは、充分に承知している。

けれども相手はヤクザの親分、祖父は無言のまま、目の端にしわを寄せてこちらを見つめかえしている。路地の向こうで車が行き交う音、そして風の音だけが、面と向きあうふたりを包みこんでいる。やがて黒塗りの車からふたたび子分のヒトミが降りてきて、小型のコンピュータを小わきに抱え、祖父にぼそぼそと耳打ちした。

内容が聞けるなら寿命が十年ほど縮まってもかまわないと思ったが、レノは質問したい衝動を必死にこらえた。耳打ちされながらも祖父はまだ視線をそらさずにいる。どちらもまばたきひとつせず、冷たい風が吹きぬける通りのまんなかに立っていた。

祖父のほうから動いたのは意外だった。ゆっくりと片手を上げ、こちらに来いと合図している。

レノは一瞬、ためらった。走って逃げれば、元力士のボディーガードであるコバヤシはついてこられないだろう。かといって、やはりこの場で逃げだすのはプライドが許さなかった。いずれにしても、面倒ばかりかけている孫を始末しようと祖父が決めたのであれば、その決断を覆すことは不可能だった。

レノは小柄な老人の前まで来て、おもむろに立ちどまった。「おまえが捜している娘は、今日東京に着いた。どのホテルにもチェックインはしていない。おそらくタカシの家か、あるいは旅館にでも泊まっているのだろう。まあ、物珍しさに旅館に泊まることにしたとしても、外人の小娘には日本の伝統美など、とうてい理解できるわけがないがな」

あえて反論するつもりはなかった。ジリー・ロヴィッツがどんなものに美しさを見いだし、感動するのかは見当もつかない。それにしても、名前にも名字にもいくつもLが入っているなんて、まったく発音しづらくて仕方ない。きっとこれもなにかの嫌がらせに違いなかった。

「元KGBとつながりのあるロシア人も三人、数日前に日本に到着している。まだ足どりはつかめていないが、タカシとサマーが隠れている場所をまだ突きとめていないとすれば、まずは東京へと向かうはずだ。となると、おまえの大切な外人の小娘も危険にさらされかねない」

「長身のジリーは〝小娘〟という感じではありませんよ」とレノは言った。「それに、べつに自分にとって大切な存在というわけでもない」

「あれほどその小娘に対して責任があると熱弁しておいてか。とにかく、いまはおまえの〝任務〟に集中して、その小娘を無事アメリカに帰すことだな。そしていずれわしが呼び戻すまで、〝委員会〟だかなんだか知らんが、その組織のなかでもまれて、いろいろ経験を積め」

　レノはまばたきをした。頑固な祖父が譲歩するなんて意外だった。無理やりリムジンに乗せられそうになったら、元力士のコバヤシを倒してでも逃げようとしていただけに、少々肩すかしを食らったような気分だった。

　どうして祖父はこうも簡単に折れたのだろう。「ひょっとして体の具合でも?」急に心配になって、レノは訊《き》いた。「まさか癌《がん》とか?」

　祖父は顔をしかめた。「ヒロマサ、おまえは数カ月ほど日本を離れていたにすぎない。それに、もしわしに死が迫っているようなことがあれば、まっ先におまえに知らせが行くだろう。そのときは、おまえはすぐに日本に戻ってきて、家族の一員としてしかるべき地位を引き継がねばならん。タカシのようにいつまでもスパイごっこに興じているわけにはいかんぞ。ジリーという娘の安全を確保することがおまえ自身の務めであって、あくまでもわしの協力も拒むというのであれば、好きにするがいい。だが、失敗は許されんぞ。おまえはわしのことをやっかいに思っているようだが、タカシがわしに勝るとも劣らない冷酷な男であることは承知しているだろう。おまえの不手際で、万一妻の妹が危険な目にあおうものなら、たとえ相手がおまえであってもタカシは容赦しない」

「彼女を危険な目にあわせるつもりはありません。命令に背いてまで日本に戻ってきたのも、そのためです。必ずジリーを捜しだしてアメリカに帰す。その任務が終わり次第、イギリスに戻って、組織が求める仕事をこなしますよ」

その返事が気に入らないものであったとしても、祖父はそんな心の内をかけらも表情に出さなかった。「のんきに構えている暇はないぞ、ヒロマサ」

「ジリーはきっとタカシの家にいるはずです。もう明日には彼女もアメリカ行きの便に乗っていますよ」

「その娘のことを言っているわけではない。おまえならきっとすぐに捜しだせるだろう。わしが言わんとしているのはまったくべつのことだ。さすがにこのわしも、永遠の命を授かっているわけではないのでな」

レノは自分にとってつねに脅威であった小柄な老人を見下ろした。「その風貌《ふうぼう》と性格からして、たとえ授かっていたとしても驚きませんよ」と静かに言った。「それに、卑劣で罪深い人間ほど長生きすると言いますし」

「まったく口の減らん孫だ」祖父は皮肉をおもしろがるように鼻で笑った。「さあ、とっととわしの前から消えて娘を捜しだせ。だが、間違ってもその娘を相手に恋に落ちるような愚かなまねはするなよ。これ以上、身内に外人が増えたらたまらん。結婚相手はしとやかで美しい日本人に限る。わしが見繕ってやろう」

「結婚なんて興味ありません。少なくとも、いまのところは。それに、恋だの愛だの、そんなものを信じているほど、俺は愚かな男じゃありませんよ」

「いま自分で言ったことを、しっかり胸に刻んでおくことだな」祖父は片手をレノの肩に添え、ぎゅっと握った。「それから、そのうっとうしい髪をなんとかしろ」と急に不機嫌な顔になって言った。

子分たちの見ている前で祖父を抱きしめるのはさすがに抵抗がある。レノはふたたび深く頭を垂れ、祖父がリムジンに乗りこむのを見送り、ハーレーに戻った。はらわたを震わすようなエンジン音は、この世でいちばん好きな音のひとつだった。レノはバイクにまたがり、深まる闇に向けて走りだした。一刻も早くジリーを捜しだすべきなのは承知している。しかし実際に顔を合わせるとなると、なぜか不安で仕方なかった。

2

ジリーは突然目を覚ました。闇《やみ》が、分厚い毛布のように頭上を覆っている。目をこらしてもなにも見えず、呼吸をするのも困難で、自分がいまどこにいるのかすら思いだせなかった。

それでも、記憶は一瞬にしてよみがえった。ここは日本で、わたしは姉さんの家に来ている。きっと、もう真夜中を過ぎたころだろう。

意識して、ゆっくりと呼吸をくりかえした。心臓は胸の内側でまだ激しく鼓動を打っている。一瞬ではあるけれど、ふいに強烈なパニック状態におちいって、なかなか抜けだせなかった。ジリーは漆黒の闇のなかでふたたび目を閉じ、そしてその音を耳にした。

閉じたドアの向こうで物音がする。たぶん、姉夫婦の寝室のほうからだろう。誰も起こさないようにしているかのような、かすかな音だった。

きっと姉さんたちが戻ってきたんだわ。ジリーはほっと胸をなでおろして体を起こした。ふたりのことはとくに心配しているわけではなかった。タカシはたとえ軍隊を相手にしても危機を乗りこえられるような男性だし、姉のサマーもタカシといっしょなら絶対に安心だった。

ドアのノブに手を伸ばしたところで、ジリーはほんの一瞬ためらった。フランネル地のボクサーショーツにタンクトップという格好は、いくら身内といってもちょっと失礼かもしれない。でも、礼儀正しいタカシならそれとなく視線をそらし、その謎《なぞ》めいたまなざしで見つめるようなことはしないだろう。それにさすがに露出が多すぎるとなれば、姉がなにか着るものを貸してくれるに違いない。

ところが、ドアを開けた直後だった。一転して異様な空気を感じ、ジリーは身構えた。もしかしたら家のなかにいるのはタカシや姉じゃないかもしれない。廊下の奥にある部屋で、懐中電灯の光があちこちを照らしているのが見える。タカシならわざわざ懐中電灯なんて使う必要はない。電気のスイッチがある場所くらい知っていて当然だった。

だいたい話し声が聞こえないのも妙だった。タカシがひとりで帰ってきたのだとしても、物音をたてないようにする理由がどこにあるだろう。

ジリーはその場で凍りついた。突然押しよせてきた不快な感覚は、忘れたくても忘れられないほど深く胸に刻まれていた。きわめて危険なカルト集団に拉致《らち》された上、人質として監禁されたのは、つい二年ほど前のこと。その際に助けてくれたイザベルも、いまは誰も知らない遠いところにいる。〝委員会〟だって、問題が解決したあとまでわたしのことを気にかけているほど暇ではないはずだった。それに、わたしが日本に来たことを知っている人間はひとりもいない。留守番電話に残したメッセージを姉が確認しているのであれば話はべつだけれど。どんな危険な状況にあるにしろ、今回ばかりは自分の力で抜けだす以外、ほかに方法はなさそうだった。

けれども自分が寝ていた部屋の窓は高い場所にある上に小さく、そこから脱出するのは無理だった。おまけにろくに隠れるところもないとあれば、謎の侵入者に見つかるのも時間の問題かもしれない。

突然ひそひそと話し声が聞こえて、ジリーはじっと耳をすませ、なんとか内容を理解しようとした。が、声の主たちは日本語ではなく、ロシア語で話している。どうやらかなりまずいことになっているらしい。

物音をたてないようにして、一歩あとずさった。きちんと靴は脱いであるし、畳の上なので、そっと動けば音はしない。洞窟《どうくつ》のように暗い部屋の隅からなにかが飛びかかってきたのはその直後だった。得体の知れない影は巨大な鳥のように舞い降りてきて、確実に獲物を捕らえた。大声で叫ぼうにも、背後から羽交いじめにされて口元をふさがれては、それもできない。背中にぴったり当たる体は鋼鉄のように硬かった。

相手は男に違いない。自分よりも背がやや高く、力の上でも、その差は歴然としていた。全身をよじらせて抵抗を試みても、先を読まれて動きを封じられてしまう。片脚をうしろに振りあげて蹴《け》ろうとすると、革製のズボンをはいた脚にいとも簡単に払われ、強引に部屋のなかへと引き戻された。そっとドアが閉められた部屋に、ふたりきりで閉じこめられて。

「じっとしてるんだ！」耳元で男が言った。聞き覚えのある声――誰であるかはすぐにわかった。直感には自信がある。自分がいまきわめて危険な状況にいると理解したのも、その直感だった。

ジリーはすぐに抵抗をやめた。しっかりと腰に回された腕は、まるで鉄の棒で押さえられているように感じる。しばらくじっとしていると、相手はかすかに力を弱めた。

「物音をひとつでもたてたら、命はない。状況はわかってるな」極限まで押し殺した声が耳元でささやかれ、一瞬、どちらが脅威なのか判断がつかなくなった。閉じられたドアの向こうにいる男たちか、背後から羽交いじめにしているこの男か。

無言のままうなずくと、口元をふさいでいた手が離れ、徐々に体の自由もきくようになった。

命令を無視して大声を出したらどうなるだろう。迷わず首の骨を折られ、この場に取り残されるのだろうか。

男が音もたてずにあとずさると、ジリーは振りかえってその顔を見つめた。暗がりに慣れたのだろう。相手の瞳は暗闇のなかで輝きはじめている。そこにいるのはレノだった。

もちろん、これほどまで近づいたことはない。真夜中の闇のなかでは、その瞳の輝きしかはっきりとは見えなかった。

「ここにいるんだ」とレノは小声で言った。

それ以外に選択肢があるわけでもない。レノは体を押しやるようにして廊下に出ると、背後でドアを閉めた。

三十秒ほどのあいだ、ジリーはなんとかこの場から逃げられないかと思いをめぐらせた。ドアの向こうでは体と体がぶつかりあうような音や、こもったうめき声のようなものも聞こえる。誰かが発しかけた叫び声もすぐに途切れて、つぎの瞬間には家のなかは静まりかえっていた。

もしかしたら、レノは死んでしまったのかもしれない。けれども、この部屋に隠れている以外、いまの自分にできることはなかった。得体の知れない連中が現れた場合に備え、本がたくさん入ったバックパックを拾いあげ、ドアが開くなり投げつけてやろうと身構えた。

大きな足音をさせて誰かがこの部屋に向かってくる。その音を耳にした瞬間、背筋が凍るような身の危険を新たに感じた。レノであればあんな音はたてない。日本人なら靴をはいたまま家に上がるはずはなかった。

勢いよくドアが開き、ジリーは手にしたバックパックを思いきり投げつけた。

「おい」レノはむっとした声で言った。「なんのつもりだよ」

　突然部屋の明かりがついて、ジリーはまぶしさに目を閉じた。レノはドアの向こうのあるものを隠すようにドアを閉じた。

　まばたきをくりかえすと、ようやく光に目が慣れた。そこには忘れようにも忘れられない顔があった。燃えるような赤い髪。頬骨の上に彫られたタトゥー。相手を嘲笑《ちょうしょう》するようにゆがめる口元は、悔しいけれど美しいと認めざるを得なかった。

「わたしのことはきっと覚えてないでしょう」ジリーは柄にもなく緊張していた。目の前にいるレノは思っていたよりも背が高く、年も上で、どことなくワイルドな感じだった。正直に認めるのは恥ずかしいけれど、年頃《としごろ》の女の子が夢に描くような、危険で、エキゾティックで、魅力に満ちた青年が、まさにそこにいた。そう、わたしが日本に来たいちばんの目的は姉さんに会うためではない。ましてや平安時代の陶器の鑑賞なんてたんなる口実にすぎなかった。わたしはこの男との再会を求めてこうして日本に来た。その選択は完全に間違ったものだったと、たったいま証明されたにしても。

「覚えてるさ」レノは感情のない冷たい声で答えた。その英語は完璧《かんぺき》だった。「だいたいどうして俺《おれ》がここにいると思う？」

「タカシや姉さんを訪ねてきたんでしょう？」

「タカシとサマーはいま、誰にも見つからないところに隠れている」

「隠れているって、どうして？　なにかあったの？　ふたりは危険にさらされてるってこと？」

レノはいらだちを募らせた。「〝委員会〟に属する者は誰だってつねに危険にさらされている。それより、きみはいつもこんなふうにして人を訪ねるのか。事前になんの連絡もなく。ちゃんとタカシと話していれば、アメリカを発《た》つ前にきちんときみに警告したはずだ」

いましがた味わった恐怖がすっかり消えたわけではないけれど、なぜか急に腹立たしさがこみあげてきた。当面の脅威はひとまず去り、年頃の女の子が抱くおとぎ話のような夢も、もろくも砕け散った。他人同然のこの男に威張りちらされる筋合いはない。「連絡なしに訪ねてきたって姉さんはいつでも歓迎してくれるわ」ジリーは相手に負けないくらい冷たい口調で言いかえした。「姉さんだって、わたしに会いたいっていつも言っていたもの」

「それはどうかな。サマーはきみがこの国に来るのだけはどうにかして避けたいと願っていたはずだ」

「どうしてよ」

レノはまばたきをしたが、表情のない顔はなにも語っていなかった。「理由は会ったときにでも自分で尋ねるんだな。とにかくいまはきみをここから連れださなければならない。

ロシア人たちがほかの誰かを送ってよこす前に」

「ロシア人？　どうしてロシア人がわたしを？」

「金で雇われた傭兵《ようへい》さ」レノは簡潔に答えた。「なにもきみが目的じゃない。きみはたまたま火の粉が降りかかるところにいただけのことだ。タクシーに乗って空港に向かえば、もう心配はない」

「いやよ。来たばかりなのにもう帰るなんて」

「その気になれば、縛りあげて言うことを聞かせられるんだぞ」

たとえ一度でもこの男に魅力を感じた自分が愚かに思えた。はじめて会ったときはなんて美しい男だろうと惹《ひ》かれたものの、実際のレノは先ほどから憎たらしいほど威張りちらしている。恋する乙女となって幻想に溺《おぼ》れる前に事実に気づいたのが、せめてもの救いだった。

「それはどうかしら」ジリーは平静を装った。

レノは片側に頭を傾け、無言でこちらを眺めると、やがて口を開いた。「服を着たらどうだ。下着で東京の街を歩きたいというならべつだが」

自分がどんな格好をしているかなんて完全に忘れていた。ジリーはさっと顔を赤らめたが、それも愚かな話だった。その態度からして、相手がわたしになんの興味もないのは明らかなのに。

ジリーは畳の上に散らばった服を拾い集め、「すぐ準備するわ」と言ってドアのほうに向かった。

が、急に伸びてきた手につかまれ、開けかけたドアはふたたび閉められた。「着替えはここでしろ。きみから目を離すわけにはいかない」

「人前で着替えさせるなんてどんな趣味をしてるの？　せめて向こうを向くとか、気をつかってよ」

けれどもレノはただドアにもたれ、胸の前で腕を組んだだけだった。

ジリーは思わずうなり声をもらした。どうやらそこから動くつもりはないらしい。いらだちまじりにため息をつき、くるりと背を向けて、ブラジャーを手に取った。

タンクトップを着たままブラジャーをつけるのはやっかいだったけれど、なんとかスムーズにこなして誇らしげに振りかえった。ところが、レノはこちらに目も向けていない。タンクトップを脱ぎ去って胸をあらわにしたところで、おそらく気づきもしないだろう。

レノは携帯電話に目を落とし、送信されてきたメッセージを読んでいる最中だった。

ジリーはボクサーショーツの上からジーンズをはき、長袖《ながそで》のスエットシャツを頭からかぶって、残りの荷物をバックパックに詰めこんだ。レノはいまだに同じ場所に立ったまま、小さな画面を見つめている。

ようやく顔を上げてこちらに目を向けたが、そこに自分以外の存在がいること自体、忘れてしまっていたようだった。

「問題が起きた」とレノは言った。

レノやタカシのような男たちは、その手の言葉を安易に使いはしない。ジリーは全身から血の気が引くのを感じた。「姉さんのこと？　なにがあったの？」

レノは質問を無視して、ほっそりとした長い指でキーを打ちながらメールを送りかえしている。一瞬、ちらりとこちらに目を向けたが、てっきり緑色だとばかり思っていた目は、なぜか濃い茶色に変わっていた。「準備はできたか。靴はどこだ」

「玄関よ。当たり前でしょ」意外と日本の風習に詳しいんだな、と内心驚いたとしても、レノはそんな思いはかけらも表に出さなかった。「それより、質問に答えないつもり？　問題が起きたってどういうことよ」

「自分で読め」レノはそう言って携帯電話を放《ほう》り投げたが、なんとか受けとめられたのは幸いだった。万一つかみ損ねて落としたら、機械が壊れて送信されてきたメッセージも読めなかったかもしれない。ジリーは小さな画面に目を落とした。

「嫌味のつもり？」携帯電話を投げつけてやりたい衝動を必死に抑え、差しだされた手に突きかえした。「わたしは漢字は読めないのよ」

「知ってるさ」レノがズボンのポケットに携帯電話を入れると、革製のズボンの生地が伸び、股間《こかん》のあたりがさらに膨らんだように見えた。

いったいどこに目をやってるのよ。ジリーは自分をたしなめた。レノに気を許してはいけないのは明らかだった。早いところこの男を振りきって逃げなければ、このままロサンゼルス行きの便に乗せられてしまうに違いない。けれども姉のサマーが無事でいることを確認するまでは、絶対に日本を離れるつもりはなかった。ただ、たとえ簡単そうに思えても、この状況から逃れるのは現実にはむずかしかった。なにしろ相手は日本人、自分が生まれ育った国のことは知りつくしている。なんとか説得を試みるという手もあるけれど、目の前に立っている男はものわかりのよさそうなタイプには見えない。それどころか、いまではうんざりした思いを隠そうともせず、やけにじれったそうな顔をして、いらだちをあらわにしている。

両親と暮らしているハリウッドヒルズの豪邸で、寝室のベッドに横たわり、よりによってこの男のことを、そしてこの男といっしょにいる自分のことをあれこれ想像していたなんて。そんな自分が急に愚かに思えた。

現に、レノという男については姉さんからいい話を聞いたためしがない。姉夫婦はあの手この手を尽くして、一族のやっかい者であるパンク青年から自分を遠ざけようとしていた。

けれどもいまとなっては、そんな努力も取り越し苦労にすぎなかった。実際、再会して十分も経《た》たないうちに、この男のことは嫌いになっている。百聞は一見にしかずと言うし、姉夫婦も思いきって一度会わせるという手段に出ていれば、余計な心配をせずにすんだものを。

　ジリーは深く息を吸って心を落ち着かせた。「わかってるでしょうけど、わたしたちはなにも敵同士じゃないのよ。わたしはただ、姉さんの無事を確かめたいだけ。せめて話だけでもさせてよ」

「ふたりがどこにいるかは俺も知らないと言ってるだろう。俺の英語に問題があるのか、あるいはきみが人の話を聞いていないのか。どっちにしても、ふたりはいま誰の手も届かないところに隠れている。ふたりの命を狙《ねら》ってる連中がいるんだ。そしてその連中は、きみを利用してふたりに近づこうとしている。ハリウッドに戻れと言っているのはそのためだ。やっかいな問題はプロにまかせてな」

「プロ？　どう見てもあなたは〝委員会〟のエージェントには見えないわ。タカシやピーターの足元にも及ばない」

　そんな侮辱もなんの効果もなかった。「時間稼ぎのつもりだろうが、無駄話はそのへんにしろ。一刻も早くここをあとにする必要がある」

「携帯に送られてきたメッセージの内容を教えてもらうまで、てこでも動かないわ」

　一瞬、有無を言わせず肩にかつがれて、この家から連れだされるのではないかと思った。この男がどれほどの力を持っているのか、興味本位で試してみたい気持ちもある。ただ、お互い百八十センチ近く身長があるにしても、服の上からでもレノの引きしまった体のたくましさがうかがえた。

レノにしてみれば、腕力に訴えて対処したほうがよっぽど簡単だろう。

「数日前、ロシア人の傭兵が三人、日本に到着した。タカシときみの姉を殺すのが目的だ。幸い、事前に警告を受けたふたりは、すぐに身を隠した。数時間前には、さらに五人のロシア人が成田空港に到着して、最初の三人と合流しようとしている」

「それで？」

「最初の三人は死んだよ。まだ息を引きとっていなくても、時間の問題だろう。新たに到着した連中は、自分たちが受けとるべき報酬が支払われなくなったことをまだ知らないようだ。その事実を知ればさっさとつぎの仕事に移って、もう俺たちをわずらわすこともない。まあ、仲間の死を知って復讐《ふくしゅう》に燃えるような連中なら話はべつだが。いずれにしても、早いところここから出なければならない。誰かがあの三人を見つける前に」

「あの三人？」

「最初に日本に来たロシア人のことだ」レノはいらだちまじりに言った。「さあ」

レノは部屋のドアを開け、廊下の明かりを消すと、さっと腕を伸ばして手を握った。その手からは、頼もしい力強さが感じられる。「俺から離れるな。まっすぐ前だけを見るんだ」

「どうして明かりを消したの？　もう安全なはずじゃないの？」

「女や子どもはけっして目にしないほうがいいものがごろごろ転がってるからな」

我慢も限界だった。レノは、男女平等なんてはなから信じちゃいない、頭の凝り固まった古いタイプの男に違いない。親戚《しんせき》であるタカシとは大違いだ。「目にしないほうがいいものかどうかは、わたしが決めるわ」ジリーはそう言うと、止める手を制して明かりをつけた。

最初に目に入ったのは血の海だった。そのなかに男がひとり、ぐったりと横たわっている。

おまけにその首は妙な角度に曲がっていて、口、耳、そして切り裂かれた首から血が流れでていた。廊下の奥にべつの死体があって、手足を広げて仰向けになった男は、目を見開いて天井を見つめている。

明かりはすぐにまた消され、つぎの瞬間には暗闇のなかで体がぐるりと回転していた。レノに軽々と持ちあげられ、肩にかつがれたらしい。

無惨なロシア人の死体をあとにして、レノはそのまま外に出た。そして夜闇にまぎれるようにして、近所にある小さな公園に入った。

ジリーは地面に下ろされるなり、その場で吐いた。血のにおいはいまだに鼻の奥にこびりついている。それは人生ではじめて嗅《か》ぐ、強烈な死のにおいだった。しばらくひとりにしてやろうと気をきかせたつもりなのだろう。レノはそばを離れて背を向けた。たいして吐くものもなくて胃液をしぼりだしている女には、さすがに逃げる力も残っていないと判断したに違いない。

　ジリーは深呼吸をして、いまだにこみあげてくる吐き気をこらえ、冷や汗のにじむ顔に貼《は》りついた髪を払った。ひとりでに震えだす体は止めようもなかった。

　するとレノが振りかえり、こちらに向かってスニーカーを放り投げた。「全部出しきったか」

　ジリーは膝の上にのせていた頭を上げた。「あなたがやったの？」

「おかげできみはこうして無事でいる。そうとも、あれはみんな俺がやった。人の警告を無視して明かりをつけたきみが悪い。言ったはずだ、けっして目にしないほうがいいものがごろごろ転がってると」

「あなたが殺したの？　ふたりとも、あなたが？」

「正確に言えば、三人。もうひとりは庭で死んでいる。いい加減に事実を受け入れて、素人みたいな質問はかんべんしてくれ。きみにあんなものを見せたことがばれたら、今度は俺がタカシに殺されかねない」

　ジリーは息をのんだ。「それよりも……自分の家に死体が転がってる事実のほうに激怒すると思うけど……しかも、三人もだなんて」

「もう身の危険を心配することもなくなって、ふたりが自宅に戻ってくるころには、きれいに片づけられているさ。後始末は俺の祖父がしてくれる」

レノは近くに戻ってきて手を差しだしたが、ジリーはそれを無視してなんとか自分の力で立ちあがった。まだ体はふらふらして震えも止まらないものの、そんな弱さをこの男に見せるつもりはない。

「わかったわ」とジリーは言った。「空港に向かえばいいんでしょ。こうなったらもう時差ぼけなんて言っていられないし」

「計画は変更になった。連中は空港に見張りをつけている。いま来たメッセージは祖父の子分からで、空港には行くなという警告だ。二、三日きみをどこか安全な場所にかくまって、それからアメリカへと逃がす」

「べつにかくまってもらう必要はないわ。観光客が泊まるような大きなホテルにとりあえずチェックインして、あなたが残りの五人を片づけるまで待っていればいいわけでしょ?」嫌味まじりの口調は自分でもどうしようもなかった。「それに、そういう場所のほうがよっぽど安全に思えるし」

「何度も言わせるな。きみはしばらく誰の目にもつかないところに隠れていなければならない。東京のどまんなかの、いかにも観光客が泊まるようなホテルにいるほうが安全だって? 連中はきみを捕まえようと、その手のホテルをしらみつぶしにあたっているはずだ」

「その〝連中〟というのが誰なのかは知らないけど、わたしの存在なんて知るはずないじゃない。ましてやわたしが日本に来ていることなんて」

「いや、知っている」と即答するレノの声からは、その顔同様、なんの表情も感じられなかった。「さあ、行こう」とレノは言い、今度はバックパックをこちらに放り投げた。かろうじて受けとめたけれど、ずっしりとした重さに思わず下に落としそうになった。「自分の荷物は自分で背負え」

ジリーはあえて反論せず、バックパックを肩にかけた。「どこまで歩くの？」

「歩きはしない」レノは一瞬茂みのなかに消え、バイクを押しながらふたたび姿を見せた。暗闇のなか、ハーレーダビッドソンのクロムパーツが銀色の光を放っている。

ジリーは複雑な思いでそのバイクを見つめた。理想像として夢に描いてきたエキゾティックでゴージャスな美男子が、威張りちらしてばかりの憎たらしい男だったというだけでも充分なのに、その上これとは。といっても、ハーレーは反逆児のイメージにぴったりだった。高い頬骨の上に彫られた血の涙のタトゥー。逆立っているせいで、燃えさかる炎のように見える赤い髪。革のズボン。先のとがったカウボーイブーツ。態度こそ憎たらしいけれど、正直言って、抗しがたいほど魅力的であるのは否定できない。

ハーレーを押して現れたその姿は、完全に心を射抜かれるほどの強烈なインパクトを持っていた。まさに少女のころから夢見てきた理想の男性が、現実となって目の前に現れたようなもの。

こんな男に惹かれるなんて、わたしもそろそろ大人にならないとだめね、とジリーは苦々しく思った。

3

くそっ、くそっ、くそっ！　まったく、なんて愚かな外人なんだ。自分からのこのこ危険な状況に舞いこんでくるなんて。レノは無性になにかを、いや、誰かを殴りたかった。こみあげるばかりのいらだちや怒りは、いつ爆発してもおかしくない。

ジリーは背中に貼《は》りつくようにしてバイクのうしろにまたがっている。革のジャケットやジリーが着ているだぶだぶのスエットシャツに隔てられているにしても、彼女の胸の感触はありありと感じられた。これじゃあ拷問されているも同然だ。はじめて会ったのは二年ほど前のこと。以来、その存在をなんとか頭から追い払おうとしていて、最近やっと忘れかけていたのに、再会したとたんこんなふうに体を密着させることになるなんて。股間《こかん》の興奮はいまだ静まる気配がない。それどころか、バイクの振動が余計な刺激となって、収拾がつかない状態だった。

ヘルメットはひとつしかない。日本の法律は厳しく、同乗者にもヘルメットの着用が義務づけられている。まあ、祖父の縄張りのなかに留《とど》まっているかぎり、警察もうるさいことは言わないだろう。逆立てた赤い髪を見れば、その男が誰なのかは明らかなはずだった。

正直なところ、ジリーをどこに連れていくべきかは見当もついていない。自分の部屋にはおそらく見張りがついているだろうし、いわゆる仲間《ダチ》として以前からつきあいのある連中に、ジリー・ロヴィッツがなじめるとはとうてい思えなかった。ジリーのようなタイプを前に、悪友のキョウがどんな反応をするかは想像するまでもない。外人を痛めつけるのが趣味という卑劣な面があるキョウにしてみれば、ジリーは格好の獲物になるだろう。

今回の任務は、まさにキョウのような人間からジリーを守ることだった。あるいは狂気じみたヤクザの組員と一、二時間でも過ごせば、ジリーもやっかいごとに首を突っこむことなく、当座の隠れ家と決めた場所でおとなしくしているかもしれない。

たぶん、祖父のところに連れていくのが妥当なのだろう。とりあえず祖父にあずければ、彼女の身の安全は確保される。常時少なくとも二十人は銃を携えた護衛がいる祖父の家は、要塞《ようさい》そのものだった。ロシア人たちが無謀にも手を出そうものなら、祖父がきれいに片をつけてくれるに違いない。

バイクは住宅街を抜けて比較的にぎやかな場所まで来ていた。あとは左に曲がって通りを進めば、祖父の家に着く。自分の面倒は自分で見られると大見得を切ったが、孫が素直に頼ってくれれば祖父も内心うれしくないはずはない。

緊急の事態に際して慎重になるならば、たしかにそれが無難な選択だった。

そんな思考にはまりかけたところで、レノは思わず苦笑いした。慎重で無難な選択など、自分の人生には無縁の要素だった。いまさら生き方を変えるつもりはない。背中にしがみつく体は温かく、やわらかだった。日本に戻る格好の口実だったとはいえ、ロンドンからはるばるやってきた見返りがなにもないのでは、さすがにやっていられない。

もちろん、ジリーと寝るつもりはなかった。そんなことをすれば、確実にタカシの怒りを買うことになるし、理性を重んじるだけの分別はある。義理の妹には絶対に手を出すなと言われたのはもうずいぶん前のことだけれど、その警告がいまでも有効であるのは間違いなかった。

でもほんの少し味わうだけなら……。実際、ある程度の見返りを求めても罰は当たらないはずだった。骨の一本や二本折られるのは、覚悟の上。

ジリーは頭を下に向けたまま、両腕をしっかり腰に回していた。自分の体が盾となって、彼女を強い風から守っている。片方の手を取って股間に添えたらどんな反応をするだろう、とレノは思った。

そんな行動に出れば転倒に追いやられるのは想像するまでもない。ジリーはまだ先ほどのできごとから立ちなおってはいない。なんの下心もなくほんの少し体を動かしたとしても、びくりと身をこわばらせるに違いなかった。やはりここはとっととカリフォルニア行きの飛行機に乗せて、彼女のことなど忘れてしまうのが賢明なのかもしれない。とはいえ、はじめて会って以来、彼女の存在はずっと気になっていて、正直に言えば完全に頭から離れたことは一度もない。それを考えると、こうして再会したあとで容易に忘れられるかどうかは疑問だった。とくにこうして大人の女性に成長した姿を目の当たりにしたあとでは。

レノはつぎの角を右に曲がり、祖父の屋敷とは逆方向に向かった。とりあえずこのハーレーをどこかに乗り捨てなければならない。乗り心地は最高だが、これでは目立って仕方なかった。どこかでサラリーマンが乗るような地味な車を調達する必要があるだろう。機能性のみを重視した、個性のない安い車を。

レノはそう思いつつも、反射的に身震いをした。あるいは目立ったまま行動するのがいちばん安全な方法なのかもしれない。都会のただなか、これだけの視線があるなかでハーレーのうしろに乗る連れを拉致《らち》しようとすれば、確実に人の目を引く。

彼女にしてみればもはや人質になったような気分なのだろうが、いまはとにかく安全な場所を見つけ、無事に残りの夜を過ごす必要があった。北に向かえば、昔ながらの旅館が何軒かある。そういう場所なら連中の張りめぐらす網からもれるだろうし、最新のテクノロジーを駆使しても、居場所の特定は不可能なはずだった。

たしかに旅館に泊まるなんて、興ざめ以外のなにものでもない。高級ホテルの広々としたベッドにはそそられるものの、この状況では、畳に敷かれた薄っぺらい布団で我慢するのが賢明だった。

アドレナリンの放出による興奮も、徐々に冷めつつある。タカシの家でしたこと、いや、せざるを得なかったことに関しては、この時点ではなにも考えたくなかった。あれこれ反省したところで、時間の無駄。相手はプロであり、ほかに選択の余地はなかった。とにかくいまは疲労のたまった体を休める必要がある。背中に貼りついているジリーも、時差ぼけによる疲れが相当たまっているに違いない。どこか安全な場所を見つけて、たとえ数時間でも睡眠をとる。つぎの出方を考えるのはそれからだった。

寒さは尋常ではなかった。風を切って走るバイクにまたがるジリーは、思考もろくに働かないまま、狂気に満ちた世界で唯一たしかなものに必死にしがみついていた。黒革のジャケットに頭を押しつけ、目を閉じて、周囲に漂う夜のにおいを嗅《か》いだ。

時間や空間の感覚は完全に失っていた。じっと目を閉じていると、まるで竜の背中に乗っているようにも感じられる。それはこの世界で唯一、自分を危険から守ってくれる力強い竜だった。といっても、いましがた三人の人間の命を奪った男は、そんなふうに思われているなんて気づいてもいないようだけれど。

姉のサマーがはじめてタカシ・オブライエンと会ったときのことは、じつのところ詳しく聞いていなかった。かいつまんで事件のあらましを話してくれたものの、実際になにがあったのか、細かい説明は姉もできることなら避けたいようだった。けれどもイザベル・

ランバートといっしょに逃げていたあいだ、自分も銃で撃たれそうになったし、姉ももう少しで命を落とすところだったことは容易に想像できる。

死んでいる人をこの目で見たのははじめてだった。ましてや、その死をもたらした男の腰にこうして腕を回すなんて。

革のジャケットに顔を埋《うず》めてそのにおいを嗅ぐと、妙に心が安らいだ。バイクのうしろにまたがってからどれくらいになるのかはわからない。一時間、ひょっとしたら五時間くらい経《た》っているのかもしれない。全身がうずくように痛み、力を入れつづけている腕や腿にいたっては、完全に麻痺《まひ》してしまったかのようだった。バイクは相変わらず猛スピードで走りつづけている。いったん止まって休みたい思いもあるけれど、それと同時に、この竜の背中に永遠にしがみついていたい気持ちもあった。

目的地にたどり着いたのか、ようやくバイクが止まった。そのとたん下に落ちそうになったけれど、さっと伸ばされたレノの腕に軽々と受けとめられた。

通りは暗く、目の前にある建物はそれ以上に暗い。入り口には小さな旗がつらなるようにして飾られているが、それがなにを意味するのかは見当もつかなかった。

「さあ」と、いらだちまじりに言うレノのかたわらで、ジリーはその建物を見上げた。

「ここはどこなの？」ずっと轟《とどろ》いていたバイクのエンジン音のせいか、自分の声のようには聞こえなかった。たんなる質問なのに、必要以上に大きな声を出しているような気もする。きっとまだショックから立ちなおっていないんだわ、とジリーは思った。

「旅館だ」それ以上は説明するつもりもないらしい。

従順になって相手の言うとおりにしようという思いも心の片隅にあるけれど、ジリーはなんとか自分を取り戻した。「どうしてここに？」

「名の知れた大きなホテルに行けば、いつ追っ手に嗅ぎつけられるかわからない。今夜はふたりでここに泊まって、充分な睡眠をとる。今後の出方を考えるのはそれからだ」

「ふたりで？」

「タカシの家で仲間を始末した者の正体を連中がまだ知らないとしても、いずれはわかる。だが、相手は金目当てで動く傭兵《ようへい》だ。復讐《ふくしゅう》に燃えることもないだろう。雇い主が死んで、報酬の見込みがなくなったとなれば、とっとと日本をあとにするに違いない」そう言って腕を取ろうとしたレノの手をジリーは振り払った。

「いったいなにが起きているのか、ちゃんと説明してもらうまで、わたしはこの場を動かないわ。そのロシア人たちというのは何者なの？　どうしてタカシの命を狙《ねら》っているの？　雇い主って誰のことよ」いまでは声にも力が入るようになっていた。ジリーはなにかを推し量るようにこちらを見つめるレノの目をまっすぐにらみかえした。

「説明するにしても、真夜中、通りのまんなかでするつもりはない。さあ、おとなしくいっしょに来るんだ。その気になれば、一瞬にしてきみを気絶させて、無理やり連れこむ方法もあるんだぞ」

「やれるもんならやってみなさいよ」ジリーは感情をあらわにして挑発した。

数時間前、この男がそれ以上に手荒な手段に訴えて、タカシの家から自分を連れだした事実も忘れて。

「それがきみの望みなら」とレノは言ったが、目にもとまらぬ動きの速さに、ジリーは身構える暇もなかった。突然すべてが闇《やみ》に包まれたのはその直後。そしてジリーは抗《あらが》うこともなく、その闇の底へと落ちていった。


体じゅうが痛かった。背中、肩、お尻、膝。それでも、目を開けるのは避けたい。先ほど目を開けたあとに待ち受けていたのは、死と暴力に満ちた世界だった。痛みさえ忘れられたら、また眠りに戻れるのかもしれない。けれどもまぶしい光は、力ずくでまぶたをこじ開けようとしていた。

「いい加減、寝たふりをするのはよせ。起きているのはわかってるんだ」

誰の声かは言うまでもない。矛盾した感情が、心のなかで渦巻いた。ハーレーがお似合いの美しい青年。たとえ相手が女でも容赦しない、強引な男。

ジリーは目を開けた。自分たちがいるのは、いかにも日本らしい部屋だった。床に敷かれた薄い布団を囲むようにして、障子のついたてが二枚置かれている。レノは山の稜線《りょうせん》のようなデザインの青い浴衣を着て、布団の上に座っていた。もうシャワーを浴びたらしく、肩に垂れた長い髪はまだ濡《ぬ》れていて、その色も燃える炎というより、もっと落ち着いた感じの赤に見えた。

　それにしても、どうしてこんなにも心がかき乱されるのだろう。気絶させられて強引に部屋に連れこまれた事実に憤りを覚えているのか。自分だってシャワーを浴びたくて仕方ないのに、先に浴びられたことに対して無性に腹が立っているのか。ジリーは体を起こした。どうやら自分も同じように薄っぺらの布団の上で眠っていたらしい。全身がこわばって、あちこちに痛みを感じるのも無理はない。これでは針のむしろの上に寝ているのとさほど変わりなかった。

　布団のわきに目をやると、きのうの夜に着ていた服がきちんとたたまれ、畳の上に置かれている。ジリーはさっと視線を落とした。自分が着ているのはレノが着ているものとおそろいらしい生地の薄い浴衣だった。日本人のレノはさすがに決まっているものの、外人の自分が浴衣を着て滑稽《こっけい》に見えるのは間違いない。

「心配するな」とレノが言った。「浴衣に着替えさせてくれたのは旅館の女将《おかみ》だよ。酔っぱらって気を失ったんだと言って、かわりにやってもらったのさ」

　ほっとするべきところなのだろうが、そこにはなぜか怒りもあった。「わたしはお酒なんて飲まないわ」

「きみが飲もうと飲むまいと、そんなことはどうでもいいことだ。いずれにしろ、お目覚め後のきみにある選択肢はふたつ。女湯に行ってさっぱりしてくるか、それとも布団の上に座ったまま、俺《おれ》が着替えるのを眺めるか」

「お風呂はどこにあるの？」

レノはかすかに口元をほころばせたが、それを微笑《ほほえ》みと呼ぶには抵抗があった。「廊下に出たら左、女湯はその突き当たりにある。間違って右に行くなよ。そっちは男湯だ。日本人の男たちが素っ裸でいる光景は、外人の目には朝からきついだろうからな」

ジリーはあえて黙ったままでいた。へたに反論しようものなら、目の前で浴衣を脱がれて、その事実を証明されかねない。レノの裸などいまは見たくなかった。

実際、先ほどからなるべくレノを直視しないように、微妙に視線をそらしつづけている。それでも、顔が赤らむのはなぜか避けられなかった。こんなことで恥ずかしがるなんて、ばかばかしい。そもそも自分は、純情で内気なタイプではないはずだった。そんな性格では、南カリフォルニアでは生きていけない。奔放な母親に育てられたこともあって、そのへんの免疫は充分にあった。

こんなふうに感情が乱されているのも、きっと相手がレノだからだろう。現実離れした状況に、すっかり動揺しているということもある。けれどもこれまで愚かな想像ばかり膨らませてきた夢の男性は、結局は虚像でしかないのは間違いなかった。

少なくとも、妄想に近いレノに対する思いは、もう吹き飛んだも同然だった。昨夜からは神経がすり減るようなできごとの連続で、一夜かぎりの関係を持つことだけは避けなければという一方的な思いこみも、いまではすっかり薄れている。

だいたいレノに惹《ひ》かれたのも、もとはといえばサマーのせいだった。もちろん姉としても、なんとかふたりを引きあわせまいと、それなりに気をつかっていたに違いない。それに、こうしてみずからこの国に来ることがなければ、時の経過と共にその存在も忘れていたはずだった。きっと謎《なぞ》めいたエキゾティックな面にぐっときてしまったのだろう。性格上、いたって平凡な男の人はどうも苦手で、気心が知れて楽な半面、その心地よさはすぐに退屈さに結びついた。

でもだからといって、いまここでレノの裸を見たいということにはならない。

ジリーが自分の服を拾いあげて、障子の引き戸のほうに向かうと、レノは浴衣の帯を解きはじめた。「嫌味な男ね」とジリーはつぶやき、背後で戸を閉めたが、レノの低い笑い声は廊下まで響いた。

狭い廊下はがらんとして、女湯にもほかに人の姿はなく、湯気だけが立ちこめていた。ジリーは内心ほっとした。たとえ同性とはいえ、ほかの人に裸を見られる気分ではない。

脱衣所で浴衣を脱いだジリーは、浴場に入って低い腰かけに座り、体を洗いはじめた。日本式のお風呂の入り方は姉から教わっている。まずはきれいに体を洗い、お湯に浸《つ》かるのはそれから。石鹸《せっけん》がついたまま湯船に入るのは禁物だった。

大きな湯船にひとりで入るのは最高だった。お湯は熱いくらいだけれど、うずく体をやさしく包みこんでいる。潜水のまねごとのようなものをして許されるのかどうかわからないけれど、誘惑には勝てずざぶんと潜ると、普段から短くしている髪が頭の上でゆらゆら揺れるのを感じた。

肌がふやけてしわしわになるまでこうしていたい。わたしを危険から守ることを勝手に使命のように感じているレノも、さすがに女湯までは入ってこられないだろう。いまは、誰にも邪魔されることなくこの至福の瞬間を満喫したかった。

するとそこに、物静かそうな若い日本人の女性が入ってきた。

「おはようございます」とジリーは日本語であいさつをした。

日本語を話す外人に驚いたのか、突然他人に声をかけられて動揺したのか、相手は「おはようございます」と小声で返事をし、背中を向けてきゃしゃな体を洗いはじめた。

ジリーは自分が巨人のように思えて仕方なかった。目の前にいる細身で小柄な女性に比べたら、自分の体はその二倍はありそうな気がする。レノがやっかいな荷物でも見るように冷たい視線を送ってくるのも無理はない。普段見慣れているものからすれば、きっと大木でも眺めているような気分なのだろう。

いずれにしても、いま湯船から出て、自分の体を好奇の目にさらす気にはなれない。

けれどもやがて湯船に入ってきた女性は、あいにくしばらくは出る様子もなかった。気持ちよさそうに目を閉じ、完璧《かんぺき》な形をした頭を湯船の縁にもたせかけて、お湯がひたひたと体を包みこむ感覚を味わっている。

ジリーが湯船の端に向かいかけると、女性は目を開け、興味深そうな視線を送ってきた。ジリーは思わず動きを止めた。

まあ、彼女の反応も理解できないわけではない。百八十センチに届きそうなほど背の高い女性など、たぶん一度も目にしたことがないのだろう。とはいえ、そんな好奇心を簡単に満足させるつもりはなかった。美しい容姿を維持するために相当なお金をかけている母親は、普段から平気で家のなかを裸で歩きまわっている。その影響が裏目に出たのか、娘の自分はときに過剰なまでに人目を気にすることがあった。実際、母親が飼っている犬にでさえ裸を見られるのは抵抗がある。

廊下のほうから話し声が聞こえたかと思うと、ふいに浴場の引き戸が開いて困った表情を浮かべた女性が現れ、自分に向かって口早に話しはじめた。

彼女の口から発せられる日本語で理解できる単語は四つにひとつほどだけれど、おおまかな内容は把握できた。要するに、早く上がりなさいということらしい。〝お兄さん〟が待っているからと。

すると突然、年配の男が戸口から顔を突きだした。廊下まで聞こえてくる大声になんの騒ぎかと思ったようだが、ジリーは体を隠すように首までお湯に浸かり、お願いだからみんなここから出てってと心のなかで念じた。

旅館の女主人であるらしい女性は話の途中で言葉を切ったものの、いっしょにお湯に浸かっていた女性はとくに気にする様子もない。

やがて年配の男は失礼をわびるように戸口の向こうに消えたが、今度はなんとレノが姿を見せ、なんの遠慮もなくずかずかと女湯に入ってきた。その場に居合わせたふたりもさすがにこの行為には仰天したらしく、悲鳴のような声を発して〝ここは女湯よ〟と怒鳴っている。戸口からちらりとのぞく程度なら大目に見ても、同性だけの聖域に勝手に入りこむような行為は別問題のようだった。

「どういうつもり？」ジリーは声を張りあげた。

「早く出るんだ」レノは必死で押さえようとする女主人の手を払い、湯船のなかで滑るようにして倒れた女性の存在も無視して、自分の前に立った。その表情は宿敵の首をはねる意志を固めた侍のように毅然《きぜん》としている。

隙《すき》をうかがってなんとかわきをすりぬけようとしたけれど、もちろん相手のほうが上手《うわて》だった。さっと湯船のなかに手が伸びてきたかと思うと、つぎの瞬間には裸のまま抱えあげられ、レノの腕のなかでぽたぽたお湯を滴らせていた。

浴場に響く悲鳴はいっそう大きくなった。今度はそれにジリーの叫び声も加わったが、レノが鋭い声で制すると、三人とも一瞬にして口を閉ざした。

激しく身をよじらせるものの、力でレノに勝てるはずもない。レノは浴衣を手に取り、無造作に裸の体に巻きつけて、浴場の外へと急《せ》きたてた。先ほど顔をのぞかせた年配の男はまだ廊下にいて、興奮した表情を浮かべながら露骨な視線をこちらに向けている。

ぶつぶつひとりごとのようなものをつぶやいていたレノは、部屋に戻るなり「着替えろ」とぶっきらぼうに言って、自分は外に出てぴしゃりと障子を閉めた。

とはいえ、いつまた戸が開けられるかわかったものではない。ジリーは大急ぎで着替えをすませ、自分から障子を開けた。

てっきりレノが不機嫌な顔をして立っているものと思っていたけれど、廊下に顔を突きだしてもそこには誰の姿もなかった。ひょっとしたらもう面倒は見きれないと愛想を尽かしたのかもしれない。そのときだった。廊下の向こうから男たちの話し声がした。お世辞にも上手とは言えない日本語には、間違いなくロシア語訛《なまり》が聞きとれる。

気づくとそばにレノがいて、旅館の入り口で脱いだであろう靴を手に立っていた。この状況では黙って従う以外ない。ジリーは足音をたてずに廊下を急ぐレノのあとに続き、声のするほうとは逆の方向に向かった。

旅館の外に出ると、太陽が冬空に輝いていた。昨夜乗ってきたハーレーはどこにも見当たらず、小型で灰色のセダンがかわりにそこに停《と》まっている。

なぜか運転席へと押しこまれそうになり、ジリーは思わず口を開いた。黙って従うにも限界がある。

「わたしが運転するの? そんなのいやよ」

レノはうんざりしたように捨て台詞《ぜりふ》のようなものをつぶやき、有無を言わさず車のなかに押しやった。「日本は左側通行だ。車は道の左側を走る。運転席は右だ」と言って乱暴にドアを閉め、運転席のほうに回って自分も車に乗った。

「そうなの。イギリスと同じね」

「イギリスのほうが俺たちのやり方をまねたのさ」と即答する口調はきわめて尊大だった。

通勤に使われるような地味な車のなかにあって、南国の鳥のように見えるレノは完全に浮いていた。「シートベルトを」とうながす一方で、自分は最初からつける気はないらしい。

「バイクはどこ?」

「そのへんに乗り捨てた。いずれ誰かが見つけて、所有者であるレンタル会社に戻してくれるだろう」

「アメリカじゃあり得ないわ」

「つい忘れがちのようだから釘《くぎ》を刺しておくが、ここはアメリカじゃない。日本人は自分が見つけたものを盗んだりしないんだよ。所有者にきちんと返すのが当然と考えている人種だ」

「じゃあこの車はどうしたの？」

「盗んだのさ」

バイクのうしろに乗っていたほうがまだましだった。たとえ昼間であっても、昨夜のようにレノの背中に顔を埋めてしまえば、なにも見ずにいられる。けれども狭苦しい車の助手席に座っていては、それも不可能だった。道路はかなり混雑しているにもかかわらず、レノはかまわずスピードを出し、車のあいだを縫うように走りぬけている。その反射神経は、機敏な動きで相手の拳《こぶし》をかわすプロのボクサー並みだった。それでも、いつもと逆方向の車の流れは怖いことこの上ない。助手席にいるとわかっていても、ことあるごとに自分がなにかしなければならないような感覚におちいった。

目を閉じて見ないようにしようとするものの、今度は背後でちりんちりんと鳴る音が気になる始末。サンタクロースのトナカイが暴れだしたような音に、ジリーはふたたび目を開けた。

「なんなの、この音は」

「うしろを見ろ」

そう言われて振りかえると、後部ガラスにはなにか小さな飾りが吸着カップで貼ってある。神社かなにかのミニチュア模型のような飾りには、漢字の書かれた紙や鈴がついていた。ジリーはいったんシートベルトを外し、手に取って見ようと、後部座席に身を乗りだした。

「交通安全のお守りだ」とレノは言い、対向車線から相次いでやってくる車の隙間を見計らって、急に右にハンドルを切った。突然の揺れにレノの引きしまった体に倒れこむような格好になったジリーは、その体を押しやるようにして慌てて起きあがり、震える手でシートベルトを締めなおした。車でごった返す東京の道路はそれでなくても危険に満ちている。おまけにこの無謀な運転とあっては、小さなお守りひとつで足りるかどうかは疑問だった。

「どこに向かってるの?」

「大阪《おおさか》だ。成田に行くより、関西空港を使ったほうが安全だろう。早いところこの国から出るに越したことはない。ロシア人の連中の耳には、自分たちの仕事が中止になったという連絡がまだ入っていないらしい。そんな状況のもと、日本で身を隠しつづけるのも無理がある」

「でも、どうしてそんなにまでしてわたしを?」

「狙いはきみじゃない」レノの口調はあくまでも淡々としていた。「きみは目的を達成するための手段にすぎない。連中はきみを人質に取って、タカシをおびきだす計画なんだろう。連中が求めているのはそのつながりだ。きみ自身にはなんの価値もない」

「それを聞いて安心したわ」ジリーは皮肉まじりに答えた。「でも、日本を出ればもう安全だという保証はどこにあるの？　連中はしつこくアメリカまで追ってくるかもしれない。まあ、アメリカに戻ってからのことまでどうこう言われても、あなたの知ったことじゃないでしょうけど。とにかくこの国から追いだしてしまえば、それでやっかい払いができるというわけね。でも、そんなにわたしのことを重荷に感じるなら、どうしてそもそも任務を引き受けて日本まで来たの？」

「べつに命令されて来たわけじゃない。新入りの立場では命令には逆らえないとでも？」

統的な価値観を理解していないようだな。自分から買って出たんだ。きみは日本人が持つ伝好むと好まざるとにかかわらず、きみはいまや俺たちの家族の一員になった。

「どっちしにろ、日本から追いだせばもう自分の責任ではなくなるというわけね」

「報酬を約束した雇い主がもうこの世にいないとわかれば、連中にとってもきみを追う理由はなくなる」

「で、いったいそれはいつごろなの？　その連中の耳には、いつになってもその情報が入らないようだけど」

　レノは無言のままちらりと助手席のほうに視線を向け、なにやら文句のようなものをつぶやきはじめた。それらがけっして上品な言葉ではないのは容易に想像がついた。英語にはその手の表現が山ほどあるし、相手を罵倒《ばとう》するときなどに使うフランス語の言いまわしもある程度は知っている。けれどもあいにく日本語の語彙《ごい》、とくに俗語や話し言葉に関しては、その知識もまだまだお粗末なものだった。レノと行動を共にするなら、その手の言葉を覚えていかなければ。

「とんだ重荷を背負わせてしまったようで悪かったわね」自分があまりに無力に思えて、ジリーは消え入るような声で言った。先ほど裸のまま抱きあげられたことが、どうしても頭から離れなかった。「でも大阪に行って、関西空港からアメリカ行きの便に乗っても、それで問題が解決するとは思えないわ」

レノはうなり声をもらし、いっそうスピードを上げた。それにしても、突然ハンドルを切って角を曲がるレノの運転には、閉口せざるを得なかった。道に詳しいわけではないけれど、先ほどから同じところをぐるぐる回っているようにも思える。ひょっとしたらそれも追っ手をまくためなのか。いずれにしても助手席にいる者は車酔いをしてめまいを起こしそうだった。

ジリーは目を閉じ、狭い座席の上、できるだけ腰を下にずらして、ひと眠りする体勢を整えた。そして運転席にいる男の存在はもちろん、自分のまわりで起きているできごとすべてを無視することに決めて、ひとこと声をかけた。「じゃあ、着いたら起こして」

着いたら起こして、か。レノは口元に苦笑いを浮かべ、アクセルを踏みこんだ。行く当てなどありはしない。いま自分がどこに向かっているのかも見当がつかなかった。たしかにジリーの言うとおりだろう。大阪《おおさか》に行って関西空港からアメリカに、という計画も無理がある。

4

レノは助手席に目をやった。だめだ、考えるのはよせ、と思考を制御しようとするものの、湯水を滴らせる色白のすらりとした体は、鮮明にまぶたの裏に焼きついている。サンダルウッドの石鹸《せっけん》の香りを漂わせる彼女の体、お湯から上がったばかりのなめらかな肌、薄い浴衣の上から感じられたやわらかさを、この状況で思いかえすのは危険だった。こうなったら一刻も早く彼女から離れるのが賢明だ。

ジリーの言うように、日本から出たとしても、彼女の存在を知ったロシア人たちがそう簡単にあきらめるはずがない。ただ、連中がなぜそこまでこの任務に固執しているのか、その理由はわからなかった。報酬目当てのたんなる傭兵《ようへい》が、大義や復讐《ふくしゅう》のために戦うなんて、まず考えられない。見返りとして当てにしていた報酬は、雇い主であるトマソンの死と共になくなったはずだというのに、連中はそんな単純な事実を無視するかのように課せられた任務を続行している。あるいはトマソン以外にべつの雇い主がいるのだろうか。そしてその人物が随時、連中に情報を与えつづけているというのか?

理由は定かでないにしろ、タカシをおびきだす格好の餌《えさ》として、ジリーの価値はいまだ変わっていない。だがこの状況で、彼女の専任のボディーガードになるのだけは避けたかった。

正直に認めるのはしゃくだが、いまの自分には助けが必要だった。けれども頼みの〝委員会〟は、目下のところ完全に人材が不足している。やはりここは祖父に頼る以外なかった。

東京の工業地区の一角にある祖父の屋敷は要塞《ようさい》も同然だった。あそこなら誰も手を出せない。レノはポケットから携帯電話を取りだし、前方に注意しつつ、片手でハンドルを握りながらメールを打ちはじめた。ジリーが目を閉じているのは幸いだった。片手で携帯電話を操作しながら猛スピードで運転していることを知ったら、また大きな声でわめきはじめかねない。

なぜこれほどまでジリーに惹《ひ》かれるのか、そのわけは自分でも説明がつかなかった。だいいち彼女は背が高すぎる。身長はほとんど自分と変わらなかった。すでに裸を見たその体にはたしかにそそられるものがあるけれど、正直に言って自分のタイプではない。それに、アメリカ人の女はあまり好きになれなかった。タカシの妻であるサマーに対しては、身内としてそれなりの好感を持っているものの、あくまでもそれは例外にすぎなかった。だいたい相手はタカシの義理の妹なのだ。へたに手を出すわけにはいかない。タカシを怒らせたらなにをされるかわからなかった。

即座に返信が届いたらしく、マナーモードにセットしておいた携帯電話が手のなかで振動した。メッセージにはこうあった。〈屋敷には来るな。危険すぎる。タカシはこちらで捜す。山の別荘に向かって指示を待て〉

それもひとつの策だった。とにかくたまった疲労をどうにかする必要がある。昨夜はジリーが眠る姿や呼吸をするたびに上下する胸のあたりを眺めていて、ろくな睡眠をとっていない。

旅館の女将《おかみ》に頼んで彼女の服を脱がしてもらったというのは嘘《うそ》ではない。部屋にふたりきりになってからも、指一本その体には触れていなかった。寝相が悪くてそのうち浴衣がはだけないかと内心期待したものの、べつに頭のなかで思うくらいなら罪にはならないはずだった。

しかし寝相が悪いどころか、ジリーは眠っているあいだまったく動かなかった。丸太のようにぴくりともしないので、気絶させる際に力を入れすぎて、誤って殺してしまったのではないかと思うほどだった。

万一そんなことになっていたら、確実にタカシに殺されていたに違いない。

しかし狭い部屋のなか、不安に思ってそっと彼女に近づき、軽く体を揺すってみようと手を伸ばすと、ジリーはため息ともうめき声ともつかぬ声を静かにもらした。

あまりの悩ましい声に、思わず体の上に覆いかぶさろうとしたのはたしかだった。けれどもそこはぐっとこらえて自分の布団に戻り、夜明けの光が部屋に差しこむまで彼女の寝姿を眺めていた。状況に応じて衝動を抑えるだけの自制心は訓練でつちかっている。まさにいまはそんな状況にほかならなかった。

当分のあいだは危険もないだろう。東京の道路は蜘蛛《くも》の巣のように複雑にできているし、地元の地理に詳しい者でさえ迷うような迂回《うかい》をくりかえしたあとでは、追っ手のロシア人もさすがについてはこられないはずだった。都会を離れてしまえば、少しは緊張を解くこともできる。ジリーをどうするべきか考えるのはそのあとだった。

祖父がタカシに連絡を取りさえすれば、肩に背負った重荷をその場で下ろせるかもしれない。責任感の強いタカシのこと、危険な状況にある義理の妹を、黙ってこの俺《おれ》にまかせるはずがない。そもそもあの夫婦は、なんとかしてジリーと俺を引きあわせないようにしてきたのだ。そんな思いがここに来て急に変わったとはとても思えない。結婚して以来、すっかりサマーの尻の下に敷かれているとあればなおさらだった。

「あなたにお願いがあるの」以前、サマーは言った。

サマーはひたむきに夫を愛する強い心の持ち主だった。そんな彼女に対して無礼な態度をとろうものなら、たとえ身内であってもタカシは容赦しない。まあ、ヤクザの親分である厳格なレノの祖父は例外としても。

「なんなりと」いつもの癖でお辞儀をして、レノはサマーに言った。

サマーはその場しのぎの返答に納得するような女性ではなかった。「おそらくあなたにとっては気に入らないことかもしれない」

「自分のしたくないことはしない主義だけれど、あんたは命の恩人だ。借りはきちんと返すよ」

「今後いっさいカリフォルニアには出向かないと約束してほしいの」

レノはしばらく黙りこみ、やがて口を開いた。「アメリカの西海岸には、祖父が重要と考えているビジネスが山ほどある。ロサンゼルス近辺の不動産投資をふくめてね。祖父に行けと言われたら、素直に命令に従わなければならない。タカシが自由に使えなくなるとなれば、つぎに頼りになるのは俺だからね」

「あなた以外にもほかに送る人間がいるはずだわ。それに、近づかないでほしいのはロサンゼルスだけなの」

「どうしてまた」

「妹よ」

「あんたの妹のことなんて覚えてないな」とレノは言ったが、サマーはそんな嘘は真に受けなかった。

「ピーターとジュヌヴィエーヴの家で会ったことがあるでしょ。背が高くて、あなたと同じようにちょっと扱いに困るようなタイプ。髪は染めていなかったらブロンドよ。名前はジリー」

「ああ、覚えてるよ」レノは正直に認めたが、どれほど鮮明に覚えているかは表情には出さなかった。「で、その妹がなにか？」

「日本に来たがっているの。でも、わたしはそれには気が進まなくて」

「俺になんの関係が？」

「気が進まない理由はあなたなのよ」なにも答えずにいると、サマーは口ごもりながら続けた。「どうやらジリーはあなたに熱を上げているようなのよ。狭い世界のなかで守られてきた彼女は、ああ見えてもとてもうぶな面があるの。たしかに頭脳明晰《めいせき》で、賢い子よ。十五で高校を終えて、十八でもう大学も卒業したわ。それもあって、いつも自分より年上の人たちに囲まれて人生を送ってきたの。ほかのティーンエイジャーたちのように、いわゆる普通の人間関係を築く機会にはあまり恵まれなくて」

「だからそれが俺になんの関係があるんだ?」

サマーは唇を噛《か》んだ。「ジリーはあなたに夢中なの。イギリスでいったいなにがあったのか、あの子にあなたがなにを言ったのか知らないけれど、姉としては心配で……」

「心配なら夫といちゃいちゃしてばかりいないで、ちゃんと妹に目を光らせていればよかったろう。あの様子じゃ、たとえ庭でセックスしてたって、あんたら夫婦は気づかなかったよ」

サマーは顔から血の気が引くのを感じた。「実際にそんなことが?」

「庭でセックスかい? まさか。それどころか、あんたの妹とろくに口をきく暇もなく俺は急《せ》かされるようにして追いだされたよ」

サマーはため息をついた。「話をしていなくても同じよ。ひと目ぼれとはこのことね。ジリーはあなたの姿を目にするなり、理性という理性を失ってしまったわ。べつに驚くことではないでしょう。あなたは異性にとってきわめて魅力のある存在よ。みんな放《ほう》っておかないわ」

「サマー、たとえあんたの妹が俺に恋してるとしても、それは俺のせいじゃない」

「ジリーは〝恋をしている〟わけじゃないわ」サマーはいらだちをあらわにした。「たんにのぼせあがっているにすぎない。それだけよ」

「オーケー。でもなぜ、のぼせあがっているとわかるんだい?」

「電話で話すたびにあなたのことをあれこれ質問するの。どうやって手に入れたのか知らないけど、いまじゃあなたの写真まで持っているようで、コンピュータの壁紙に使っているらしいわ。世間知らずで気が早いあの子は、新しい名前でサインをする練習も始めているかもしれない。〝ミセス・ジリー・レノ〟とね」

「まさか、十二歳の子どもじゃあるまいし」

「タカシにも過剰に反応しすぎだって言われたわ。あなたがどういう人かはわたしなりにわかっているつもりよ。あなたを変えるつもりもない。ただ、ジリーがもっと大人になって、こんな気持ちも一時の気の迷いにすぎなかったと理解できるまで、彼女には近づかないでいてもらいたいの」

「いいとも。そもそもアメリカ人の女は好きになれないし、カリフォルニアだって俺の肌には合わない」それは本心ではなかった。ロサンゼルスには数回出向いたことがあるけれど、いつも好感の持てる町だと感じていた。「で、あんたは妹の熱が冷めるまでどれくらいかかるというんだ？」

「ずいぶん自信ありげな口ぶりね。ジリーはまだティーンエイジャーだもの。あの年代はころころ気が変わるのが普通でしょ」

「でも、あんたの妹は普通のティーンエイジャーとは違う。そうだろ？」レノはジリーがそんなに若いことがいまだに信じられなかった。いつもは二、三歳年上で、恋愛経験も豊富な女性に惹かれるというのに。若々しい体に大人びた心。たぶんその不釣りあいな組みあわせが、ジリーの魅力なのだろう。実際、出会った瞬間からかたときも目が離せなかった。

「ティーンエイジャーといっても、ジリーも来年には二十歳になるわ。あなたのほうで距離を置いてくれさえすれば、なんの問題もない。もしかしたらわたしの心配も杞憂《きゆう》にすぎなくて、あなたのことはもうとっくに卒業しているかもしれない。でも万が一ということもあるし、あえて危険を冒したくはないの」

「サマー、俺はあんたの妹を傷つけるつもりはない」

「あなたにその気がなくても、あなたのことを好きになる人はみんな傷つくのよ」

「約束するよ。彼女には絶対に近づかない。恋に悩むうぶな女に追いまわされたんじゃ、こっちが迷惑だ」

その言葉で納得するほどサマーはおめでたい女性ではなかった。聡明《そうめい》で人を見るたしかな目を持つ彼女は、念を押すように言った。「ほんとうに約束してくれる?」

レノは観念してため息をついた。「約束するって。何度も言ってるように、相手に夢中になられるのはこっちこそ迷惑だ。セックスはセックスで、割りきって楽しみたいからね」

サマーは露骨に不満げな表情を浮かべた。「ジリーとセックスするなんて、わたしが許さないわ」

「わかったって。電話はもちろん、彼女に近づくようなまねは絶対にしない。少しは俺のことを信用してくれよ」

しかしそれは、トマソンに雇われたロシア人たちがタカシたちを殺すために送られる前のこと。現在ジリーがふたりをおびきだす格好の標的になっているとあっては、そんな約束もやぶらざるを得なかった。サマーにしてみれば、できることなら違うエージェントを送ってほしかったところだろうが、自分の身にも危険が迫っている状況では贅沢《ぜいたく》は言っていられない。それに、サマーとの約束を完全に無視しているわけでもなかった。ジリーと再会してからというもの、あえて反感を買うような態度をとって、二度と会いたくないと思わせるようにいちおうの努力はしている。なんの報酬も出ない仕事に奔走していることがわかれば、ロシア人の連中だってとっとと日本をあとにするに違いなかった。

なんとかそのあいだ、ひっそりと身を隠すことができれば。埼玉《さいたま》にある祖父の別荘は、その点では完璧《かんぺき》だった。季節外れのこの時期に使われることはめったにないが、気まぐれな祖父が急に温泉に入りたいと思いたった場合に備えて、使用人たちはいつでも待機している。埼玉にあるその温泉には癌《がん》の進行を遅らせたり、精力を増進させたり、寿命を延ばしたりと、いろいろな効果があるようで、祖父もここ最近ひんぱんに出向いて体を休めている。あるいは祖父もまだまだ現役でいたいと、精力増進の目的で通っているのかもしれないが、それも疑問だった。全盛期にはまさしく不死身に見えたその風貌《ふうぼう》も、いまではすっかり影を潜め、ここにきてまた急に老けこんだように感じられた。

自分としても、その温泉に入って精力がみなぎるようなことがあっては逆に困る。ジリー・ロヴィッツと行動を共にしているだけでも、むくむくともたげる衝動を抑えるのに苦労しているのに、これ以上の刺激は論外だった。

ジリー自身はたぶん気づかれていないと思っているのだろうが、ちらちらと向けられる視線には最初から気づいていた。その気になれば、押し倒してものにすることなどたやすいだろう。同じようにものにした女の数など山ほどいる。彼女はそこにまたひとり数が加わるだけの存在にすぎなかった。

とはいえ、今回ばかりは手を出すつもりは毛頭ない。そしてそれはなにも、面と向かってサマーに頼まれたからというわけではなかった。たとえジリー・ロヴィッツをものにしたとしても、それに付随する問題はあまりに多すぎる。必然と背負うことになる重荷も、あまりに重すぎた。とにかく一刻も早く彼女を誰かにまかせる必要がある。祖父がすでにタカシに一報を入れてくれていることを願うばかりだった。ロシア人たちに命を狙《ねら》われているとはいえ、タカシならジリーに危険をもたらそうとする人間から彼女を守ることができる。

レノは線路沿いの道を北に向かって車を走らせた。助手席にいるジリーがほんとうに眠っているのか、あるいは話したくなくて寝たふりをしているのかはわからない。しかし、眠っていようが起きていようが、もうどうでもよかった。早いところ誰かに世話をまかせれば、自分の役目は終わる。

レノはいったん駅に立ちより、ちまたでおいしいと評判の駅弁をふたつ買って戻ったが、ジリーは目も開けず、後部座席に弁当を置いたレノはふたたび幹線道路に戻った。

三時間後、ふたりを乗せた車は、曲がりくねった狭い坂道を祖父の別荘に向かって進んでいた。ジリーはだいぶ前に目を覚まし、文句らしき言葉も口にせず、弁当をぺろりと平らげていた。生の魚はさすがに苦手だろうと、わさびをつければ生臭さも消えるさと助言しようと思ったが、日本食はずいぶん食べ慣れているらしく、そんな助言も必要ないようだった。

「あなたは食べないの?」とジリーが言った。

「向こうに着いたら食べる」レノはぶっきらぼうに答えた。

相手はそんな口調に臆《おく》する様子もない。「向こうって? まだ追っ手を心配してぐるぐる回ってるの?」

返事もせずに無視していると、突然、弁当についていた箸《はし》で体のわきを突かれ、思わず狭い道からはみだしそうになった。

「運転中になにをするんだ!」レノは怒鳴った。

「だったらちゃんと質問に答えて」ジリーの声はあくまでも落ち着いていた。「どこに向かってるの？」

「祖父の別荘だ。温泉つきのな。日本人が昔から温泉を愛しているのはきみも承知してるだろう」困惑したように眉をひそめるジリーの表情を目にして、レノは言った。

「日本のお風呂はもうこりごりよ」ジリーは感情を抑えるようにして、ぼそりとつぶやいた。

それ以上の説明は必要もなかったが、レノは続けた。「山間《やまあい》にあって、冬の時期は閉まっていることが多い。あそこなら誰にも見つからないはずだ。タカシに連絡がつくまでのあいだ、そこで待つことにする」レノは助手席に目をやった。どうやらわさびの辛さにも耐えられたらしい。肉感的な唇の端にほんの少しなにかがついているのが見え、突然、舐《な》めてとってやりたい衝動にかられた。「きみだってサマーに会うのが目的ではるばる日本まで来たんだろ？」

「日本に来た理由はほかにもあるわ」とジリーは言った。「たしかに姉さんに会うのがいちばんの目的だけれど、できれば日本を旅してまわって、研究に役立てたいと思っていたの。でも、リサーチはしばらくのあいだおあずけね。いまはもう、早くアメリカに帰りたいわ」

そんな気持ちになるのも無理はない。命を狙われて逃げることに慣れているほうがおかしかった。

　といっても、ジリーは以前にも同じような経験をしている。狂気にかられたカルト教団に誘拐され、危うく洗脳されそうになったことがあった。だが今回の一連のできごとは、彼女にとってはまったくなじみのない異国の地で起きている。それを考えれば、この落ち着きはたいしたものだった。

　実際、ジリーはいろいろな意味で姉のサマーに似ている。冒険好きで、恐れを知らず、強い意志を持った女性。過去にベッドを共にした女はそれこそ何人もいるけれど、同じ状況に立たされたら、彼女たちの大半はいまごろヒステリックに泣き叫んでいるだろう。しかし、ジリーは違った。死体のわきを通りすぎ、こうして殺し屋から逃げているあいだも、しっかり自分を失わずにいる。

　もちろん、過去にベッドを共にした女たちと比べてもなんの意味もなかった。ジリーと寝る気はいっさいない。たとえなにがあっても。

　冬場は日が暮れるのも早く、北に向かう車のヘッドライトが、狭い坂道を心もとなく照らしだしていた。小型の車のエンジンでは急な傾斜を上るのには充分ではなく、アクセルをいっぱいに踏みこんでもなかなかスピードが出なかった。

　ここ数時間、ジリーはほとんど口をきかずにいるが、こちらとしてはそのほうがありがたかった。日本のことをなにも知らない外人につぎつぎとばかげた質問を投げかけられては、今後の出方を考えようにも集中できない。

その点、ジリーは少なくともいまのところは聞きわけがよかった。この調子なら、どうにも手に負えなくなる前にやっかい払いできるかもしれない。

レノは助手席に視線を向けた。ジリーは先ほどから窓の外を眺めているが、窓ガラスに反射して見える顔はとても美しかった。そう、否定したところでなんの意味があるだろう。ジリー・ロヴィッツは美しかった。まるで赤ん坊のようにあどけない、丸々とした茶色い瞳。優雅な曲線を描く、長いまつげ。全体のバランスからして口が少し大きすぎるような気もするけれど、そこがまた魅力だった。いったいその口でどんなことをするのか、考えるだけで心がかき乱される。ブロンドの短い髪は、乾くにつれてウエーブがかかっていた。その色が生まれつきのものであることは、この目で確かめてすでにわかっている。旅館の女湯で目にした彼女の裸が、頭から離れなかった。

車はようやく峠を越え、祖父の別荘へと続く急な細道を下りはじめた。が、道の突きあたりに明かりは見えない。いつもの祖父なら管理人に連絡して開けさせておくのに、なにか手違いでもあったのだろうか。山間の風は冷たく、あたりに雪のにおいすら漂っている。不安に思って急ブレーキをかけると、車は一瞬スリップして坂道の途中で止まった。霧に包まれた闇《やみ》のなかに、豪華な邸宅の輪郭がうっすらと見える。

「ここから歩いていくの？」ジリーが言い、シートベルトに手を伸ばした。

「なにか様子がへんだ」別荘に通じる道はあえて狭く作られ、屋敷に近づく車はあまりスピードが出せないようになっている。小型のこの車でさえ、当然Uターンなどできる場所はなかった。レノは視線の先にある別荘をじっと見つめ、すかさずギアをバックに入れて、曲がりくねった急な傾斜を後退しはじめた。

屋敷に明かりがついたのはそのときだった。続いて乾いた銃声が続けざまに鳴り響き、車のフロントガラスが粉々に砕けた。

「伏せろ！」

ジリーは外しかけたシートベルトを慌てて締めなおそうとしているが、親切に手を貸してやれるような状況ではない。「そんなものはいい」レノは大声を張りあげて彼女を助手席の下に伏せさせ、アクセルをいっぱいに踏みこんで猛スピードで車をバックさせた。

すると別荘のほうで、車のヘッドライトがつくのが見えた。強烈な光やエンジン音からすると、このおんぼろ車よりもはるかに性能のいい車であることは間違いない。なんとか手を打たなければ、この場でふたりとも殺されてしまうだろう。

ジリーは座席の下にしゃがみこんだ状態で、いまはブロンドの頭しか見えなかった。舗装されていない坂道を、車は土ぼこりを舞いあげながら猛スピードでバックしているが、フロントガラスの向こうで輝くヘッドライトはその差をどんどん縮めている。

「合図したら車から飛びおりて、そのまま茂みのなかに隠れろ」

「飛びおりるって、このスピードで?」冷静さを保っていたジリーも、さすがにこの状況には動転しはじめているらしい。その気配が、震え気味の声から伝わってきた。

「スピードは落とす。もう少し下がればカーブがある。そこまで行けば、一瞬、相手の視界からも消える。きみはその隙《すき》に飛びおりて、茂みのなかに隠れているんだ。俺が迎えに行くまで」

「息を潜めて隠れていて、迎えに来たのがあなたじゃなかったら?」

「そのときは俺はもう死んだってことだ」とレノは言った。「あとはもう自分で自分の身を守る以外にない」

「あなたと離れたくはないわ」

こんな切迫した状況でなければ、彼女の声の微妙な変化やその言葉の意味、そしてそれに対する自分の反応について、時間をかけて深く考えはじめていたかもしれない。しかしそんなことはあとまわしだった。もちろん、もしあとがあればの話だけれど。「ほかに選択肢はない。飛びおりないなら俺が突き落とすまでだ。覚悟を決めろ」

カーブまでもう少し、追っ手の車は目の前に迫っている。レノはカーブに入るなり車を方向転換させ、身を乗りだして助手席のドアを開け、ジリーを押しだそうと手を伸ばしかけた。

が、あえて強引なまねに出る必要などなかった。ジリーはすでに車から飛びおり、近くの茂みへと転がりこんでいた。ギアをドライブに入れたレノは、タイヤを空転させながら坂道を前進しはじめた。追っ手の車がカーブを曲がりきり、背後に現れたのはその直後だった。おそらく、ジリーが飛びおりたことには気づいていないだろう。

車の性能には雲泥の差があるにしろ、ここは自分の生まれ育った国。たとえ相手がプロの殺し屋であっても、ロシア人の追っ手くらいまけないようであれば、それこそ死んだほうがましだった。アクセルをさらに踏みこむと、安っぽいタイヤが悲鳴のような音をたて、一気に加速して背後の車を引き離した。

5

ジリーは急いで茂みのなかに入り、こんもりと高くなっているところを飛びこえて斜面の反対側へと滑りおりると、小さなくぼみに身を隠した。息を潜めてじっとしていると、上のほうから車の音が聞こえる。もしその音が止まれば、それは絶体絶命を意味する。けれどもそのまま遠ざかれば、運よく危険を回避できたことになるはずだった。もちろん、レノがすぐに迎えに来てくれたらの話だけれど。

追っ手の車はレノが盗んだ車よりも明らかに速かった。下り坂に変わってギアをローに入れたのか、空気を震わせるようなエンジン音が周囲に響き、やがてヘッドライトの明かりと共にその音も小さくなった。ジリーはふいに、心もとない寂しさに見舞われた。真冬の日本、ひとけのない暗い森に、こんなふうにひとりで取り残されるなんて。しかもこの寒さのなか、上に着ているのはスエットシャツだけで、スニーカーも山歩きに向いているとはとても言えないものだった。

ジリーはやり場のない思いをため息と共に吐きだし、岩肌にもたれて目を閉じた。だいじょうぶ。レノはきっと戻ってくる。いったい何者なのかはさっぱりわからないけれど、ロシア人の連中を片づけ次第、きっと。この状況ではレノの言葉を信じる以外、ほかにできることはない。たしかにレノにとってはわたしはただのやっかい者で、完璧《かんぺき》な人生をかき乱す重荷にすぎないのかもしれないけれど、あの男にもそれなりの責任感はあるに違いない。

少なくともレノにとっては、姉の夫のタカシはけっして怒らせたくない男であるはずだった。こんなところに置き去りにしたことがタカシの耳に入れば、当然ただではすまないだろう。いまは信じて待つほかない。

でも、万が一ロシア人たちに追いつかれて捕まってしまったら？　レノが運転する車は逃げきるのに充分な性能を持っているとは思えない。たとえレノ自身が〝委員会〟の訓練を通じて腕利きのスパイに成長していたとしても、不死身のロボットに変身したわけではないだろう。結婚することによって姉がかかわるようになった世界は、想像を超えた危険に満ちあふれている。実際、その事実は身をもって経験したばかりだった。万が一レノが捕まったら、わたしはどうなるのだろう。

途中でわたしが逃げたことを知ったら、連中がここに戻ってくるのは間違いない。レノが追っ手をまいて助けに来なければ、きっとわたしの命はないだろう。衝動にまかせて思いつきで日本に来たのがそもそもの間違いだった。いまとなっては後悔しか残っていない。

恋人とも言えない男とのろくでもない関係。日本を訪れたのは、その関係に区切りをつけるためでもあった。そう、思いやりのない相手との、一夜かぎりの愚かな過ちを忘れるために。それも、その彼がほんのちょっぴり似ていた男はいまや生ける悪夢と化している。一刻も早く、サマーに会いたかった。平安時代の、魔法に彩られたような日本の文化にどっぷり浸《つ》かり、現在研究しているテーマ以外のことは、洗いざらい頭の外に追いやりたかった。不良めいたパンク青年、レノに対して抱いた数々の妄想はもちろんのこと。

同じ大学院生との思いだしたくもない夜については、とっくに心のなかで整理をつけているつもりだった。現に、いまでは悲劇というより喜劇のようにも感じられる。でも現在自分が置かれている状況にいたっては、どう整理をつけたものか見当もつかなかった。無鉄砲な性格がいけなかったのだと、ただそれだけを理由に死ぬ覚悟はまだできていない。たとえ間近に死が迫っているとしても、無駄に命を落とすのだけは絶対に避けたかった。

ジリーは目を開けた。山間《やまあい》の森は寒く、あたりには雪のにおいが漂っていて、凍《い》てつく風が骨身にしみた。人生のほとんどを南カリフォルニアで過ごした者にとって、この寒さは耐えがたいものがある。

ほんとうにレノは戻ってくるのかしら。もし戻ってこなかったら? ひょっとしたらレノはロシア人たちに殺されてしまったのかもしれない。そして、わたしも連中に見つかって、同じ運命をたどらされるかもしれない。たとえそうでなくても、こんなところでじっとしていれば、やがて凍え死んでしまうだろう。

どちらにしても、明るい展望ではなかった。でも、たとえ車から飛びおりるのを拒んだところで、無理やり外に押しやられていたのは間違いない。感情とは無縁のレノのこと、たとえ一瞬だって躊躇《ちゅうちょ》するはずがなかった。あのパンク青年が義理堅いのは、身内であるタカシのみ。それ以外の人間に対して、侍魂を見せるとは思えない。

そんな男を相手に救いようもないロマンティックな思いを抱き、あれこれ想像していた自分が愚かに思えて仕方なかった。たしかにレノはこれまで会ったどんな男の人とも違う。荒々しく常識に欠ける側面がある一方で、そのエキゾティックな魅力と美しさは否定のしようがなかった。レノという強烈な個性に比べれば、その後に知りあった人はみんな存在感が薄く見えた。そう、同じ大学院生で、中国人のクォーターであるデュークでさえも。ひょっとしたらデュークを選んだのも、無意識にレノの影を求めてのことだったのかもしれない。

ばかげているのはわかっている。けれども経験の浅い自分には、そうする以外になかった。どこにいたって仲間外れのような存在だったわたしに、ボーイフレンドとまともなつきあいができるはずもない。普通のティーンエイジャーがするようにドレスを着てプロムパーティーに行ったこともなければ、気の合う女の子たちの輪に入って、たわいもないおしゃべりをしたこともない。頭のよさではつねにほかの者より抜きんでていたし、それは背の高さにしてもそうだった。頭脳明晰《めいせき》である上に長身。聡明《そうめい》であることに不満はないにしても、せめてもっと小柄で、男の人が手を差しのべてやりたくなるような感じであれば、人生も少しは違ったものになっていたかもしれない。百八十センチにも届きそうな長身とあっては、よほどの物好きでなければ手を差しのべてなどくれない。

しかもなんとも滅入《めい》ることに、いまの状況では、結局男の人を知らないまま死んでしまう可能性もある。十九歳にして、いまだバージン。科学者の頭脳と十二歳程度の経験。それに、夢見がちな青臭い妄想だけを唯一の思い出にして。

問題をあせって解決しようとしたのが間違いだった。相手は十歳も年上の大学院生。もちろん、機会さえあれば学生に手を出そうと狙《ねら》っている教授たちと一定の距離を置くだけの分別はあった。クラスにいる女子学生の数で自尊心を満たしているような教授を相手に、恋愛感情など抱けるはずもない。

デュークとの関係については、大きな過ちにすぎなかった。そもそも〝君主〟や〝公爵〟を意味する名前を聞いた時点で、いったいどんな人間なのか、ある程度の予測はすべきだったのかもしれない。まだバージンだという事実を長く隠しすぎていたせいも、たぶんあるのだろう。デュークはそれを聞くなり興ざめしたような感じになって、冗談だろうと笑い飛ばしたのだった。その後、デュークは荒々しくぎこちないやり方で強引に最後まで行おうと試みたけれど、その行為を初体験と呼ぶべきかどうかはいまでもわからなかった。たしかに血は出たけれど、デュークはぬめぬめした精液を体の上に放出したあと、キスもせずにその場をあとにした。翌朝にはキャンパスの半分にことの顛末《てんまつ》が知れわたっていたけれど、まさかこんなにも男を見る目がなかったなんて。現実逃避で突然日本にやってきたのも無理はないというものだろう。

レノについては、たとえ妄想めいた恋愛感情が残っていたとしても、厳しい現実を目の当たりにしたいま、そんなものはとっくにどこかに吹き飛んでいた。レノはあれこれ想像して夢心地になるような対象ではない。必要とあれば、容赦なく人を殺すような男なのだ。それにわたしのことなど、不器用で大柄で重荷でしかないわたしのことなど、なんとも思ってもいないのは態度に如実に表れている。

もう一度あの男と顔を合わせるくらいなら、山奥の森で凍え死んだほうがましなのかもしれない。

でも、メロドラマじゃあるまいし、そんなふうに感傷的に考えること自体、ばかげてるわ。だいたい向こうはわたしが思いを寄せていたことなど知るよしもないのだし。

〝凍え死んだほうがまし〟なんて考えも、寒さが厳しくなるにつれてたちまちなくなった。ジリーは体温が外に逃げないようにと、両手をわきの下に差し入れ、自分の体を抱きしめた。いったん震えが始まれば、きっと止まらないだろう。力をゆるめないようにと、ぐっと歯を食いしばった。それにしても、寒い。腹立たしいくらい、寒い。いったいレノはどこに行ったのよ。

こうなったらひとりで山を下りたほうがいいのかもしれない。自分で自分の身を滅ぼすような愚かなまねをくりかえしているものの、正直に言って、いっそのこと死んでしまいたいと思うほど人生に絶望しているわけではない。この調子では一生独身で終わる可能性は高いけれど、元気に長生きしたい気持ちは充分にある。

坂道を上ってこの場所に来る途中、いくつか小さな町を通りすぎたのは覚えている。なんとか人のいるところにたどり着けば、助けを求められるかもしれない。身分を証明するものや現金はレノの車にバックパックごと残してきてしまったので、突然現れた外国人に田舎の人たちは戸惑うだろうが、困っている者を前にして救いの手を差しのべてくれないはずはない。最悪の場合、警察に通報されることもあり得るけれど、日本の留置場も真冬の山間ほど寒さは厳しくないだろう。それに、権力を持つ父に連絡すれば、即保釈となるのは間違いない。叩《たた》きあげて億万長者の地位に上りつめたラルフ・ロヴィッツは、家族を守ろうとする意識が誰よりも強い。神様よりも多くのお金を持っていると言っても過言ではないラルフは、家族の身に万一のことがないよう、一家の主《あるじ》としてつねに注意を払ってきた。そうよ、父にまかせればきっとだいじょうぶ。ジリーはそう自分に言いきかせた。

やがて雪のかけらがひらひら舞い降りてきて、鼻の上にのった。手足の感覚はもうなくなり、露出した硬い岩肌に座りこんでいるので、お尻も痛い。全身の震えを止めようなんていう無駄な試みは、とっくにあきらめていた。両膝を抱えて貝のように丸まっているものの、自分の意思とは反対に体は小刻みに震えつづけている。意識が遠のくなか、なにもかもが白く染まりはじめていた。雪が降っているのにもかかわらず夜空に輝く冬の月が、山間の景色をおとぎ話の舞台のように照らしだしている。それは死のおとぎ話だった。

気づくと涙が流れていた。レノはもう死んだか、あえて戻ってこないことに決めたかしたに違いない。最初からやっかい者のような扱いだったのだし、それも無理はない。おまけにこうしてめそめそ泣いているのをレノに見られたら、それこそ絞め殺したい気分にさせてしまうだろう。

思わずむせび泣く声がもれて、息を吸いこもうとすると、しゃっくりになった。〝ジリー、泣いてたってなんにもならないのよ〟と、姉のサマーなら言うかもしれない。いや、この状況は特別だ。きっと冷えきった体を抱きしめて、絶対になんとかなると励ましてくれるに違いない。

けれどもその姉も、いまはどこかに身を隠したままでいる。ひょっとしたら、もう殺されているかもしれない。そうなれば、母のリアンは娘ふたりをいっぺんに失い、妹のほうは遺体すら見つからないという、つらい状況に向きあうことになるだろう。そして山奥で凍え死んだわたしは、二十年後、白骨化した姿で、偶然通りかかったハイカーに発見されるのだ……。

ジリーはふたたびうめき声をもらした。凍え死ぬのに痛みがともなわないのが、せめてもの救いだった。体の器官がひとつひとつ麻痺《まひ》していくなか、そのまま静かに眠りに落ちて、すべてが終わる。

でも、これで終わりだなんていう事実を素直に受け入れられるはずもなかった。いったいレノはどこに行ってしまったの？　どんなに不快な男だろうと、とにかく一刻も早く戻ってきて、いまにも消え入りそうなこの命を救ってほしかった。だいたい寒空の下、人をこんなふうに置き去りにして、よく平気でいられるものだわ。

だいじょうぶ、きっとレノは戻ってくる。けれどもそれは、幸運にも殺されなかった場合のことだった。小型の安っぽい車にはレノひとり、それに対して、あの大きなＳＵＶには何人もの傭兵《ようへい》が乗っているのだろう。しかも連中は、仲間を殺されてすでに殺気だっているに違いない。多勢に無勢の状況で、なんとか窮地を切りぬけられると期待するほうが愚かだった。

いますぐ立ちあがって山を下りるべきなのはわかっているけれど、すでに両脚は麻痺したように感覚がなくなって、あまりの震えの激しさに体を起こすこともできなかった。それ以前に、いい加減めそめそ泣くのはやめなければならない。この寒さでは頬を伝う涙も凍ってしまいそうだった。ジリーは濡《ぬ》れた顔を袖《そで》でぬぐった。きっとレノはもう殺されているだろう。そしてわたしは暗く寒い山のなかにひとり取り残されて……。いったいどちらの状況が最悪なのか判断もつかなかった。

「泣いてるのか」

露骨にいらだちをあらわにした低い声が斜面の下から聞こえ、密生する木々のあいだからレノが姿を見せた。

思考が働く時間は一瞬もなかった。ジリーは反射的に起きあがると、身を投げだすようにしてレノに飛びつき、その勢いでふたりとも山の斜面に倒れた。

「もう死んでしまったと思ってたのよ！」ジリーはレノに覆いかぶさって泣きじゃくった。「てっきり連中に捕まって、殺されたものとばかり。そしてきっとわたしもここで凍え死ぬんだって」

下敷きになったまま、しばらく身動きもせずにいたレノは、ジリーの腕を首から離し、きちんと顔が見えるようにとその体を押し戻した。「俺《おれ》はそう簡単に殺される男じゃない」レノはその瞳に奇妙な表情を浮かべていたが、心の内までは読めなかった。それでも、ある程度の推測はできる。こんなふうに抱きつかれて、迷惑がっているのは間違いない。

「ごめんなさい」と言って慌てて体を起こそうとすると、凍りついた地面の上で足が滑った。するとレノはさっと立ちあがり、倒れそうな体を難なく受けとめて、まっすぐ立たせた。

「さあ」気まずい沈黙がしばらく続いたあとで、レノが言った。「トラックは下に停《と》めてある」

「トラック？　そんなものどこで？」

「盗んだんだよ」

ジリーはため息をついたが、吐きだす息が思わず震えて、気が引きしまった。

「おじいさんが暴力団の親分で幸運だったわね。でなければ、もうとっくの昔に刑務所行きよ。日本では車を盗むのなんて犯罪のうちに入らないと考えられているならべつだけど」

「暴力団という呼び方は好きじゃないな」レノは片手を取って急な斜面を下りはじめた。「それに、俺は自分のことを幸運だと思っていない。どうやら祖父の部下のなかに裏切り者がいるらしい。内部の情報がロシア人の連中にもれてるんだ。でなければ、あの別荘の存在を連中が知っているはずがない」

斜面の上で滑りそうになると、レノがぎゅっと腕をつかんで体を支えてくれた。そんなに強く握られたらあざができるわ、と思ったけれど、ジリーはなにも言わなかった。だいたい完全に凍りついたように感じられる皮膚にはあざもつかないかもしれない。「でもあなたは、あの別荘はあなたのおじいさんが所有しているって。あなたがそこに向かうと考えるのは理にかなってるじゃない。連中の標的はいまやわたしだけじゃない。あなたも狙われているのよ」

「俺は理にかなった考え方が嫌いなたちでね」レノはジリーの腕を引っぱった。「さあ、急ごう。雪が深くなる前に山から下りなければ」

「わ、わかってるわよ」体の震えはいまだに止まらない。

「まったく、手の焼ける外人だ」とレノはつぶやき、革のジャケットを脱いだ。「寒いなら寒いと言え」

いやいや差しだされたものなど受けとりたくないけれど、背に腹は代えられない。乱暴にジャケットの袖に腕を通されると、突然レノのぬくもりに包まれた。引きしまったレノの体にぴったりのジャケットは、胸のあたりがきつく感じられるけれど、それでもレノは、ぶつぶつ言いながらもなんとかジッパーを上まで閉めた。偶然に手が胸に当たった際、思わず顔が赤らんだものの、相手は気づく様子もない。

「あなたは寒くないの？」レノのぬくもりが体の芯《しん》へと浸透しはじめる一方、寒気はまだ収まらず、質問しつつも歯ががちがち鳴った。レノは黒いTシャツを着ているだけだった。こんな悲惨な状況だというのに、どうしても視線は相手の体に行ってしまう。痩身《そうしん》のパンク青年は、ただほっそりとしているのでなく、生地を通しても筋肉の盛りあがりがありありと見てとれる。片腕に彫られている竜のタトゥーは、レノのイメージにぴったりだった。

「俺はだいじょうぶさ」レノはジリーを強引に引っぱるようにして、ふたたび急な斜面を下りはじめた。

歩いても歩いてもどこにも行き着かない山のなか、やっと震えが止まってくれたのがせめてもの救いだった。けれどもうっすらと雪が積もって、スニーカーでは先ほどから足を取られるばかり。一方のレノは厚底の滑りやすいカウボーイブーツだというのに、山道を進むのになんの問題もないようだった。月明かりに照らされたレノの赤い髪は、まるでたいまつの炎のように見える。ようやくひとけのない道路に出ると、配達に使うような小型のトラックが停まっていた。

「助かったわ」ジリーはため息と共に言い、助手席であるはずの右側のドアに向かった。ふいに腕をつかまれて引き戻されたのはそのときだった。「日本では右ハンドルが主流だと言ったろう」とレノは言い、ドアを開けた。

ようやく到着すべきところに到着したいま、筋肉という筋肉が凝り固まって、これ以上酷使されるのを拒否していた。なんとかトラックに乗りこもうとしても足が言うことを聞かず、両手もかじかんで完全に麻痺している。

軽々と体ごと持ちあげられてはっとしていると、つぎの瞬間にはシートに座らせられていた。レノは無造作にドアを閉め、車の前を回って運転席に乗りこむと、ダッシュボードの下に手を伸ばした。するとたちまち息を吹きかえしたエンジン音と共に、ヘッドライトが細い山道の前方を照らしだした。

「心配じゃないの？　いつまたロシア人の連中に見つかるかもしれないというのに」ジリーは思うように動かない手でなんとかシートベルトを締めた。

「べつに」

「どうして？」

さっとこちらに向けられたまなざしは鋭かった。「知らないほうがきみのためだ」

「殺したの？　いったい何人殺したの？」ジリーは驚きを隠しきれずくりかえした。

「連中は車ごと崖《がけ》から転落したんだよ。死んだかどうかはわからないし、そんなのは俺の知ったことじゃない。要は、これでしばらく追いかけまわされずにすむってことだ。何人殺したのかという質問だが、さっきも言ったように知らないほうがきみのためだ」

恐怖に気が動転して、吐き気をもよおしてもおかしくない状況だった。けれどもどういうわけか、心や体は比較的健全な状態を保っている。レノは人を殺した。わたしを守るために。その事実は生き物としての本能を目覚めさせ、ある種の陶酔感をもたらしていた。これじゃあ、主人にべったりの従順な子犬だわ。

車内の沈黙に居心地の悪さを感じたジリーは、身を乗りだし、ダッシュボードにあるつまみをいじった。「もっと暖房を強くできないの？」

「これでめいっぱいだ。いい加減、文句を言うのはやめろ。ジャケットを貸してやったろう」

「べつにわたしから頼んだわけじゃないわ。それに、文句を言ってるわけでもないの。ただ、冬というものに慣れていないだけよ」

「そうだったな。すっかり忘れてたよ。きみがカリフォルニア育ちのお嬢さんだってことを」

人をばかにするような口ぶりにむっとしたジリーは、ジャケットのジッパーを下ろしはじめた。「誰がこんなジャケット——」

「いいからそのまま着ていろ。まだ寒いんだろう？　俺は必要ない」レノはさっと腕を伸ばしてジッパーをつかむ手を止めた。

正直なところ、レノにジャケットを着てほしいという気持ちもなかばあった。薄暗い車内、レノの体はダッシュボードの光を受けて浮かびあがっている。Tシャツの生地を通してもわかる筋肉の盛りあがりが、たくましい腕が、妙に心をかき乱していた。いい加減、目を覚まして。ジリーは自分に言いきかせた。この男はあなたをやっかい者だとしか思っていないのよ。

「わかったわ。素直に従えばそれで満足なんでしょ。だったらいますぐ空港に連れていって、アメリカ行きの最初の便に乗せてちょうだい。抵抗はしないわ」

「抵抗したところでなんの意味もない。安全の確認が取れ次第、きみは日本を出る。ただ、実際になにが起きているのかわかるまでは、俺たちは協力しあわなければならないんだ。

みすみす罠《わな》にはまるようなまねはさせられないからな」

「いろいろ心配してくれてありがとう、と言いたいところだけど、結局はタカシの存在が怖いだけでしょ」

レノは口元に薄笑いを浮かべた。「相手がタカシだとしても互角に戦う自信はある。いっしょに大人になったような間柄だ。向こうの手の内は知りつくしている。まあ、きみの指摘もあながち間違っちゃいないさ。たしかに必要もなくタカシの怒りを買うようなまねはしたくない。それに、俺はきみの姉さんのことも気に入っている」

「嘘《うそ》でしょ?」思わぬ言葉に、ジリーは驚きをあらわにした。「あなたはアメリカ人の女が大嫌いだって、サマーから聞いてるのよ」

「なんにでも例外はある」レノは視線をそらし、冷たい声で言った。

自分はレノの言う例外のうちに入るのか、確かめたいのは山々だけれど、いまは余計なことを口にしないほうが賢明だった。

「それで、このまま空港に行くの?」

「いいや」

日本に留《とど》まるのは危険だし、レノと行動を共にするのはみずから火に飛びこんでいくようなもの。それなのに、どういうわけかその言葉を聞いてほっとしている自分がいた。きっと思考が正常に働かなくなっているんだわ、とジリーは思った。

「どうして頭を振ってるんだ？」

ジリーは我に返って顔を上げた。きっとしばらく前から見られていたに違いない。現に、はっと気づくとレノがこちらを見ているということはたびたびあった。いったいこの男はわたしのなにを見ているというの？

「ばかげたこの状況が信じられないだけよ」それは本心だった。けれども、その言葉がレノに対する自分の反応を指しているとは、さすがに向こうも気づいていないだろう。

「ばかげた状況であろうとなんであろうと、勝手に入りこんできたのはきみだ。なにも知らずにのこのこやってきたきみが悪い」

「ずいぶん同情心に厚い言葉ね。あなたはいつもそんなに人にやさしいの？」

驚いたことに、レノは声をあげて笑った。もしかしたらこの男の笑い声を聞いたのはこれがはじめてかもしれない。薄笑いのような表情はべつとして、にっこりとした微笑《ほほえ》みさえ目にしていなかった。「きみはいつもそんなに口うるさいのか？」

ジリーは思わず咳《せ》きこみそうになった。「あなたはどうか知らないけれど、命を狙われて逃げまわることにはあいにく慣れていないの。いつもの自分を見失って当然でしょ」

「だが、きみには以前、大きな危険を切りぬけた経験がある」

「イザベルはもっとやさしかったわ」

「たしかに、その点では俺は違う」

「わざわざ言われなくてもとっくに気づいてるわ」ひとりごとのようにつぶやくと、レノはまた笑い声をあげた。

そんな態度を前にすれば、きっとこの状況を楽しんでいるのだと勘違いしてもおかしくはない。でも、それはあり得なかった。レノにとってわたしはただの悩みの種でしかない。それに、命を狙われて逃げている状況を楽しむなんて、普通の神経では考えられなかった。

助手席に深くもたれて胸の前で腕を組むと、隣にいる男が貸してくれたジャケットを着ているせいか、あたかもレノにうしろから抱きしめられているような安堵《あんど》感を覚えた。もちろん、そんなふうに思っているなんてレノは知るよしもないだろう。

なんとか無事にカリフォルニア行きの便に乗れたら、そのまま着ていってかまわないとレノは言うかもしれない。アメリカ人の女のにおいがついたジャケットなど、もういらないからと。そしてわたしは自分がどんなに愚かな女だったか、このジャケットを見るたびに思いだすのだ。

それとも思いだすのはレノのぬくもりだろうか。安堵のあまりいきなり飛びつき、その拍子にレノを押し倒す格好になったときに感じた、鋼のような体の感触だろうか。

たとえジャケットがなくても、レノのことは簡単には忘れられそうにない。

きっといちばん手っ取り早いのは、誰かとセックスすることだろう。こんなふうに心をかき乱され、始終もやもやしているのも、自分がまだバージンなのかそうでないのかわからないという、中途半端な状況が原因にほかならない。レノのことが頭から離れないのも、きっとそのせいに違いなかった。こうなったらカリフォルニアに戻って最初に目にした感じのよさそうな男を相手に、最後まできちんとしたセックスをする以外ない。そう、あの軽蔑《けいべつ》すべきデュークよりも分別があって、けっして急がず、相手のペースを考える思いやりのある相手と。そうすれば、きっとこのやっかいな呪縛《じゅばく》からも解放されるだろう。

現実的に考えても、ヤクザを身内に持つパンク青年を人生に招き入れる余裕はない。でも、それが都合のいい解釈であることは承知していた。こちらがどう思おうと、向こうはわたしのことなどなんとも思っていない。それこそレノの人生にわたしが入りこむ余地などないのだ。健全な心や思考を取り戻すためにも、いまはその事実を素直に受け入れるのが先決だった。

それでもジリーは、革のジャケットのぬくもりを確かめるように、胸の前で組む腕に力を込めた。これがレノの抱擁を得る唯一の方法なのであれば、ひそかにその感触を味わったとしても罰は当たらない。こうしていっしょにいるのも、あと少しなのだし。

まったくばかげていると承知しているものの、正直に言ってこの状況を楽しんでいるのは事実だった。足手まといでしかない外人と共に、命を狙われて逃げている。そんな状況に、久々に生きている実感を覚えていた。もしタカシに知れたらただではすまないだろう。

レノはちらりと助手席に目をやった。革のジャケットを着たジリーは体を丸めるようにして座り、窓の外に顔を向けている。できればこの体で温めてやりたいところだけれど、そんなことをすれば激怒したタカシに殺されかねなかった。下半身でものを考えて人生を棒に振らないだけの分別は心得ている。どんなに心惹《ひ》かれようと、ジリーにはけっして手を出すことなく、無事アメリカ行きの便に乗せなければならない。世界にはほかにもごまんと魅力のある女がいるのだ。ジリーにこだわる必要はどこにもない。

タカシはもちろんのこと、義理の姉であるサマーの機嫌を損ねたくないという気持ちもあった。あの手の女は目に浮かべる表情だけで相手を萎縮《いしゅく》させ、自分は最低の人間なのだと思わせる力を持っている。それに、約束は約束。簡単にやぶるわけにはいかない。サマーの機嫌を損ねるくらいなら、タカシにさんざん殴られたほうがまだましだった。

そもそもジリーに手を出していいことなどひとつもない。この欲求を抑えさえすれば、まわりの人間みんなが気をよくする。タカシやサマー、それに祖父は当然のこと、自分やジリーにとっても、そのほうがいいに決まっている。ただ、こちらが気づいていないと思ってちらちら見るのだけはやめてほしかった。そんなことをされたら、肉感的な彼女の唇や体に対する想像がますます膨らんでしまう。

いまは引き受けた任務に百パーセント集中する必要があった。ロシア人の連中に俺たちの居場所を教えたのが誰にせよ、祖父の近くにいる者、祖父が信用している子分のなかに裏切り者がいるのは間違いない。祖父が完全な信頼を寄せる人間は、実際のところそう多くはなかった。

とにかくロシア人の連中は崖の下に転落した。あれだけ派手に転落して生き残る者はまずいない。そう直感が語っていた。

連中以外に自分たちの命を狙う者がいなければ、問題はほぼ解決したことになる。報酬が目当ての傭兵は、たんなる娯楽や復讐《ふくしゅう》のために殺人を犯したりはしない。今後もべつの人間が送りこまれてくるようであれば、連中に報酬を約束している第三者の存在を疑う必要があった。

レノはふたたびジリーのほうに目をやった。どんな相手がやってこようと、彼女には指一本触れさせはしない。いらだちの種でしかないジリーに、なぜこんなにも強い思いを抱くのか、その理由は自分でもわからないが、事実を否定することはできない。彼女が傷つくような状況になることだけは、絶対に避けなければならなかった。そう、誰にも指一本、彼女に触れさせはしない。

当然、それは自分にも言えることだった。

6

タカシ・オブライエンは古い宿の狭いポーチにたたずみ、太平洋を眺めていた。北海道もこの時期はオフシーズンで、冬場はほとんどの宿が営業していない。かつて祖父が所有していたこの場所にサマーと隠れていることは、誰も知らなかった。この建物がある小さな入り江にはボートで来たのだが、東京に戻っても安全だとわかるまでの当座の食料は持参してきている。それでもどうもいやな予感がして、なかなか神経が静まらなかった。

「どうかしたの?」背後で眠そうな妻の声がして、タカシは振りかえった。布団にくるまってポーチに出てきたサマーの目元には、長い髪がかかっている。その唇はいつものように魅惑的だった。

タカシは妻のほうに歩みよって裸の体を抱きしめ、真冬の風が当たらないように布団をしっかり巻きつけた。「もう連絡があってもよさそうなんだが」

「でも、このあたりは電波も届きにくいでしょう。少なくとも、わたしの携帯電話はつながらないわ」

「携帯電話がつながらないのはわかる。だが、俺《おれ》の携帯情報端末は周波数も違うし、いつでもつながる状態にある。安全だとわかり次第、ピーターから一報が入るはずだが、いっこうに連絡がない」

タカシは自分にもたれる妻を両腕で抱きしめつつ、そのぬくもりが体の芯《しん》まで染みこむのを感じた。あれこれ心配するのはやめて、彼女のなかに身も心も埋《うず》めるのは簡単だが、それにしても長い時間が経《た》ちすぎていた。「ロシア人たちを阻止できなかったのかもしれないと心配しているの？」

「連中を阻止するのは簡単なはずだ。大叔父の組は手際のよさでは有名だし、誰かが巻きこまれる可能性もない。もう何日も前に片づいていてもよさそうなもんなんだが。どうもいやな予感がする。ロシア人の傭兵《ようへい》がつぎつぎと刺客として送りこまれてくるなんて、おかしな話だろう」

「じゃあ、わたしたちもそろそろ戻って確かめたほうがいいということ？」

「戻るのは俺だけだ。きみは安全の確認が取れるまでこの場所に残るんだ。薪《まき》は充分にある。食料だって、きみがダイエットコークだけですませる、いかにも体に悪そうなダイエット法をまた始めれば、かなり長いあいだもつだろう」その皮肉にサマーの体が一瞬こわばるのを感じ、タカシは彼女の頭にキスをした。

「冗談でしょ」サマーは穏やかな声でそう言って、夫から離れた。「ひとりでここに残れだなんて、わたしがおとなしく従うとでも？」

「状況からして、従わざるを得ないな」

サマーは黙ってこちらを見つめかえしていた。その表情は何度も目にしたことがある。おとなしく言うことを聞くつもりがないのは明らかだった。数日ほど距離を置くのも、それほど悪い話ではないかもしれない。おそらく今度顔を合わせるころには、サマーの怒りは爆発寸前まで煮えかえっているだろうが、鬱積《うっせき》した感情は激しいセックスによって発散させることができる。

「降参だ。じゃあ、荷物をまとめよう」タカシは観念したような口調を装って言った。

「わたしのことがだいぶわかってきたようね」サマーはさっと振りかえって家のなかに戻ると、くるまっていた布団を床に落とし、寝室へと向かった。

タカシは布団を拾って彼女のあとに続いた。その前にセックスを、と誘って体を温めあい、一時的であれ安心感を与える方法もあるが、状況からして悠長にかまえている時間はない。

タカシは妻が寝室に入るなり布団を投げ入れ、ばたんとドアを閉めて外から鍵《かぎ》をかけた。寝室の奥にある障子を突きやぶって外に出ることもできるが、敏捷《びんしょう》な動きに関しては誰にも負ける気はしなかった。

妻の怒鳴り声は宿の外に出てもまだ聞こえていた。浜辺に下り、入り江の一角に隠してあるボートに乗りこんで沖に出ると、サマーはようやく浜辺に姿を見せた。一糸まとわぬ姿でなにやらしきりに叫んでいる。一瞬、泳いであとを追ってくるのではと不安に思ったが、いくら激怒していようと真冬の海に飛びこむだけの勇気はさすがにないようだった。「安全だとわかり次第、すぐに戻る」と彼女に向けて叫んでも、サマーは罵声《ばせい》を浴びせるのに忙しく、夫の言葉などまったく耳に届いていないようだった。それはそれで仕方ない。大事なのは妻の身の安全であり、いまはこうする以外、方法はなかった。今回の件に関しては大叔父がなんとかしてくれることを期待していたが、どうやら自分が出ていって始末をつけるほかないらしい。

置き去りにしたサマーへの埋めあわせは、そのあとでいくらでもできる。

「この人でなし！」サマーはいまだに浜辺で怒鳴り声をあげていた。「いますぐ戻ってこなかったらあとで痛い目にあうわよ！」

しかしタカシはボートのエンジンをうならせ、前に向きなおって、さらにスピードを上げた。怒り狂った妻の声は、やがて朝の霧のなかに消えた。

レノはいつものようにかなりのスピードを出していた。実際、スピード違反で警察に捕まったほうが安全なのかもしれない。ロシア人の傭兵たちも、さすがに留置場に入っている者にまでは手を出せないだろう。まあ、いずれは祖父のコネを使って保釈してもらう必要があるが、祖父のような男にしてみればそんなことは朝飯前に違いない。
ただ心配なのは、組の内部にいる裏切り者にその仕事がまかされるかもしれないということ。

そう考えると、警察に捕まるのはやはり得策ではない。自分の弱さを認めるようで悔しいが、空腹感や疲労は限界に達しつつあった。せめて数時間でも眠ることができれば、今後の出方を冷静に考える余裕も出てくるかもしれない。

東京に戻るのは簡単だった。いったん東京を素通りして、そのまま大阪《おおさか》へと向かうべきかは、いまの時点ではわからない。とにかくこの小型のトラックを乗り捨て、もっと馬力のある車を調達する必要がある。新車を購入するという手もあるが、足がつく書類はできれば残したくない。いまはジリーと共に姿を隠している身——祖父にはなにかと面倒をかけるだろうが、任務を終えてイギリスに戻るまではどうしてもその力を借りる必要がある。

だが、自分の任務を終えるなり日本を去るというのも、一抹の不安があった。祖父の側近のなかに裏切り者がいるのは間違いない。もちろん、祖父の力は老いても変わりなく、絶対的な影響力は死ぬまで衰えはしないだろう。しかし一方で、最近になってその権限を何人かの子分に譲りはじめているのも事実だった。我々の世界も近ごろはだいぶ変わってな、と祖父は言った。かつては仁義を重んじるのが当然だったが、最近では多くの組がただのごろつきや、麻薬の売人の吹きだまりと化していると。いまも昔も、祖父は麻薬取引にはいっさい手を出さず、賭博《とばく》やみかじめ料、俗に言う〝しょば代〟で利益を得ていた。ブランド物の偽造もビジネスの一環として行っているものの、規模としては非常に小さく、派手にやっているわけでもないので、警察も祖父の組織に関してはあえて目をつぶることが多かった。

ヤクザの世界では、親分がみずから引退することはまずない。その権力は絶大にして揺るぎなく、子分たちは親分を敬い、忠節な兵士としてその命を守った。しかし祖父の子分のなかには、どうやら忠誠心に薄い裏切り者もいるらしい。おそらくその裏切り者が、背後で小賢《こざか》しく動いているのだろう。その影響もあってか、若い子分のあいだでは、麻薬や武器の取引によってもたらされる大きな利益にかなりの魅力を感じている者もいるようだった。祖父の言うように、仁義などもう、その名残さえない。

レノはふたたび助手席のほうに目をやった。ジリーは先ほどから夜の闇《やみ》を見つめつづけている。薄暗い車内では表情まではよく見えないが、彼女がいまなにを考えていようと、そんなことは関係なかった。この状況では思いきった手段に出る以外、ほかに道はない。自由を奪われて不満の鬱積しているジリーがそのやり方を気に入るとはとても思えないが、とにかく行動に出るほかなかった。

車が夜の闇を猛スピードで突き進むなか、ジリーはなんとか隣にいる男のことを考えまいとしていたが、携帯電話を取りだしてボタンを押しはじめるレノを目にして、思わず声をあげた。「ちょっと、運転中に携帯電話で話すのは違法じゃないの?」

レノはちらりとこちらを見た。「ジリー、俺たちがいま乗ってるのは盗んだ車だ。違法か違法でないかの境なんて、あってないようなもんさ」と言い、送話口に向かって日本語で早口に話しはじめた。

レノの運転の仕方と、話の内容。いったいどちらに不安を感じるべきか、自分ではもう判断がつかなくなっていた。けれども運転中に電話をしている相手にしつこく話しかければ、このスピードの出し方からして、数分後にはふたりとも即死ということになりかねない。ジリーはレノが電話を終えてポケットにしまうのを待ち、ふたたび口を開いた。

「わたしは〝死んだ〟ですって?」

レノは驚いたようにまたこちらに向きなおった。「日本語が話せるのか?」

「ほんの少しね。誰と話していたかは知らないけど、あなたはその人に向かって、わたしは死んだと言った。山道で事故にあって、車ごと崖《がけ》から転落したって」

「くそっ」レノはいらだちをあらわにした。「電話の相手は祖父だ。家族の一員を守れなかったことにかなり機嫌を損ねてたよ。まあ、きみがいまや家族の一員と考えられていることに俺がどんな気持ちを抱いているかはべつとして、祖父がいま相当機嫌を損ねていることは事実だ」

「どうして嘘《うそ》をつく必要があるの？　それとも、あなたがいま説明したことがこれから実際に起きるとでも？　ひょっとしてあなたはわたしを殺そうとしてるの？」

「口数の多いきみを黙らせるには、それしかないという思いもある。だが、そんなことをすればタカシになにをされるかわからない。それに、きみの死体を処理するのはなにかと面倒だろうからな」

「でも死体の始末なら、あなたのおじいさんにまかせればきれいに片づけてくれるはずでしょ。姉さんやタカシの家でロシア人たちを殺したときはそう言ってたじゃない。アメリカ人の死体がひとつ増えるくらいなんでもないはずよ。軽々と人目のつかないところに運んで始末できるはずだわ」

「〝軽々と〟だって？」レノは嘲笑《ちょうしょう》まじりにくりかえした。「俺と変わらないくらい背が高いきみがよく言うな。たしかに祖父の子分たちは簡単にきみの死体を始末するだろう。でも、俺自身はきみを殺すことになんの興味もない。それはどちらかといえば、タカシのやり方だ。俺はただきみをやっかい払いしたいだけさ。もちろん、いっそのこと首を絞めてほしいと言うのなら話はべつだけどな。それが望みとあれば、わざわざ説得されるまでもなく実行に移す準備はできているよ」

「そんなに絞め殺したいならお好きにどうぞ。でも、その前になにか食べさせて。この調子じゃあ空腹のあまり餓死しそうだわ」

「オーケー、もう少しの辛抱だ」それは励ましの言葉でもなんでもなかった。レノはそう答えるなり、それでなくても出しすぎのスピードをさらに出して、行き交う車のあいだを縫うようにひた走った。間一髪で自転車やバイク、それに歩行者と接触しそうになることもしばしばで、そのたびに絶妙なハンドルさばきでそれらを回避した。

「いったいどこに向かってるの?」ジリーは顔を上げ、ネオンに輝く夜の街を眺めた。運転に集中しているレノから返事はない。そもそも質問に答えてくれると思った自分が愚かだった。実際、ここ二日のあいだに投げかけた質問の大半は完全に無視されている。状況が急に好転するとは思えなかった。「答えてくれないならまた箸《はし》でつつくわよ」

レノはちらりとこちらに目をやった。「だが、いまきみは箸なんて持っていない」

「たしかに。とにかくおなかが減って死にそうだわ。どこか近くで食べ物を調達してきてちょうだい。箸もいっしょにね。今後の計画はそれから聞かせてもらうわ」

「まずはラブホテルに入る」

「冗談でしょ」ジリーは軽く受け流した。「死んでもいやよ」

「勝手に想像を膨らませるな。その手のホテルなら東京にいくらでもあるし、名前も告げる必要もない。受付の人間と顔を合わせることもなく、機械でチェックインするところもある。きみだってきっと気に入るさ。いろいろ趣向を凝らして、部屋ごとにテーマをもうけているホテルも多い。海賊の部屋とか、侍の部屋とか、SMの部屋とかな。想像力豊かな若い女がいかにも好みそうな部屋がたくさんある」

「SMになんて興味ないわ。それに、たとえ海賊の部屋に興味を引かれたとしても、あなたはジョニー・デップには似ても似つかない」

「だとすると、残りは侍の部屋だな」とレノは言った。「そもそもきみに選択肢はない」

「そういうホテルにはちゃんとベッドはふたつあるの？」

「ラブホテルに？　まさか。まあ、心配はいらない。日本のラブホテルはいわばテーマパークのようなもんだ。比較的清潔だし、部屋のテーマごとにいろんな世界を楽しめる」

「あなたとセックスするつもりはないわ」

「俺がいつきみの体を求めた？　きみとセックスがしたければとうの昔にすませてる」

なんて憎たらしい男なの。いつかこの手で殴ってやる。ジリーは心のなかでつぶやいた。やっかいな重荷だとしか思われていないのは承知しているけれど、面と向かって侮辱めいた言葉を吐かれる筋合いはない。

「ラブホテルはいや」ジリーは感情を抑え、淡々とした口調で言った。「そんなところに入ったらなにをされるかわからないし、場合によってはまた気絶させられて……」すでに一度同じような目にあっているのを思いだし、最後まで言いおえる前に言葉が途切れた。

「とにかく、ラブホテルはいやよ」

「だとすると、あとはカプセルホテルだな」

ジリーは表情を輝かせた。「カプセルホテル！　名案ね！　テレビで見たことがある」

「見るのと泊まるのとではだいぶ違うぞ」

「カプセルホテル、完璧《かんぺき》じゃない」

「俺がきみの好きなようにさせるとでも？」

「わたしだって好んで文句ばかり言ってるわけじゃないの。もっと自由にさせてくれたら面倒はかけないわ」

その言葉にレノは微笑《ほほえ》んだ。笑顔を見せるような男ではないと思っていたのに、突然の微笑みは意外だった。といっても、それはふくみのある取りすました笑みにすぎない。まるでそんな反応が来ることなどお見通しだったとでも言わんばかりの笑顔だった。

当然、ここは引きさがるわけにはいかない。いっしょに夜を過ごすのは避けられないとしても、セックスをするために使われるホテルにこの男と入るなんて問題外だった。でも、カプセルホテルならテレビで見たことがある。〝ホテル〟と呼ぶには小さすぎるけれど、きわめて実用的な施設で、おもに最終の電車を逃したサラリーマンたちが寝るためだけに利用する場所だった。

「いま言いたいことはそれだけか？」レノの声はあくまでも穏やかだった。

それにしても、相手の術中にまんまとはまったようなこの気分はなんなのだろう。「ええ、それだけよ。行き先がラブホテルでないかぎり、もううるさいことは言わないわ」

「まったくアメリカ人ってのはどうしてこうもお堅いのかね。融通がきかなくて困る。この手のことは感情を交えず、あくまでもドライに現実に向きあうのが賢明じゃないか。セックスはあくまでも娯楽、結婚はビジネス上の契約。それ以上でもそれ以下でもない」

「じゃあ、愛は？」

「そんなものは存在しない」

ジリーはただ相手を見つめかえした。「タカシや姉さんはどうなの？　あのふたりは愛しあっているわけじゃないというの？」

「サマーはアメリカ人だ。タカシにも半分アメリカ人の血が入ってる」

「どういう意味よ。愚かにも恋に落ちるのは外人だけだと言いたいの？」

「外人は余計なことを考えすぎだと言ってるんだ。たとえそんな感情が芽生えたとしても、じっとして時が過ぎ去るのを待てば、熱も冷める。そういうものさ」

ジリーはあらためて隣にいる男を見つめた。「それは経験から来る言葉？」

「愛だの恋だの、俺はそういうものはずっと避けてきた。そんな感情は往々にして弱みになる。そもそも時間の無駄だ。まあ、愛なんてものが存在すると仮定しての話だけどな。そんなもの抜きにして生きるほうがよっぽど楽だ」レノはそう言って車を停《と》めた。都心から少し離れた場所らしく、薄暗い通りには派手なネオンのきらめきもない。レノはエンジンを切って向きなおった。「だからきみも、気づかれていないと思ってじろじろ見つめるのはもうやめることだ。それが望みだというのなら、求めに応じてきみと寝たってかまわない。だが、行為はあくまでも行為。それ以上を期待されても、俺には応《こた》えられない」

人を殴ったことなど一度もなかった。けれども反射的にくりだした拳《こぶし》はまともに相手の顔に命中し、一瞬のできごとに自分でも驚きを隠せなかった。ただ拳の痛みだけが、その行為の名残としてある。

レノは身動きもしなかった。「答えはノーということだな」

一瞬、謝ろうとも思ったけれど、言葉は喉まで出かかって消えた。「わざと嫌われるようなまねをしてるの？」ジリーはかわりに言った。素直に謝るべきなのはわかっている。人を殴るなんて、けっしてほめられたものではない。けれども相手は一度くらい顔を引っぱたかれても当然の男だった。

返ってきた答えは思いがけないものだった。「あるいはそうかもしれない」レノはそう言ってドアを開けた。「ちょっと待っていてくれ。そのへんで適当な場所を探してくる。ドアにロックをして、目立たないように伏せてるんだ」

レノは静かにドアを閉め、からっぽの通りを歩きはじめた。ひっそりした宵闇に、細身の体の輪郭が浮かびあがっている。ジリーは急に不安になってドアを開けた。「ちゃんと戻ってくるんでしょう？」

レノが振りかえってにやりと笑うと、闇のなかで白い歯がきらりと光った。「心配することはない。鮫《さめ》の餌《えさ》にすると決めたら前もって知らせるさ。さあ、ドアをロックして」

　ジリーは座席に深く身を沈め、言われたとおりにドアをロックして、レノのジャケットをしっかり着なおした。きっとレノはいまごろ寒い思いをしているだろう。わたしのことにもうんざりしているに違いない。そんな相手を殴ってしまったことが、自分でもいまだに信じられなかった。記憶にあるかぎり、最後に人を殴ったのは小学校の一年生のとき、相手はお気に入りのおもちゃを取りあげた同級生だった。この手でレノを殴った現実は変わらない。けれどもその行為に唖然《あぜん》とする一方で、気持ちがすっきりした自分がいるのもまた事実だった。殴った手の痛みはまだ消えない。レノの美しく冷たい顔に拳が当たったときの肉や骨の感触も、いまだにありありと残っていた。根っからの平和主義者で、いつもは暴力に断固として反対しているのに、まだあの男を殴り足りない思いでいるなんて。

　でも、無闇に手を出すのはひかえる必要がある。相手は二度も殴られて黙っているような寛容な男ではなかった。

　もしかしたらレノは、自分は殴られて当然の男だと思っているのかもしれないし、わたしがどうなろうと関心はないのかもしれない。すぐ戻ると言ってどこかに消えたものの、知らない町にわたしを置き去りにしたまま、もう戻ってこないことだってあり得る。たとえそうだとしても、自力でこの状況を切りぬける自信はあった。あの男が簡単にわたしを見捨てたように、わたしだって簡単にあの男に見切りをつけられる。

三十分して戻ってこなければ、行動に出るつもりだった。といっても、時計も持っていないとあっては、いまが何時かもわからない。たぶん真夜中を過ぎたころだろうけれど、時間の感覚は麻痺《まひ》していた。一日の区切りはあいまいで、日本に着いたのがきのうなのかおとといなのかも定かでない。今日が何日なのか、それさえわからなかった。時差ぼけに加え、移動に次ぐ移動でろくに睡眠もとれていない状況では、正常な思考も働かない。

せめてジャケットを返しておくべきだったわ、とジリーは思った。きっといまごろ寒い思いをしているに違いない。雪こそ降っていないものの、真冬にTシャツ一枚では裸で歩いているようなものだった。

しばらくのあいだはじっとしていよう。約束どおりレノが戻ってくるかどうかは判断がつかないけれど、あれこれ心配するには疲労がたまりすぎていた。ジリーは座席に身を沈め、目を閉じて、意識的に深呼吸をくりかえした。体内のよどんだ空気を吐きだし、新鮮な空気を取り入れ、不安な思いを洗いざらいかき消すように。

すると人影が窓の外にぬっと現れ、ジリーは思わず悲鳴のような声をもらした。こつこつと軽く窓を叩《たた》いているのはレノだった。どうやら約束どおり戻ってきたらしい。

「さあ、外に」ドアを開けるとレノは言った。「ここからは歩いていく」

「この車はどうするの？」

「誰かが見つけて持ち主に返してくれるさ」

「あちこち拭《ふ》かなくてかまわないの?」

「拭くって、なにを」

「あなたの指紋よ。そこらじゅうについてるはずでしょ。警察が調べれば、車を盗んだのはあなただってすぐにわかるかもしれない」

「だいじょうぶ。俺の指紋は連中の記録にはない」

「日本では逮捕された人の指紋は採らないの?」

「逮捕されたことなんて一度もないさ」

ジリーはドアを支えにして車から降りた。足元がおぼつかずによろめいたりすれば、またこの男に体を触れる理由を与えてしまう。ろくでもないことになりかねない弱みなど見せたくなかった。「そうなの、なんだかがっかりしたわ」とジリーは言った。「生粋の悪人だと思っていたのに、実際はただ悪ぶっているだけなのね」

そんな皮肉に反応するような相手ではなかった。「悪さをしても捕まらないのというが俺の生き方でね」レノはズボンのうしろのポケットから帽子を取りだした。「これをかぶって下を向いて歩くんだ。誰にも見られないとは思うが、用心するに越したことはない。それに、またきみが気に入りそうなところを探すのも面倒だしな」

ジリーは帽子を手に取った。薄汚れた野球帽にはピンク色の迷彩服を着たハローキティのワッペンがついている。「ジャケットは返さなくていいの? あなただって寒いでしょう？」

レノは質問を無視して手を伸ばし、はみでた髪を帽子のなかに収めた。思いのほかやさしい手つきに、ジリーは戸惑いを隠せなかった。「黙って俺のあとについてこい。たとえ誰かに見られたとしても、ただのホモのカップルだと思われるだろう」

「なんのカップルですって？」

「ゲイのカップルだよ。まあ、ゲイのカップルは普通カプセルホテルには行かないがな。ラブホテルのほうがよっぽどくつろげる」

「でも、どうしてわたしにこんな帽子を？」

「カプセルホテルのほとんどは男性専用だ」

「なんてこと」ジリーはため息まじりにつぶやいた。「あなたとひと晩過ごさなきゃならない上に、男装までさせられるなんて」

「幸運にも、このあたりじゃほかの人間に興味を持ったり注意を払ったりする物好きはいない。でなければ、帽子をかぶっているくらいじゃ絶対に気づかれるからな。きみにとってはほとんど不可能なことかもしれないが、とにかくしゃべるな。さっきチェックインした際には誰もいなかったが、いつほかの客が入ってくるかわからない。ほとんどの客は酔っぱらって終電を逃したサラリーマンで、いったん寝床に入ってしまえば泥酔して朝まで起きないだろう。だがもしトイレに行くなら、そのあいだ誰も入ってこないように俺がなんとかする」

「そりゃあトイレには行くわ」

「だったら俺の言うとおりにしろ」

相手の命令に従うのはいい加減うんざりだったけれど、この状況では反抗してもなんの意味もなかった。早い時期から大人の世界に入って人生を送っている身としては、子ども扱いされてあれこれ言われることには慣れていない。そもそも人に指図されるのは大嫌いだった。

カプセルホテルが入っている建物は、特徴のない四角い建物だった。日本語に関しては会話を中心に勉強しているので、看板にある文字は読めもしなければ意味もわからない。いくら頭脳明晰《めいせき》でも、漢字の習得には長い年月と根気が必要だった。幸い、入り口にある細長い廊下はからっぽで、途中ですれ違ったのは完全に酔いつぶれた男ひとりだけだった。たとえプロムパーティー用のドレスを着ていたって気づかれなかったに違いない。

蜜蜂《みつばち》の巣箱が整然と並べられたような建物の内部は、まるでSF映画のワンシーンのような光景だった。レノはひとつのカプセルの前で止まり、ドアを上に押しあげた。細長くて小さなベッドの頭上には明かりがあって、テレビ画面や申し訳程度の棚が壁にはめこまれている。

「くつろぎの我が家ね」

「さあ、入って」

ほかに選択肢はなかった。近くにあるカプセルからはかすかないびきが聞こえる。けれども寝ているほかの客たちが、なにをきっかけに目を覚ますかはわからなかった。ジリーはカプセルのなかに潜りこんで横になった。

するとそれに続くようにして、レノもなかに入ってきた。

「なんのつもり?」ジリーは思わず声をあげたが、すぐに片手で口元をふさがれた。レノの顔は目の前にある。狭い空間のなかで、ふたりの体はぴったり触れあっていた。

「この状況で俺がきみをひとりにすると思うか? ラブホテルならもっと広くてくつろげたのに、選《え》り好みをしたのはきみのほうだ。自分がまいた種だと思って、我慢するほかないな。まあ、なにをするにも狭すぎるというのを幸いと思うことだ。たとえきみにその気があったとしても、ここではなにもできない。もちろん、きみにそんな気などないだろうけど」

返す言葉はなかった。口元をふさがれていては、反論するにも反論できない。狭い空間のなか、威圧的なレノの存在に圧倒されているのは事実だった。すらりとした長い脚、硬くてたくましい胸、そしてその唇……。「おとなしくすると約束するか?」レノはささやくように言った。

しばらくしてうなずき、その目をにらみかえすと、ようやく口元から手が離れた。「それでいい。賢い選択だ」

いまは自分が賢い選択をしているとはとうてい思えなかった。閉所恐怖症にでもなりそうな狭い空間は、ふたりの体温で息苦しいほど暑くなりはじめている。認めるのも悔しいけれど、正直なところこの状況に興奮している自分もいた。そんな感情を抑えるのも、この体勢では困難だった。

「ジャケットを脱いだらどうだ」とレノは言った。

「それ以外のものを脱ぐ気はないわよ」

返答を無視するレノをよそに、ジリーは背を向けてジッパーに手をかけようとしたが、プラスティックの壁はすぐ目の前にあって、相手の体を肘で突かなければ手も動かせない状態だった。

でも考えようによっては、少々力を入れて小突いても不可抗力として片づけられる。レノのほうもそのへんは予期していたようで、腹部に肘が当たってもなんの反応もしなかった。ジリーはなんとかジッパーを外し、身をくねらせて上着を脱ごうとしたが、そのたびに熱を帯びたレノの硬い体を触れることになって、思わず身をこわばらせた。

革のジャケットは中途半端にはだけた状態にある。見るに見かねたレノは腕のあたりに引っかかった上着を押しさげ、足のほうに放《ほう》ると、今度はスエットシャツの裾《すそ》をつかんでそれも脱がしはじめた。抵抗すればするほど相手の体に押しつけられてしまうのは皮肉だった。プラスティックの棺《ひつぎ》のような狭い空間のなか、細身とはいっても、レノの体はかなり大きく見える。日本人男性の平均身長をもとに作られたカプセルは、百八十センチ近くあるふたりにはあまりに窮屈すぎた。

ジャケットに次いでスエットシャツも脱がされたジリーは、今度はジーンズのボタンに手がかけられるのではないかと不安に思ったが、レノはそれ以上脱がすつもりはないらしかった。やはりこの男にとってわたしは魅力に欠ける存在であるらしい。

やがてレノは低い天井の下で体を起こし、間近でこちらを見下ろした。「トイレはどうする？　行くなら誰も来ないように見ていてやる」

もちろんいまは意地を張ってノーと言えるような状況ではない。無言でうなずくと、レノは面倒そうにカプセルの外に出て、廊下に誰もいないことを確認してから下りてくるようにと合図をした。

トイレは機能的にして清潔で、小水用の便器はそれぞれボードで仕切られていた。日本人の男性は西洋の男性より慎み深いということなのだろう。けれどもいまはそんなことをあれこれ考えるつもりはなかった。

ジリーは個室に入ってドアを閉め、手早く用をすませた。仕切りの向こうから聞こえてくる音からするに、レノもなに食わぬ顔で用を足しているに違いない。

個室から出ると、レノはすでに戸口にもたれ、じれったそうに待っていた。さすがに手を洗う時間だけは充分に取ってくれたが、その後は急《せ》かすように先ほどのカプセルに戻り、有無を言わせずふたたび狭苦しい空間へと押しこまれた。

「すぐに戻る」レノはそう言って、カプセルのシェードを閉じた。

ジリーは深いため息と共にたまっていた思いを吐きだした。ほんとうはいっしょに眠るつもりなんてさらさらないのかもしれない。興味本位でじらすだけじらして、実際はすでに自分が眠るカプセルを確保しているということもあり得る。なんて男なの。ジリーはプラスティックの壁にもたれて目を閉じ、なんとか自分を取り戻そうと気持ちを落ち着かせた。鬱積した感情やストレスは、拘束服のように体全体を包みこんでいる。

するとカプセルのシェードがふたたび開き、レノがこちらに向かってなにかを放り投げた。手術着と赤ん坊用のパジャマを足して二で割ったような、薄手の綿の服。「これを着ろ」

レノは答える暇も与えず、すぐにシェードを閉じた。一瞬、呼びとめて反論しようと思ったけれど、たとえそうしたところでなんになるだろう。ジリーはシャツのボタンを外しはじめ、再度レノが戻ってくるころには、濃紺のパジャマに着替えおわっていた。脱いだ服はきちんとたたんで、その上にスニーカーを置いてある。もしかしたらあの旅館のときのようにレノも同じ服に着替えているのではないかと不安に思ったけれど、レノはまだTシャツと革のズボンという格好のままだった。

レノは優雅にして敏捷な動きでカプセルのなかに入り、扉がわりのシェードを閉めた。しばらくどこかに行っているあいだに相手の体が小さくなったはずもなく、レノが横になると室内の狭苦しさはいっそう増して、ジリーは縮まるように隅のほうへと体を寄せた。

「きみも横になったらどうだ、ジリー。俺の体にブロックされて、きみはもうここから出られない。俺もこれからチェックアウトぎりぎりまで眠るつもりだ。そんな姿勢でひと晩じゅう座ってるつもりか」

「わたしのことは放っておいて」ジリーは冷ややかな声で言った。

「そんなところにいられたら、こっちが窮屈でたまらない」レノは無駄のない動きで体を引きよせ、強引に横にならせると、片手を伸ばして頭上の明かりを消した。

ふたりはわきを下にして、互いに顔を合わせる形で横になっている。どうしてブラジャーを外してしまったんだろう。指示されるまま着替えてしまったことが、いまさらながらに悔やまれた。こんな薄手の服よりも、いま必要なのは鎧《よろい》だった。同じくらいの背丈の者同士、脚や腰、そして胸と——同じ部分がそれぞれに貼《は》りつく格好になって、身動きがとれない。相手の顔も、あまりに近くにありすぎた。

「おとなしく眠るんだ」冷たく突き放すような声の調子とは反対に、レノの腕はからみつくように体に回されている。

「そっちこそ早く眠ったら？」

暗くて顔は見えないけれど、なぜか相手が微笑んでいるように思えて仕方なかった。薄笑いでも嘲笑でもなく、絶対に人には見せない笑顔が、そこにあるような気がした。

「きみがそうしてほしいならもう眠らせてもらおう」そう返事するなりレノは全身をリラックスさせ、緊張感や警戒心を解きほぐした。呼吸もゆっくりしたものに変わり、心臓の鼓動も一定のリズムに落ち着いた。

それとは対照的に、こちらの高ぶった神経は静まる気配もない。

体を動かそうとすると、即座にレノが反応して腕に力を込めた。「素直に受け入れろ」レノはささやくように言った。

受け入れろって、なにをよ。ジリーは無力な自分に腹立たしさを覚えた。わたしだって、できることならなにも考えずにぐっすり眠りたい。でも、疲労は限界まで来ているはずなのに、眠気はなかなか訪れなかった。素直にこの状況を受け入れて、いい加減、無駄な抵抗はやめろと言いたいの？　たしかに相手の思いどおりにさせられている状況に嫌気が差していた。実際、威圧的な態度は不愉快きわまりない。なにか命令されるたびに、それに強く反発する自分がいた。同じ状況でもいっしょにいるのがタカシだったら、きっと素直に従っていたに違いない。けれども相手がレノとなると、なぜか反発的になって、必要以上にかたくなになった。

それともこの状況はもとより、自分の感情を素直に受け入れろという意味なのだろうか。

たとえそうだとしても、そうするメリットはどこにもなかった。たしかにこの二年あまり、海を隔てたロサンゼルスにいて、一度しか会ったことのないレノのことをあれこれ想像していたのは認める。その前の二年間は、ジョニー・デップが妄想の対象だった。けれどもそんな夢見がちな乙女心は、醜い現実を目の当たりにし、レノと行動を共にすることによって、跡形もなく砕け散っていた。

ところが頭ではわかっていながらも、あいにく体や心はまだ状況に順応できていなかった。レノはじっと動かず横になっている。狭い空間のなか、ただでさえ近すぎるというのに、自分のほうから体を押しつけ、その胸に顔を埋めてみたいという衝動は高まる一方だった。レノはいったいどういうキスをするのだろう。正直言って、こんなにまで魅惑的で美しい唇をした男の人を見たのは人生ではじめてだった。たしかにその口から発せられる言葉は憎たらしいものばかりだけれど、官能的な唇をしている事実は否定できない。

こんなばかげたことをもんもんと考えつづけているなんて、ここ数日の狂気に満ちたできごとのせいに違いないわ、とジリーは思った。なにしろこの目でいくつもの死を目撃し、自分の命さえ危険にさらされているのだ。右も左もわからない異国にあって、身近な人物に頼ろうとするのも無理はない。どんなに危険な男でも、いまの自分にとってはレノだけが唯一の頼りだった。肉体的な欲求を感じているのも、異常な状況にあって動物的な本能が働いているせいに違いない。

でも、レノを相手にそんな欲求を抱くなんて正気の沙汰《さた》ではなかった。一刻も早くこの男から離れなければ、今度はどんな不運に見舞われるかわからない。なんとか無事ロサンゼルスに戻ることができれば、多少プライドや心が傷つく程度で、その後はまた異性とは無縁の、刺激のない平凡な生活が待っているはずだった。これ以上この男といっしょにいたら、いつ自分を見失って、あとで悔やむことになる行動に出るかわからない。

唯一にして最低の恋人だったデュークと同じように、レノがわたしという人間にほとんど関心を持っていないのがせめてもの救いだった。たぶん、世間知らずの愚かな女だということを承知しているのだろう。その拒絶ぶりは、自分だけ欲求を満たした直後のデュークに匹敵するほど徹底していた。といってもデュークとの行為は、一夜かぎりの情事と呼ぶのも不自然に感じるようなものだった。現に、行為自体に費やされた時間はたったの三十分ほど……。

熟睡していたはずのレノが急に身を翻し、黒豹《くろひょう》を思わせる俊敏な動きで覆いかぶさってきたのはそのときだった。体の自由を奪われたジリーは、気づくとレノの下に横たわっていた。暗闇に輝く一対の目が、じっとこちらを見下ろしている。

世界が一瞬にして崩れ去るのを感じつつ、ジリーはいまにも自分の唇に重ねられようとしているレノの唇を見つめた。

7

ジリーはレノの顔を見上げたまま、呼吸をするのも忘れて待っていた。その唇が、肉感的なその唇が、自分の唇と重なる瞬間を。あとはもうこの薄っぺらのマットレスの上、引きしまった体に身をゆだねて、すべてを捧《ささ》げるのみ……。

「早く眠るんだ」レノの声は冷たく、そこにはなんの感情もこもっていなかった。体は熱を帯び、しかもその一部は戸惑うほど硬くなっているというのに、その口調はあくまでもそっけなかった。

「勝手に想像を膨らませるな」心の内を読むように、レノは言った。「美しい女の隣に寝ていて興奮しない男などいない。だが、この反応はべつに個人的なものではない。もちろん、きみにその気があるなら話は違ってくるが」

正直に言って、その気は充分にあった。あれこれ考えるのはうんざりだし、無理に話をする気もない。相手の言葉にいちいち反論するのにも嫌気が差していた。いまはただ、風変わりな魅力に満ちたこの男にすべてをゆだね、なにもかも忘れ去りたかった。それに、この男はいまわたしのことを美しいと言ったのだ。なのにキスさえしないなんて。「その気なんてないわ」とジリーは言った。

「嘘《うそ》をつくのがへただな」皮肉めいたことを言われるのは承知していた。ただ、レノの声にはこれまでとは違うやさしい響きが混じっていた。「まあ、きみが自分に正直になるのを待とう。とにかく、いまは眠るんだ」

「わたしだって眠ろうとしてるわよ。でも、あなたはしっかり自分で自分を抑制できるんでしょうけど、わたしの場合はそれほど経験も……」自分が口にしはじめた言葉に驚いて、ジリーはすぐに訂正した。「つまりその……そんなふうに体を押しつけられては寝るに寝られないということよ」

暗闇《くらやみ》のなか、レノの瞳はいまだにきらめいている。「たしかにそうだな。はじめてきみの反論に一理あると思ったよ。そういうことならちょっと手を貸してやってもいい」

「また気絶させられるのはごめんだわ」

「今回はべつのやり方でいこう」狭い空間でサンドイッチのようになった状況で、レノはいきなり腕を伸ばし、脚のあいだに手を滑りこませた。

押し殺した悲鳴は、口元にあてがわれたもう一方の手ですぐにかき消された。必死に抵抗を試みても、完全に体の自由が奪われている。するとレノが耳元でささやいた。「声を出すな。このなかでしていることが外にもれたらまずい」

口元をふさがれている上、しっかり押さえられて首も振れない状況だった。レノは今度は脚のあいだに膝を入れ、強引に腿を開かせて、薄い生地の上から愛撫《あいぶ》を始めている。知りつくした体に触れるような手つきに、ジリーは思わず身をのけぞらせた。

「自分でしろと言いたいところだが、そんなことを言えばまた殴られかねない」レノはふたたび耳元でささやいた。「ここ数日のできごとで、きみはいま緊張しきっている。その緊張を解いて眠れるようにするには、これが唯一の方法だ。まあ、治療を受ける患者のような気分でいればいいさ」

さっと手を噛《か》もうとしたものの、例によって先を読まれていた。「ジリー、目を閉じて身をゆだねるんだ。抵抗をやめれば、快楽はすぐに訪れる」

こんなふうに触れられるのははじめてだった。レノの言うとおり、自分で処理することもできないわけではない。でも、急速に濡《ぬ》れつつある生地を通した刺激は力強く、抵抗するのも忘れるほどだった。自分の体のことは知っているつもりだし、自慰的な行為に嫌悪感を覚えるような潔癖な性格でもなかった。その気になれば、自分の手で容易に絶頂を迎えることができる。けれども狭いカプセルのなか、熱を帯びた体を押しつけられて男の人にされるのは、まったくべつものだった。しかも相手はただの男ではない。レノなのだ。

強烈な快感はすでに全身に行きわたっている。身もだえして離れようとしても、余計に刺激が増す一方だった。最初のクライマックスの波はあっという間に訪れた。小刻みに震える体を弓なりにそらせて快楽を味わいつくすと、ようやくレノの手が口元から離れた。

「これで満足でしょ」ジリーはかすれた声で言った。「おかげで緊張も解けたわ。あとはもうほっといてちょうだい」

するとと闇に包まれたカプセルのなかで静かな笑いが響いた。「いまのをオーガズムと呼ぶのか。アメリカの男は女の悦《よろこ》ばせ方を知らないようだな」

その直後に訪れた快楽の波は前回よりもいっそう強烈だった。ジリーは喉元まで出かかったあえぎ声を必死に抑えた。どうしてこの男はこんなにもわたしの体を知りつくしているの？　骨張ってほっそりとした指はときに強く、ときにやさしく、絶妙なタイミングで刺激するべき場所を刺激しつづけている。ふたたび訪れたオーガズムの渦に、ジリーはまたしてものみこまれた。

これ以上抗《あらが》うことなど不可能だった。快楽はどんどん増すばかりで、強烈な波はいまだかつて訪れたことのない場所へと自分を導いている。その漆黒の広がりは、興奮や快楽を超え、生や死を超え、ただそこに存在していた。ジリーは暗闇のなかで手を伸ばし、レノの顔を自分のほうに近づけようとしたが、突然荒々しくなった刺激に身も心も打ち砕かれ、思わず我を失ってレノの胸に顔を埋《うず》めた。全身はいまだ痙攣《けいれん》するように震えつづけている。

未知の快楽の波がようやく引くと同時に、ジリーは薄いマットレスにぐったりと身を沈めた。汗の粒と共に顔を伝うのは涙だった。高鳴る鼓動は落ち着く気配もなく、乱れた呼吸はかすれ声となって、狭いカプセルのなかに響いた。

「快楽の極みというのはこういうことだ」レノは押さえつけていた体から離れてわきに横になり、客観的な事実でも口にするように言った。「いまのところはこれで充分だろう。でも、セックスに関するかぎり、きみはまだまだ学ぶべきことがあるな」

返す言葉も見つからなかった。姿勢を変えて背を向けようとすれば、また相手に体を押しつけることになる。体の震えは徐々に収まってきているものの、いましがたの行為を思いだすように突然、快楽の名残が全身をつらぬいた。なんてことなの——いますぐどこかに消えてしまいたかった。あたかもなにもなかったかのようにふるまいたかった。

 ふいに顔に手が添えられ、びくりと身を震わせたが、その手つきはやけにやさしかった。

「目を閉じて眠るんだ、ジリー」と耳元で声がして、指先でそっとまぶたが閉じられた。

「殴りたいなら明日になってからいくらでも殴れる。さあ、いまはとにかく眠って」

深い眠りが訪れたのは、それからまもなくのことだった。


くそっ、泣いてるじゃないか、とレノは思った。最高のセックスのあとで体が勝手に反応しているのはわかるが、目の前で女に泣かれるのは大の苦手だった。しかも想像するに、涙の理由はセックスだけではないように思える。

なんてことだ。結局こうして泣かせることになるのなら、いっそのことお互い裸になって、自分もすっきりすることだって可能だったのに。この状況からして、興奮しきった股《こ》間《かん》の膨らみは朝まで収まりそうもない。睡眠をとって体を休めるつもりがこの有様。こんな状態では、危険な連中からジリーを守れるかどうかも怪しい。

もちろん、欲求不満くらいでどうにかなるほどやわな性格ではなかった。本格的に性に関心を持ちはじめたのはたぶん十二歳のころ、それから十四歳で初体験を迎えるまで自分を見失わずにいたのだし、これくらいはなんてことない。

ジリーが熟睡しているのは安定したその寝息からもわかった。なのに今度は自分がもんもんとして眠れなくなるなんて。興奮に濡れた薄い綿の生地やその感触を思いだすだけで、股間の膨らみはいっそう収まりがつかなくなる。

レノはズボンのなかに手を入れ、窮屈な感じを少しでもなくそうと位置を直した。その気になれば、彼女を起こすこともなく自分で処理することもできる。たとえ途中で目を覚ましたとしても、手を貸してくれないかと頼むつもりはなかった。結局のところ、この場でそんなことをするつもりもない。いまは十二歳の少年のようにただ彼女のことだけを考え、好き勝手に想像を膨らませるだけで満足だった。このたまりにたまったエネルギーは、彼女を無事日本から脱出させ次第、ほかの誰かを相手に発散させればいい。たしかにジリーにはそそられるものの、実際にセックスするつもりは毛頭なかった。面倒なしがらみもなく体の関係だけで満足しあえる相手はいくらでもいる。

レノは目を閉じた。明日の出方に関しては、まだなんの計画も講じていない。厳密に言えば、もう今日のことだった。とにかくいつも使うルートとはべつのルートで、祖父に連絡を取って会いに行く必要があるだろう。それが少々やっかいなのは百も承知だった。自分は祖父の組でもかなり知られている一方、現在、側近のボディーガードとして誰がつき従っているのかは見当もつかない。マツモトやコマツといった組員にはそもそも白い目で見られていたし、新しく組織に加わったヒトミという男の存在もあった。このヒトミという男に関しては、情報らしい情報もない。祖父が孫や身内になんの断りもなく新しい人間を組織に迎え入れるのは、記憶にあるかぎり一度もなかった。

しかし祖父と接触を図るにしても、その前にジリーをどこか安全な場所にかくまう必要がある。ところがその安全な場所が、彼女をあずけても絶対に安心な人間が、どうしても思いつかなかった。

まあ、朝になればそれなりの案が浮かぶだろう。膨らんだ股間はいっこうに収まる気配もないが、自制心はロンドンでの訓練でつちかっている。いま必要なのは睡眠だった。とりあえず今夜はこのカプセルのなかにいればまず危険はない。レノはかすかに体を動かして、ふたりを隔てていた数センチの隙間《すきま》を埋め、ジリーの体にぴったりと寄りそった。そしてようやくみずからも深い眠りに落ちた。

ジリーは至福の眠りから徐々に目覚め、ようやく自分がいる場所を思いだした。カプセルホテルの狭苦しいベッドの上、かたわらにはレノがこちらに手足を投げだすようにして眠っている。突然眠りに落ちる前の記憶がよみがえり、反射的に相手のわき腹を思いきり肘で突くと、レノはうなり声と共に体を丸めて目を開けた。

「ちょっと、そんなにくっつかないでよ」とジリーは言い、狭い空間のなか、できるかぎりレノから離れた。

レノは壁に手を伸ばし、明かりをつけた。急なまぶしさに思わず目を閉じ、ふたたび開けると、こちらをじっと見つめるレノと目が合った。その熱いまなざしに、ジリーは動揺を隠すのが精いっぱいだった。

「そろそろここを出たほうがいいんじゃないの？」と必死に平静を装って言った。

「もう少し待ったほうがいい。いまはほかのサラリーマンたちが出勤の準備をしている最中だ。きみの姿を見られたらまずい」

「でも、女の人を連れこむ人がいないわけじゃないでしょう？」

「お世辞にもこの手の場所はロマンティックとは言えない。それに、セックスが目的ならそれ専用の、もっとくつろげる場所があるんだ。それはきみも知ってのとおりだろうが」

また顔が赤くなりそうになったのを抑えられたのは幸いだった。それでも突然、窮屈なスペースのなかでセックスをする自分たちの姿が脳裏に浮かび、完全に眠気も覚めた。あれは夢だったのかしら。わたしの上に覆いかぶさった裸のレノの体は熱を帯びて……。

ジリーはまばたきをくりかえした。いったいなにを想像しているのだろう。恋愛小説の読みすぎか、妄想癖がまたしても頭をもたげている。それが夢か現実かは、確かめないほうが無難だった。少なくとも、日本にいるあいだは。この男といっしょにいるあいだは。

「じゃあ、このままもう少し待つのね」いくらカプセルの隅に寄っても、レノの圧倒的な存在感は変わらずそこにあった。

「きみはね。俺《おれ》はちょっとすることがある」レノは扉がわりのシェードを押しあげ、カプセルの外に出た。

「戻ってくるんでしょうね」反射的に口をついて出た言葉は、きっと弱気なものに聞こえたに違いない。でも、それも当然だった。異国にいて、しかも命を狙《ねら》われている状況にあって、弱気になって人に頼りたい気分にならないほうがおかしい。そんな思いは、レノに対する個人的な感情とは無関係だった。そう、たとえ相手がどのようにその言葉を解釈しようと。なにしろ自分ですらその感情の出所がわからない状況なのだ。

「戻ってこなかったことがあるかい？」レノは答えも待たずにシェードを閉めた。

ジリーは深くため息をつき、プラスティックの壁に取りつけられた鏡に目をやった。そこに映っているのはまったくの別人だった。ショートにした髪はもつれ、目の下にはくまができ、唇の色も血の気が失せたように青ざめている。睡眠不足が原因なのか、過剰なストレスのせいか、あるいはその両方なのかはわからないけれど、まるでトラックにでも轢《ひ》かれたような顔だった。シャワーを浴びて、歯を磨《う》いて、まともな服に着替えたい。けれどもいまは、あいにくどれもかないそうになかった。

とにかく、食べるものを食べないとなにも始まらない。この空腹感さえどうにかなれば、レノを相手にそれなりの対応もできるはずだった。昨夜のことは思いだすつもりもないけれど、あんな過ちを犯してしまったのも、空腹感と過度の疲労が原因に違いない。それに、あの状況では抵抗するに抵抗できなかった。強引に手でいかされるのも法律ではレイプと呼ぶのかしら。タカシに頼んでレノにきつく言ってもらうという手もあるけれど、いったいカプセルホテルでなにがあったのか、義理の兄にどう説明しろというのだろう。

何事にも冷静に対処するのが最善の策だった。昨夜のように相手に押しきられるようなことがあってはならない。けれども正直言って、昨夜は相手を止めるどころか、自分の反応さえ抑えることができなかった。あんなふうに感じたのがはじめてだったということもある。全身をつらぬくようなあの強烈な快感。それが男の人と寝ることだということを知っていたら、とっくにバージンなんて捨てていたのに。

といっても、純潔を守りつづけようという強い気持ちがあったわけではない。進級を早めて大学に入ったせいで、周囲の男の人はみんな年上で、もしかしたら法律に触れるのではないかと不安に思っていたのか、興味を示して手を出してくる人など皆無だった。

でも、レノの場合は違う。現に昨夜は、ふたりの距離は物理的にも近すぎるほど接近していた。これ以上あの男に近づくのは危険だった。でも、この状況でどう遠ざけろというのだろう。もしかしたらレノは、安全にして完璧《かんぺき》な脱出の方法を考えついて戻ってくるかもしれない。無事にアメリカに帰れることができさえすれば、親戚《しんせき》同士の集まりで顔を合わせる以外、もう二度とあの男と会うこともない。それに、どんな苦い思い出も時が経《た》てば薄れてなくなるだろう。五年後には、動揺することなく相手の瞳を見つめかえせるようになっているかもしれない。いいえ、五年後どころか五日後にはもう忘れているかもしれない。

そのあいだは我慢して、もう何日も着続けている服に着替え、レノの言うことに従うほかない。手櫛《てぐし》でなんとか髪を整えたものの、寝癖で逆立っている部分はどうにもならず、一見パンク風にアレンジされた髪型のようだった。でも、パンクスタイルはけっして嫌いではない。実際この髪型は、そんなスタイルを意識してカットしてもらったものだった。まあ、生粋のパンクに徹底しているレノには当然かなわないにしても。

さんざん待った末に現れたレノは、きれいにひげを剃《そ》り、さっぱりとした顔をしていた。たぶんシャワーを浴びたのだろう。髪の毛はまだ濡れているものの、どこで調達したのか新しい服に着替えている。姉の家の寝室に現れてからというもの、レノは数々の罪を犯しているけれど、今回の罪は個人的に許しがたかった。状況が状況でなければ、逆上して飛びかかっているに違いない。

「そんな目で見るなよ」心の内を読むように、レノが口を開いた。読心術でも習得しているようなレノの能力のことは、いつもうっかり忘れてしまう。どうも自分の思いどおりにいかないのもそれが原因だった。「さすがにきみをいっしょにシャワー室に連れていくのはむずかしくてね。シャワーと着替えはもう少し待ってくれ。あとでちゃんとそれができるところに連れていく」レノはポケットからバンダナを取りだし、頭に巻いて炎のように赤い髪を隠した。「さあ、車へ」

「どうせまた盗んだ車でしょう」

「残念ながら表立って買える状況にないものでね。とにかく顔を伏せて。歩くときはくれぐれも腰を振らないように」

「腰なんて振らないわよ！」ジリーはついかっとなって声をあげた。

「自分では意識していないつもりでも、確実に腰のあたりは揺れている。どう見ても男の歩き方ではない。ポルノ女優のような腰つきに、すでに目を釘《くぎ》づけにしている男たちもいるんだぞ」

それが嫌味なのかほめ言葉なのかは判断がつかないけれど、レノに対しては怒るほうが簡単だった。「きっとゲイの恋人を連れこんだんだろうと思ってるはずよ」

「きみの歩き方はゲイにも見えない。好むと好まざるとにかかわらず、女の色気がぷんぷん漂ってる」

「そんなこと言われても仕方ないわ」ジリーはいらだちをあらわにした。

「タカシは渋い顔をするだろうな」

「姉の夫はこの際関係ないでしょ」

「サマーだって無防備な妹にいい顔はしないだろう」

我慢も限界だった。「言わせてもらうけど、あなたがわざわざ神経を逆なでするようなことを口にしなければ、物事はもっとスムーズに運んでいるのよ」

「問題は誰にとってスムーズに運んでいるかだ。それに、べつにわざわざ怒らせるようなことを口にしているわけじゃない」

ジリーはレノの顔を見つめた。「そうね、生まれつき嫌味な男であるあなたにとっては、人の神経を逆なですることなんて簡単なんでしょうね」

「そのとおりだ。なんでもいいから顔を伏せて、黙って俺の言うとおりにしろ」

「ほんと、いやな男」とジリーはつぶやき、カプセルの外に出た。危険に満ちた新たな一日がまた始まると覚悟を決めて。

8

今回レノが調達してきた車は、最初の逃避行に用いたものとまったく同じタイプの車だった。これじゃあまるで『グランド・セフト・オート』ね、とジリーは内心思ったけれど、現実の世界で平気で法を犯すレノが、仮想の世界で車を盗んで町中を走りまわるゲームに興味を持つはずもなかった。灰色のセダンは、これといった特徴もない。今回は間違えることなく、ちゃんと助手席のほうに回った。

肌寒い曇りの日、革のジャケットは返してしまったので、上に着ているのはまたしてもスエットシャツ一枚。でも、寒がっている様子なんて一瞬たりとも見せるつもりはなかった。後部座席に置かれているバックパックは、自分のものに間違いない。そのなかには替えの下着や本類が入っているはずだけれど、持っているなら持っているで、どうしてレノはカプセルホテルのなかまで持ってきてくれなかったのだろう。そんな怒りがこみあげる一方で、荷物がなくなっていなかったことだけでも幸いと、ほっと胸をなでおろす自分もいた。けれどもいまは、機嫌を損ねてむっつりしつづけているのが自分の役目のようにも思える。座席に深くもたれたジリーは、無言のまま胸の前で腕を組み、悪夢のようなスピードで走る車の窓から外の景色を眺めた。

ロサンゼルス育ちでいくらフリーウェイに慣れているといっても、レノのスピードの出し方は尋常ではない。何度も思わず悲鳴のような声をもらし、そのたびにぎゅっと目を閉じて、座席の上からずり落ちそうになりながら両手で体を支えた。どうか事故で死ぬようなことになりませんようにと祈ろうにも、座席に留《とど》まっているのが精いっぱいの状態。一方のレノはどこ吹く風と、混《こ》みあう通りを縫うように走り、急にハンドルを切って角を曲がり、車一台通るのがやっとの裏道でも、アクセルをいっぱいに踏みこんでいる。この調子だとほんとうにどこかに激突して、炎上する車のなかで命を落としかねないわ、とジリーは思った。もちろん、命を落とすのはわたしだけではないにしても――。

急ブレーキの音と共にいきなり車が停《と》まり、ジリーは体ごとフロントガラスのほうに投げだされそうになった。安全のためにシートベルトをしていなければ、そしてレノが腕を伸ばして押さえてくれなければ、確実に頭から突っこんで外に放《ほう》りだされていたに違いない。

「着いたぞ」とレノは言った。

「着いたって、どこに?」車は倉庫のような大きな建物のわきに停まっていた。背の高い石の塀に囲まれていて、厳重な警備の敷かれた刑務所のような場所だった。

「そろそろ祖父に会ってもらおうと思ってな」

ジリーはじっとレノを見つめかえした。「でもあなたのおじいさんは、わたしはもう死んだと思っているんでしょう？」

「祖父は臨機応変に物事に対応するタイプでね。今回はどうしても祖父の助けがいる」

「それにしても、嘘《うそ》をつかれてあなたに腹を立てているんじゃないの？」

「たしかに相当気分を害しているだろう。身内の人間を死なせた責任は重いからな。でもきみが生きていることがわかれば、少しはその怒りも静まるに違いない」

「残念だわ。あなたがこってり叱《しか》られているところをぜひこの目で見たかったけど」ジリーは努めて明るい声で言った。

「たしかに祖父には頭が上がらないからな」レノは苦い表情を浮かべた。「いずれにしても、祖父にまかせればきみに危険が及ぶようなことは絶対にない。なにが起きているのか調べるあいだ、きみはここにいるんだ」

「わたしを置いてどこに行くつもり？」そう尋ねる声に不安の響きはなく、ジリーは自分を誇らしく思った。

「きみの願いが聞き届けられたってことだ。もう二度と俺《おれ》と顔を合わせる必要もない。アメリカ行きの便の手配は祖父が全部やってくれる」

「じゃあ、これでさよならなのね」

「ああ、これでさよならだ」きっとその声の調子に引っかかるものがあったのだろう。レノは瞳をのぞきこむようにこちらを見つめた。「置き去りにされるのはいやだなんて言わせないぞ。きみの口からそんな言葉が出ても、俺は信じない。ずっといっしょに時間を過ごして、お互いもう我慢の限界に来ているはずだ」

何気ない言葉が矢のように心に突き刺さったことなど、鈍感なこの男が気づくはずもなかった。この男の言動に左右されないようにと必死にがんばっている状況でなければ、迷わず向こうずねを蹴飛《けと》ばしていたに違いない。そうでなければ、急に泣きだしていた可能性もある。どちらにしても、賢明な選択とは言えなかった。

「それはそうね」ジリーは冷ややかな声で言い放った。「でも、それならそうと最初からここに連れてくれば面倒が省けたんじゃない？」

「祖父の組織には裏切り者がいる。それが誰なのか、裏切りの背後にどういう目的があるのかは、まだわからない」

「その〝裏切り者〟がわたしの始末をたくらんでいるとは思わないの？」

「そうする理由がない。きみにはなんの価値もないからな。あるいは連中は、タカシをおびきだすための餌《えさ》としてきみを追いまわしているのかもしれない。でも、このなかに入ればもうだいじょうぶ。祖父の子分たちがいろいろ世話をしてくれるだろう。ひとりくらい裏切り者がいたとしても、祖父の保護があればきみの安全は確保される」

「断っておくけど」ジリーは気分を害して言った。「今度またわたしにはなんの価値もないなんて言ったら……そんなこと言ったら……」と言葉を詰まらせつつも、脅しめいた台詞《せりふ》を必死に探した。「大声で泣くわよ」

その状況を想像したレノはあからさまに表情を曇らせた。「きみはサマーにとっては大切な存在だろう。もちろん、カリフォルニアにいる友人や恋人にとっても。だが、俺にとってはただの他人でしかない」

銃でも持っていれば迷わず引き金を引いているところだった。ジリーは必死に笑顔を作った。「お互いさまね」

「お互いさま？」レノはそうくりかえして、額にしわを寄せた。サングラスをしているので目の表情まではわからない。できることならその顔からもぎ取り、地面に投げ捨て、粉々になるまで踏みつけてやりたい気分だった。

「わたしにとってもあなたはただの他人でしかないということよ。早くあなたのおじいさんのところに連れていってちょうだい。これ以上お互い顔を見ずにすむように」

さすがにもう充分だと思ったのだろう。レノはもう嫌味を返してはこなかった。

建物を囲む壁は古いながらも頑丈だった。レノは数箇所にある大きなドアのひとつを押し開け、光沢のある黒いスーツを着たふたりの男のあいだを通りすぎた。「親分はどこだ？」とレノは日本語で訊《き》いた。返事はあまりに早すぎて理解できなかったけれど、レノはさっと手を取り、敷地のなかでもひときわ大きな建物に向かって歩きはじめた。

反抗して手を振りほどこうとしても、逆にあざができるくらい力を込められ、有無を言わさず従わされた。「ジリー、そういう態度はいい加減改めろ」レノはかろうじて聞きとれるような声で言った。「ここはきみが慣れ親しんでいるような場所とは違う。祖父のところに行くまでは、できるかぎり俺から離れずにいるんだ」

「なにも手を握って歩く必要はないでしょ」ジリーは同じように声を潜めた。

「いや、必要があるからこうしているまでだ。あきらめろ」

ジリーは自分たちに注がれる視線に気づいた。数々の視線が見える場所から、あるいは見えない場所からこちらに向けられている。その心の内でなにを考えているのかわからない男たちは、みんな高そうな黒いスーツを着て、黒い髪も乱れることなくきっちり頭になでつけている。まるで軍隊のヤクザ版のような男たちのなかには、さすがにレノのようなパンク風の男は見当たらなかった。きっとこの反動もあってレノは極端なパンクに走ったのね、とジリーは思った。

レノは建物に入って長い廊下を抜け、両開きになっている黒い漆塗りの扉の前で立ちどまった。きっとかつては歴史的な価値のある建物にあった扉だろう。その扉を押し開けると、部屋の手前に巨漢の男がひとりいて、行く手をはばむように胸の前で腕を組んでいた。

「この人があなたのおじいさん?」ジリーは小声でつぶやいたが、威圧的な巨漢の男を前に自制心を保っているのが精いっぱいだった。一方のレノは萎縮《いしゅく》する様子もない。「コバヤシさん」とレノは言って、軽く頭を下げた。どうやらこの男がレノのおじいさんではないようだが、自分たちの訪問に機嫌を損ねているのは明らかだった。

それでもコバヤシという男は、たとえ形式的なものであれ、レノよりも低く頭を下げて尊敬の念を示した。「親分はいまお疲れで、お会いできるような状況ではありません。あなたがこの屋敷に来られるとは思っていませんでしたし、ましてや外人を連れてくるなどとは」コバヤシはちらりとこちらに目を向けた。そのしゃべり方はゆっくりとして、よく通る大きな声だったので、だいたいの内容は理解できた。

「突然の訪問でも、祖父は俺ならいつだって歓迎してくれる」とレノが相手に負けないくらいの強い調子で答えると、巨漢の男はようやくわきに寄り、部屋のなかが充分に見渡せるようになった。

こんな深刻な状況でなければ、いつもの皮肉めいた自分が顔をのぞかせて、くすくす笑い声をもらしていたかもしれない。そこはまるで国王や君主が使う部屋のようだった。謁見に訪れた者たちが通る長い絨毯《じゅうたん》が、部屋の向こうにあるきらびやかな玉座へと続いている。ただし、いまはそんな派手で大げさな内装におかしみを感じるような気分ではなかった。

レノに手を引かれるまま椅子の前に近づいたジリーは、そこではじめて、悪名高きヤクザの親分であるレノの祖父を目にした。

想像と違って小柄な老人で、とてもきゃしゃな体つきをしている。ほとんどはげかかった頭にはほんの少し白い髪が残っていて、頭皮にはそばかすのようなしみが無数にあった。唇や目は、深く刻まれたしわになかば埋もれている。純白のシルクのスーツはいかにも高級そうだった。その老人は意外なほど力強い声で言った。

「いったい誰を連れてきた？　墓場からよみがえった幽霊か？」

レノは長い髪が下につくほど低くお辞儀をし、同じように頭を下げろと手を引いた。

「あなたの助けが必要なんです」

「その結論にたどり着くのにずいぶんと時間がかかったものだな」と老人がゆっくりとした英語で言うと、レノもそれに従った。

「いまのところ彼女は安全です。遅れて到着したロシア人の連中は、不慮の事故でみんな死にました。彼女を狙《ねら》ってまた日本に来る者はもういないでしょう。でも、詳しいことを調べるあいだ、できればここであずかっていただけないかと」

「情報の収集ならわしの子分にやらせればいい。おまえの情報筋が、わしが持っているコネに太刀打ちできると思っているのか」

レノは顔を上げ、祖父の険しい目を見つめかえした。「必要な情報なら、〝委員会〟が……」

「〝委員会〟など、子どものお遊びにすぎん」と老人は言った。「しかもわしはこの国で起きていることならなんでも知っている」

「あなたの子分たちのなかに裏切り者がいるということは？」

部屋にいるのは三人だけだった。巨漢のコバヤシもすでに部屋をあとにしている。レノの突然の指摘に老人は身をこわばらせた。「わしに向かってそんな無責任な軽口を叩《たた》きおって、命が惜しくないのか」ジリーはその言葉に背筋が凍る思いがした。

するとレノが笑い声をあげた。「おじいさん、隣で外人が怖がってますよ。俺がどんな悪さをしても、あなたはけっして俺に手を上げられなかった。いくらヤクザの親分でも孫には甘いということを、ジリーは知らないんですから」

「悪さをするたびに思いきり引っぱたいておけばよかったと、いまではそれが悔やまれる」と老人は言って、刺すような視線をこちらに向けた。その黒々とした目の力に、ジリーはまたしても体じゅうに寒気が走るのを感じた。「わしの孫はちゃんときみの面倒を見ているかね？　まさか乱暴なまねなどされておらんだろうな。たとえわしが手を上げられなくとも、タカシなら迷うことなくこの男に灸《きゆう》を据えられる」

「いいえ、だいじょうぶです。それどころか、二度も命を救ってもらいました」とジリーは言った。「もちろん女性に対するマナーに関しては、さすがにほめ言葉は口にできませんけど」

老人は吠《ほ》えるような笑い声をあげた。「この男の礼儀の悪さは昔からでな。すまないが、孫とふたりで話すあいだちょっと席を外してもらおう。コバヤシが面倒を見てくれる。食べるものはちゃんと食べているのかね？」

「ここ数日はろくな食事をとってません」とレノは言った。「今朝もそのことでさんざん文句を言われてたんです。シャワーを浴びて、着替えもしたいらしくて」

「では、そのようにさせよう」言葉をはさむ間もなく老人が言うと、どこにいたのかコバヤシがふたたび姿を見せた。大柄な体のわりには、その動きは驚くほど機敏だった。「ここにいるロヴィッツさんを赤の間に通して、必要なものをそろえてやってくれ。それから、孫と話すあいだは誰もここに入れるな」コバヤシのためだろう。老人は日本語に切りかえて指示を出した。

巨漢のコバヤシは深くお辞儀をして部屋の出口に向かった。どうやらここはついていくほかないらしい。ふたりの会話はおそらく自分には関係のないことだし、レノはすでに肩の荷を下ろしたような顔をしている。レノがわたしの面倒を見るのはここまでのこと。実際、自分もこの男とようやく離れられることを幸運に思うべきだった。昨夜のできごと以来、レノの目をまっすぐ見つめられずにいたけれど、これからはもうそんなことをする必要もない。要塞《ようさい》のようなこの屋敷にいるかぎりわたしは安全だし、小柄ながらも裏の社会では絶大な力を誇る老人を怒らせるようなことは誰もしないだろう。たとえ実際に組の内部に裏切り者がいるとしても、指で数えられるほどの敵など、この老人にしてみたら相手にもならないに違いない。それに、いまは護衛として孫のレノの存在もある。

　自分にとって、レノはもう過去の存在だった。もう二度と顔を合わせることもないだろう。激怒したタカシにこてんぱんにやられるのをこの目で見られないのは残念だけれど、姉を通して、そのへんはしっかり灸を据えてほしいと頼めるかもしれない。

　出された食事は味も申し分なかった。海の幸や山の幸をふんだんに使った料理、味噌《みそ》汁、それに緑茶。全部皿を平らげるころには、ようやく人間らしい気分に戻っていた。荷物の入ったバックパックはコバヤシという男が持ってきて、部屋とつながっている浴室にも案内してくれた。英語は片言しか話せないようだけれど、意思の疎通は充分にできる。誰かが迎えに来るまで、この男がいろいろ世話をしてくれるのだろう。

　自分としても、その点に関して異論はなかった。涙のタトゥーを彫った赤毛の男の顔など、もう二度と見たくない……。

　久しぶりに浴びるシャワーはあまりに気持ちよく、思わず涙が出そうだった。浴室にはバスタブもあるけれど、さすがにいまは使う気にはなれない。最後に浴槽に浸《つ》かっていた際に起きたできごとは、鮮明すぎるほど脳裏に焼きついていた。といっても、レノはそんなことは覚えてもいないだろう。当然、入浴中にまた勝手に飛びこんできて、わたしを連れ去るようなこともない。あの男は重荷であるわたしから解放されてせいせいしているのだ。

新しい服には着替えたものの、一着くらいちゃんとしたドレスを持ってくればよかったといまさらながらに後悔した。正装をしているレノの祖父を見て、自分もそれなりの服装をしなければならないと思ったからだ。でも、たとえきれいなドレスを着ていたってわたしはわたし——物欲とは無縁の、どちらかといえば地味なサマーを家族の一員に迎え入れたのだし、そういう意味では同じ性格のわたしにも同様の対応をしてもらう必要がある。

部屋にあるのは西洋式のベッドで、とりあえず手足を投げだすように横になったが、退屈で仕方なかった。雑誌類や本は置いてあるけれどみんな日本語で、テレビもラジオもなく、自分の思考と向きあう以外することはない。退屈のあまり眠りに落ち、しばらくして目が覚めると、夕暮れどきになっていた。人の都合を押しつけられて行動するのは大の苦手だった。いますぐコバヤシという男を捜して、いつになったらアメリカに帰れるのか尋ねなければならない。

部屋のドアにはてっきり鍵《かぎ》がかけられていると思っていたけれど、ノブを回すと簡単に開いた。部屋から伸びる廊下に人の姿はない。大声で誰かを呼ぼうかと口を開きかけたが、レノの祖父の支配下にあるとはいえ、強面《こわもて》の男たちの機嫌を損ねるようなまねをすればなにをされるかわからない。レノの言うことが正しければ、そのなかには裏切り者もいるのだ。先ほどの謁見室のような部屋がどこにあるのか忘れてしまったけれど、廊下を進んでいけばそのうち突きあたるに違いない。スニーカーをはいて家のなかを歩きまわるのはたぶんいけないことなのだろうけれど、靴下のみではどうも心もとなかった。もちろん、そんな考えが愚かであることはわかっている。そもそもわたしは危険から逃れるためにレノの祖父の屋敷に来たのだし、いったい誰がわたしに手を出すというのだろう。

ぼそぼそと話し声が聞こえて、愚かだとは思いながらもそちらに足を向けた。こうなったらもう誰でもかまわない。自分がいま抱えている疑問の答えがどうしても欲しかった。

廊下の向こうで最初に見えたのは閃光《せんこう》だった。直後になにかが破裂するような乾いた音がして、どさりという音と共に、声にならない短いうめき声のようなものが聞こえた。

その音がなんなのか、その光がなんなのかは誰かに尋ねるまでもない。すぐにその場から逃げだすべきだとわかっていても、体は凍りついたように動かなかった。きっと気のせいよ。誰も銃で撃たれてなんかない。ジリーはなんとかそう言いきかせようとした。現実にこんなことがあるはずないじゃないと。

けれども新たに足を踏み入れた危険な世界では、この手のことは日常茶飯事に起きている。ジリーはスニーカーの靴底が立てるゴムの摩擦音に歯を噛《か》みしめつつ、廊下の先に見える開け放たれたドアのほうに向かった。だいじょうぶ、きっとなんでもないのよ。

その男は床に広がる血の海に横たわっていた。額に開いた穴は、なにが起きたのかを如実に物語っている。犯人の姿はどこにも見当たらなかった。恐怖に寒気を覚えたジリーは、胃が締めつけられるのを感じながらあとずさった。部屋のなかで音がしたのはそのときだった。けれども死角に隠れているのか、その姿はいまだに見えない。ジリーは狼狽《ろうばい》のあまり、その場から駆けだした。この廊下がどこに続いていようと、いまは逃げる以外にない。どんなに大きな足音をたてようと、かまっている場合ではなかった。

その瞬間、なにかが耳のあたりをかすめるのを感じた。先ほども耳にした乾いた破裂音が背後からする。誰かがわたしに向けて銃を撃ってるんだわ。一刻も早くここから逃げださなければ、レノの言うとおり生きてアメリカに戻れなくなってしまう。それにしても、誰がわたしの命を狙っているの？　一瞬、レノかもしれないという疑念が脳裏をよぎったが、あえて足を止めて、背後を振りかえるつもりはなかった。

ようやく廊下の角にたどり着いたジリーは横滑りするようにして曲がり、一時的に射程範囲から逃れた。けれども今度の廊下は薄暗く、しかもこちらに向かって誰かがやってくる音もする。これでもう逃げ道はない。もう一巻の終わり――わたしはここで死ぬんだわ。きっとタカシは黙ってはいないだろう。姉のサマーの反応は想像するまでもない。たぶんなにもかもタカシのせいにして、一生夫を責めつづけるに違いない。でも、わたしはこんなときになにを考えてるの？　自分の命が狙われているっていうのに、死んだあとのことをあれこれ想像するなんて。

その男はどこからともなく姿を見せた。すっかり冷静さを失っているジリーは必死に抵抗しようとしたが、簡単に羽交いじめにされ、そのまま廊下のいっそう暗い一角へと引きずりこまれた。

けれども恐怖に泣きだしそうになるなか、耳元で聞こえたのはレノの声だった。これ以上、すてきな響きを持つ声を、わたしは知らない。

「静かに。さもないとふたりとも殺される」

ジリー・ロヴィッツはその瞬間、目の前にいる男に恋をしていることをあらためて悟った。

9

どこにいるにしろ、そこはまっ暗だった。狭苦しい場所に、またしてもこの男と閉じこめられるなんて。両腕で抱きしめられている上に、ぴったりと体が重なり、脈打つ自分の鼓動さえ聞こえるような気がする。ほんの少しでも安心を得たい状況なのに、相手の鼓動もまた激しく早鐘を打っていた。

「ここはどこなの？」てっきりまた口をふさがれるかと思ったけれど、意外にも答えはすぐに返ってきた。

「使用人の物置だ」とレノは小声で言った。「たぶんここに入るのは見られていないと思う」

「見られていないって、誰によ」

「ヒトミという男だ。だが、どうしてきみを殺そうとしていたんだ？　まあ、人の神経を逆なでするのが得意なきみのことだ、きっとあの男の逆鱗《げきりん》に触れるようなことでもしたんだろう」

「あの男は人を殺したのよ。あの男でなければ、誰かが。たまたまわたしが死体を見つけてしまって」

「まったく、きみはどうしてこうタイミングが悪いんだ。で、殺したやつを見たのか」

「だから言ってるでしょ、たまたま死体にでくわしただけだって。わたしはなにも見ていないわ」ジリーはいらだちをあらわにした。「それに、ここはヤクザの隠れ家でしょ？　人殺しなんて日常茶飯事に起きてるんじゃないの？」

「そんなことはない」

ドアの向こうからはなんの音も聞こえてこない。物置と聞かされたせいもあるのだろう。清掃用の洗剤類のにおいが、急に鼻を突いた。「閉所恐怖症じゃなくてよかったわ。でなければ、いまごろ発作でも起こしていたかもしれない」

「とにかく一刻も早く、きみをここから脱出させないと」とレノは冷静な声で言った。

ジリーは緊張していた全身が徐々にほぐれるのを感じた。「ええ、そうしてもらわないと困るわ」

「しばらくここに隠れていてくれ」レノはそう言って腕を解いたが、狭い物置のなか、ふたりの体はまだぴったり貼《は》りついたままだった。「どれくらい時間がかかるかわからない。なにをするにしても、けっして音をたてるな。ここでじっとしてるんだ」

反論したいのは山々だった。できることなら両腕をレノの体に回して、お願いだから置いていかないでと懇願したかった。この状況で頼れるのはレノだけだというのに、この男はまたわたしを置き去りにしようとしている。

「いいわ、おとなしく待っていればいいんでしょ」大声で叫びだしたい胸の内を抑え、ジリーは必死に平静を装った。「ごゆっくりどうぞ」

暗闇《くらやみ》のなかで相手の顔は見えないものの、なぜか微笑《ほほえ》んでいるように思えて仕方なかった。しかもそれは、お決まりのなれなれしい作り笑いではなく、心からの笑みのように感じられる。「きみを置き去りにはしないよ、ジリー」レノはそう言うと、狭い物置のドアをわずかに開けて、薄明かりに照らされた廊下に出た。

ジリーは体が震えていることにあらためて気づいた。両脚はがくがくし、心臓も相変わらず激しく鼓動を打っている。冷たい鉄のドアにもたれるようにして額を押しあて、意識的に深呼吸をくりかえした。だいじょうぶ、レノはきっと戻ってくる。たとえ気乗りがしなくても、どんなにわたしの存在を重荷に感じていても、一度引き受けたことを途中で投げだすような無責任な男ではない。

物置のなかは寒かった。真冬だというのに、部屋を出る際にスエットシャツしか着てこなかったなんて。どうやら日本の家ではセントラルヒーティングをあまり採用していないらしい。要塞《ようさい》のようなヤクザの屋敷でも、それは同じだった。骨身にしみるような寒さで、不安や恐怖がいっそう煽《あお》られる。全身の震えが寒さによるものなのか、恐怖によるものなのかは区別もつかないけれど、これ以上寒い物置に閉じこめられていたら凍りついてしまいそうだった。南カリフォルニア育ちにはこの寒さはつらすぎるわ。もし無事に故郷に帰れたら二度と暑いなんて文句は言うまいと、ジリーは心に決めた。

いまが何時なのかはもうわからなかった。やっぱりレノはわたしを置き去りにしたのかもしれない。裏社会では殺人沙汰《ざた》も珍しいことではない。なんといってもここはヤクザの家なのだ。といっても、組織犯罪の世界の内情などほとんど知らないし、テレビドラマの『ザ・ソプラノズ――哀愁のマフィア』をたまに見ているくらいだった。ひょっとしたら大げさに考えているだけなのかもしれない。

でも、どうしてあの男はわたしを追いかけて、命まで奪おうとしたのだろう。たぶん、あれはヒトミという男に違いない。わたしはただ死体を見つけただけで、犯人の顔までは見ていない。殺したのはこの人だと言えるわけでもないのに。

暗闇に包まれた物置には座る場所さえなく、出入り口のドアと壁のあいだの空間も限られていた。強引に引きずりこまれた物置に、かろうじて大人ふたりが入れるだけのスペースがあったのは幸運としか言いようがない。窮屈なこの場所に隠れつづけるには、レノの引きしまった体にぴったり貼りつくようにして立っていなければならなかった。

冷蔵庫のような物置のなかに取り残された状況でも、そんな思いに体が熱くなるのがせめてもの救いだった。レノの体の感触や、顔から火が出るような恥ずかしさを覚えた瞬間を思いかえしていれば、ここで凍え死にすることはまずない。幸か不幸か、そんな瞬間は体や心がいくつも覚えていた。カプセルホテルの狭い空間のなか、強引に手で絶頂に導かれた経験は言うまでもない。

でも、わざわざそんなことを思いだしてどうするの、とジリーは思った。たとえそれによって体がほてり、寒さがやわらぐとしても、同時に興奮しはじめてしまうのでは意味がない。実際、レノは違う世界に生きる人間だった。普通のアメリカ人を相手にしてもうまくつきあえない自分が、レノのような奔放でワイルドな男と対等に渡りあえるはずがない。

相変わらずのタイミングの悪さでレノがドアを開けたのは、そんな思考にむらむらとして顔を赤らめている最中だった。幸い、向こうはなんとかしてここから逃げだすことしか頭にないようだった。

「とにかく口を開くな。そして俺《おれ》が言うとおりに動くんだ」レノは声を潜めて言った。「さもないと、ふたりとも殺される」

無意味な質問や反論をするつもりはなかった。廊下はまっ暗な物置に比べて多少は視界がきく。けれども薄暗いことに変わりなく、頼りにできるのは目の前にいる男だけだった。

迷路のような地下の廊下を抜ける際、ヤクザのメンバーなのか、がっしりとしたひとりの男とでくわした。けれども黒豹《くろひょう》のような機敏な動きでレノが近づくと、男はその場で倒れて意識を失った。あとはもうレノに手を取られて先へ先へと進むのみだった。

それでもいつのまにか外に出ていたことに、ジリーは気づかなかった。コンクリートの古い建物のなかは外と変わらないほど寒かったらしい。すでに夜の帳《とばり》も下りていた。驚いたことに、そこはもう屋敷を囲む高い壁の外で、薄暗いわき道には人の気配もなかった。

「さあ、走ろう」レノはそう言うなり、強く手を引いて駆けだした。

相手と同じくらいの背があって、脚もそれなりに長いのは幸いだった。でなければ、レノについていくことなどできなかったに違いない。もたもたしていれば、きっと置き去りにされる。転んで倒れたとしても、親切に起こしてなどくれないのは確実だった。週に三回は走っているし、たばこも吸わないので、運動不足に関しては心配ない。けれども、全速力で走りつづけなければならないとなると話はべつだった。すでに心臓は焼けるような痛みをともなって、胸の内側で激しい鼓動を打っている。一方のレノは、憎らしいかな、表情ひとつ変える様子もなかった。きっとこれだけの速度で走りつづければ口数も減るだろうという魂胆もあるに違いない。

いずれにしても、いまはあれこれ文句を口にするつもりも、転んで置き去りにされるつもりもなかった。レノにできるなら、わたしにだってできる。実際、必死に走りつづけるにつれて、いろいろなものが物理的に後退して、過去のものになっていくような気がした。要塞のようなヤクザの屋敷も、ここ数日のあいだに目にしたいくつもの死体も。

急に足を止めたレノに引きよせられ、壁に押しつけられたのはそのときだった。ぜいぜいと肩で息をしている自分に対して、目の前にいる男は呼吸が乱れている様子もない。

「このあたりでタクシーを拾おう。八十歳の老婆のようなきみの息づかいが収まり次第な」

「なによ……嫌味な……男ね」ジリーは息を切らしながら言いかえした。たどり着いた裏道には街灯もあって、すぐ先にある角からはネオンの明かりも見え隠れしている。レノはその場に立ったまま、ジリーの呼吸が整うのをじっと待っていた。ジリーは汗に濡《ぬ》れた顔に貼りついた髪を震える手で払った。この調子で無理をしつづければ、いつ肺炎になってもおかしくない。でも、そんなことはいっこうにかまわなかった。とにかく早いところ、すべてを終わらせてしまいたい。

しばらくするとレノはこちらの手を取って腕を組み、若いカップルを装って、ネオンのきらめく通りへと歩きだした。

ただでさえ目立つ赤い髪を漢字でなにか書かれた黒いバンダナで覆っているのに気づいたのは、混雑する通りでタクシーを拾ってうしろの座席に落ち着いてからだった。バンダナでは隠しきれない長い髪は、革のジャケットの下にたくしこんでいる。周囲の目には、東京でよく見かけるいまどきの若者にしか見えないだろう。一方、女性にしては背が高く、しかも外人である自分は、バンダナ一枚で周囲に溶けこめるような存在ではない。それに関してはもうどうしようもなかった。

タクシーのなか、レノはやがて一連の指示を口にしはじめたが、内容があまりに細かくてその場で覚えることなど不可能だった。

「とにかく、いまはどこに向かってるの？」とジリーは訊《き》いた。走りに走ったあとで声はだいぶかすれている。

レノはあえて顔を向けようともしなかった。背後から追ってくる者がいないかどうか、しきりに確認している。「駅だ。電車で大阪《おおさか》に行って、関西空港からアメリカ行きの便に乗せる」と言うと、ようやくちらりとこちらに目をやった。「そうすればきみも危険から解放されるだろう」

「だったらわたしひとりでだいじょうぶよ。電車くらいひとりで乗れるわ。べつべつに行動をしたほうが目立たないだろうし」

「この国じゃ、きみはどこに行こうと人の目を引くだろう。連中に見つかるのも時間の問題だ」レノは表情のない声で言った。「きみは見てはならないものを見たんだ。連中は口封じをしようと躍起になっているに違いない」

反論しようにも言葉にならず、ジリーは質問を変えた。「だいたい〝連中〟って誰なのよ。いったいなにが起きているというの？」

「知っていたら教えているさ」とレノは言ったが、そんな答えは慰めにもならなかった。

「きみを追っているロシア人たちは、タカシをおびきだす餌《えさ》としてきみを使おうとしているんだろう。問題は、俺たちの行動が筒抜けになっているということだ。誰かが連中に情報をもらしている。状況が少々複雑だということが事前にわかっていれば、とりあえずきみをどこかにかくまって、きちんと祖父に警告することもできたかもしれない。ただ、かくまうと言っても、祖父の子分も知らない隠れ家は数少ない。どこに連れていこうと、必ず目を引くだろう」

「誰かが殺されたのはわたしのせいじゃないわ」ジリーは言いかえした。

「ひとりでちょこちょこ歩きまわっていたきみが悪い。どうしておとなしく部屋に隠れていなかった？」

「あのまま部屋にいてどうなっていたというの？　ヤクザの親分であるあなたのおじいさんは、かわいい孫の頼みを聞いて、わたしをアメリカ行きの便に乗せてくれたかもしれない。でも、それですべてが解決するの？　人が死んでるのをわたしはこの目で見たのよ」

レノはため息をついた。「とにかく、これからは俺の言うとおりにしてくれ。祖父の組織では、いま内部で確実になにかが起きている。ヒトミという男がからんでいるのは、たぶん間違いないだろう。祖父に警告しようとしても、なにも心配することはないと軽くあしらわれたよ。その点に関しては、いま俺にできることはなにもない。目下の任務は、きみの面倒を見ることくらいだ」

その口調は明らかに不満げで、ジリーは気分を害した。「そんな必要はないわ。自分の面倒くらい自分で見られるもの」

人をばかにするような笑い声をあげるレノを蹴飛《けと》ばしてやりたいのは山々だけれど、暴力はここ数日のあいだに一生分目の当たりにしていた。「きみの向こう見ずな性格は救いようもないな。お目付役もつけずに外に出す、きみの家族にも問題がある」

タクシーがヴィクトリア朝風の大きな建物の前で停《と》まると、レノは日本語でなにか言いながら白い手袋をした運転手に代金を渡し、こちらの手を引っぱるようにして外に出た。きっとラッシュアワーに違いない。仕事を終えて家路につく人の波をかき分けるようにして、レノは前に進んでいる。それにしても東京という街は、一日のどの時間を取ってもラッシュアワーのような混雑ぶりだった。「なるべく下を向いて、前かがみになって歩くんだ」とレノは言った。「雑踏に溶けこむように」

「溶けこむようにね」無理に決まっていると思いつつも、ジリーは言われたとおり頭を下げて歩いた。とはいえ、周囲を見まわすかぎり、ブロンドの髪はさほど目立つ要因にはならない。日本人――とくに若い年代は、大部分が髪を染めていて、茶色からオレンジ色、そして金髪まで、いろいろな髪の色が見てとれた。唯一の問題は、この長身。けれどもそればかりはいまさら変えられるものでもなく、とにかく顔を下に向け、前かがみになってレノのあとに従った。だいたい日本という国にあって、外国人が目立たずにいること自体、不可能なのだ。いくら人でごった返していても同じこと。それはこの国に降りたったときから感じていたことだった。

それに、レノはある意味でわたし以上に目立ってるじゃない。機械で切符を買うレノのうしろ姿を見つめながら、ジリーは苦々しく思った。レノは日本人にしては背が高いし、もう夜だというのにサングラスをしているのもおかしい。そして雑踏のなかでなによりも浮いているのは、宇宙の帝王や闇の王子であるかのようなその身のこなしだった。周囲の人々が自然によけて道をあけているのがその証拠。本人は帽子やサングラスで赤い髪やタトゥーを隠しているつもりなのだろうけれど、うまく隠しきれているとはどうしても思えなかった。

「嘘《うそ》でしょ」

レノは切符を片手にさっと振りかえった。「どうした?」

「もう見つかってしまったみたい」

その巨漢の存在は見逃すほうがむずかしかった。まわりにいる人たちはまるで海が割れるように道を譲っている。コバヤシはふたりの男を従えていて、体つきこそコバヤシに比べて引けを取るものの、非情なタイプであることは外見からも容易に見てとれた。

レノは身をこわばらせた。「ジリー、俺の言うとおりにするんだ。合図をしたら左の方向に全力で走れ。人を押しのけてでもひたすら走りつづけるんだ。そして外に出たらタクシーを捕まえて、そのまま成田に」

「でもお金が……」

レノは言葉をさえぎるようにてのひらに札束を押しつけた。「どこ行きの便でもかまわない。空港に着いたらすぐに飛行機に乗って日本から出ろ」

「でも……」

「いまだ！」レノはそう言うなり、倒れそうなほどの力で思いきり体を押した。

コバヤシはいまや壁のように前に立ちはだかっている。ジリーはなんとかそのわきをすりぬけ、人の波をかき分けながら外に向かって走った。背後では叫び声が飛び交っているが、いまはそんなことを気にしている場合ではない。必死に走りつづけ、やがて人ごみにまぎれた。

女性用のトイレの表示は万国共通だった。手渡された札束をジーンズのポケットに突っこみ、迷わず扉を開けると、八つほどある個室のふたつが使用されている程度で、なかは比較的すいていた。ジリーはすかさずそのうちのひとつに入り、鍵《かぎ》をかけ、息を整えた。ところが振りかえってみると、そこは和式のトイレで、ジリーは床に据えつけられた便器を呆然《ぼうぜん》と見つめた。これではジーンズをはいたまま用を足すことはできない。いまは我慢して待つ以外なかった。連中は女子トイレのなかまで追いかけてくるかだろうか。レノは駅の構内で殺されてしまったんじゃないかしら。だとすればわたしも、数分後には同じ運命をたどることになるかもしれない。

たとえタクシーで成田空港までたどり着けたとしても、レノが無事に追っ手をかわせたかどうかを確認する手立てはない。

かといって、指示されたとおり空港に行かなければ、今度は激怒したレノに殺されかねなかった。

でも、それがなんだというの？　もう命を狙《ねら》われて逃げまわるなんてうんざり――レノにとっては重荷や足手まといでしかないのかもしれないけれど、ひとりで逃げるつもりもなかった。ほんの数日とはいえ、途中で抜けだすには、自分はあまりに深くこの一件にかかわりすぎている。

なんて頑固な女だと思われようと、レノには我慢してもらうほかなかった。

10

タカシ・オブライエンにはふたつの選択肢があった。北海道の孤島に戻り、いまごろ激怒しているに違いない妻に向かって、夫以外にこの世界で彼女がもっとも愛する人間が殺された事実を告げるか。それとも義理の妹の身に実際なにが起きたのか、そしてなぜレノが彼女を守りきれなかったのか、その詳細をまず確認するか。

嘘《うそ》をつくことや裏の社会に生きることには慣れていた。けれども相手がサマーとなると、以前のようにはもう嘘はつけなかった。

大叔父の組織内でなにか問題が起きたのは間違いない。いつもなら直接出向いて尋ねるのだが、これまで幾度となく自分の命を救ってきた直感が、いま大叔父に近づくのは危険だと告げていた。ロンドンの本部にしても、確認できているのはジリーが殺されたという事実のみ。それ以外の情報はなにひとつ得られていない。彼女を殺した連中の正体はもちろん、その動機や殺害の方法を突きとめ、正義の裁きを下すまでは、どんな顔をして妻と向きあえばいいのかわからなかった。

自分にいまできるのは、本来ならみずから盾となってジリーの身を守るべきだった男、レノを捜しだし、責任を果たせなかった愚か者をぶちのめすことだけだった。

ジリーはそこにいられるかぎりトイレのなかでじっと身を潜めていた。何度か人の出入りがあって、日本の若い女性たちの甲高い声がタイル張りの空間に響きわたり、彼女たちが出ていくと同時にトイレは静寂に包まれた。扉の向こうにある駅の構内からは、騒然としているような音は聞こえてこない。そこで実際になにが起きたにしろ、きっと人知れず片がついたのだろう。自分もこのまま一生トイレに隠れているわけにもいかない。

細心の注意を払って個室から出ると、トイレのなかはからっぽだった。けれども外の様子を見ようと出入り口に近づくなり、ばたんと扉が開いて、何人かの女性が早口でしゃべりながらなかに入ってきた。彼女たちの話し声は自分を目にするなりぴたりとやみ、限られた空間に気まずい沈黙が漂った。

「すみません」とジリーは日本語でつぶやき、わきをかすめるようにして外に出た。

たぶん、少なくとも二、三時間はトイレのなかにいたに違いない。いつもラッシュアワーのように混雑している東京も、構内にはほとんど人の姿もなく、切符の販売機のあたりにちらほら見かける程度だった。

ジリーは最後にレノの姿を見た場所に目をやった。幸い、その付近の床には血痕《けっこん》はない。

けれどもだからといって安心できるわけではなかった。ほかの乗客への配慮なのだろう。駅の構内のような場所では、たとえなにかあってもすぐにきれいに片づけられる。レノがあのコバヤシという巨漢に捕まっていないという保証はどこにもなかった。ヤクザの世界のことだし、すでに死体となって、無残にもばらばらにされている可能性だってある。

「ここでなにをしてるんだ？」

　突然聞こえたレノの声に、ジリーは感情を抑えられなかった。思わず相手の体に飛びつき、両腕を回すようにして、息ができないくらいぎゅっとしがみついた。意外なことに、レノは文句を口にする気配もない。ただそこに立って、されるがまま身をまかせていた。ジリーはようやく体を離してあとずさった。片側の頬骨の上、涙のタトゥーのちょうど下に切り傷があり、格闘の最中に落としたのか、サングラスもしていない。けれどもそれ以外は傷らしい傷も見当たらず、冷徹なパンク青年はぴんぴんしているようだった。

「まあ、いい」レノの声にはあきらめが混じっていた。「言われたとおりにするはずがないことはわかってたよ。さあ、ここから出よう」

「大阪《おおさか》に向かうの？」こみあげる涙に思わず声がかすれ、ジリーは必死にごまかそうと咳《せき》払《ばら》いをした。

　レノは首を振った。「いや。連中は主要な駅に目を光らせている。電車を使って移動するのはいまは危険だ。とにかくこれからは言うとおりに動くんだ。でなければ縛りあげてどこかに閉じこめるぞ」

「わかったわ。約束する。これからはなんでもあなたの言うとおりにする」沈んでいた気持ちが急に明るくなって、ジリーは素直に答えた。レノがどんなに鼻持ちならない男だろうと、そんなことは関係ない。生きていてくれたことだけで、元気な姿で目の前にいることだけで、もう充分だった。どんなことがあろうと、もう離れはしない。少なくとも、しばらくのあいだは。

レノはただ黙ってこちらを見つめかえしている。そんな姿を目にしたジリーはあらためて気を引きしめた。無闇《むやみ》にライオンの尻尾《しっぽ》を引っぱるようなまねは禁物だった。レノは危険な男であり、それは自分にとっても同じこと。必要とあればこの男はどんなことでもするという事実を、もう一度自分に言いきかせる必要があった。

「あの人たちを殺したの？」

しばらく黙っていたレノは、ようやく口を開いた。「あの人たち？　コバヤシとその子分のことか？　殺してはいない。ちょっとした騒ぎを起こして、その隙《すき》に姿をくらましたんだよ。きみを信用しなかった俺《おれ》の判断を幸運と思え。でなければいまごろたったひとりでここに取り残されてたとこだぞ」

「じゃあその幸運に感謝しないと」

「感謝するのはあとにしてくれ。とにかくこの場所をあとにするのが先決だ。いつまた追っ手が戻ってくるかわからない」

ジリーは差しだされた手を取った。しっかりとからみつく長い指。その感触には力強さと同時に、やさしいぬくもりも感じられる。もちろん、向こうはそんなことなど気にもしていないようだった。

レノは例によってまた車を盗み、移動の手段を調達した。今回はその現場に居合わせることになったのだけれど、あまりの手際のよさにジリーは言葉も出ず、数分後には駅をあとにして、シートベルトなど役に立たないほどの猛スピードで夜の街を駆けぬけていた。

「どこに向かってるの?」車体が傾く勢いで角を曲がる車のなかで、ジリーは訊《き》いた。

「とりあえず友だちのアパートに連れていく。そこに行けばシャワーを浴びて服も替えられるし、ちゃんとした場所で眠ることもできる。俺はそのあいだに、また祖父に会いに行ってくる。今回の件にコバヤシがからんでいることを知らせなくちゃならない。さすがにもう愚か者扱いはされないだろう。まあ、あの祖父のことだ、あまり期待はしちゃいないけどね」

「あなたのお友だちのところに行ってだいじょうぶなの?」

「やつはいまいない。現時点では、いちばん安全な場所だ。その場所を知っているのはタカシくらいだろう」レノはさらにスピードを上げ、小型の配送トラックと接触しそうになりながら急に右折をした。ぎゅっと目を閉じ、どうかぶつかりませんようにと祈りつづけていると、やがて車はいきなり停《と》まった。

ジリーは這《は》いでるように車から降り、歩道にひざまずいて両腕を広げた。「ああ、死ぬかと思った！」

レノはその言葉に明らかに気分を害した様子で、背後にやってくるなり乱暴に体を起こさせた。「運転には自信があるんだ」

「デイル・アーンハートじゃあるまいし」

「デイル・アーンハート？」

「レース中に事故で死んだドライバーよ」ジリーはブロック塀に囲まれた地味な建物を見上げた。建物の片側には細長いベランダが並んでいて、あるベランダには布団が干されていた。

「とにかく、タカシがどこにいるのか捜す。この状況では誰を信用すべきかも容易に判断がつかないからな。タカシを見つけ次第、俺はきみの子守り役から降ろさせてもらう」

「それはごくろうさま」ジリーはつぶやいた。「子守り役なんてこっちから願い下げよ。それより、ずっとこうしてここに立って言い争いを続けるつもり？」

「いや、そんなつもりはない。さあ、きみが先に行くんだ。もしかしたらこの場所も突きとめられている可能性もある。ロシア人の連中もまさにいまここに向かっている最中かもしれない」

「わたしを盾に使うつもり？　わたしを危険から守るのがあなたの役目じゃないの？」

「その役目にほんとうに価値があるのかどうか疑問を感じはじめていてね」

ジリーは建物のわきにある細長い階段に目をやった。

「三階だ。エレベーターはない」

あえて反論したところでなんの意味もない。ジリーはおとなしく階段を上りはじめた。レノはぴったりとうしろからついてくる。その位置からしてお尻をじっと見られていてもおかしくないけれど、相手はわたしのお尻になどなんの関心もないに違いなかった。

少々息を切らしながら三階に上がると、レノはわきをかすめるようにしてさっと前に出た。お互いの体が触れあった瞬間、心臓がどきんと鼓動を打ち、本来なら熱くなるべきでない部分が熱くなるのを感じたが、なんとかポーカーフェイスを保ち、動揺を隠した。

レノは廊下の奥にある白いドアの鍵《かぎ》を開け、カウボーイブーツを蹴《け》るように脱いでなかに入り、あとに続くジリーのためにドアを支えた。

きつくひもで縛ったスニーカーを脱ぐのはブーツよりもたいへんだった。それでも無事に脱ぎおえて狭い玄関に並べ、部屋に入った。部屋のなかはかび臭く、何カ月ものあいだ誰もいなかったかのように、空気もよどんでいた。レノはまっ先に窓のほうに向かい、ベランダへと続くドアを押し開けて、真冬の冷たい空気を入れた。

東京のアパートはどれも非常に小さく、所狭しとものが置かれている印象がある。この部屋は狭いことに変わりないものの、内装自体は禅の雰囲気を感じられるくらい、きわめて簡素だった。片側の壁に沿うようにして布団が敷かれ、反対の壁の前に置かれた机にはコンピュータが一台ある。ぎっしりと詰まった本棚はきちんと整理され、壁には大学の修了証書のようなものがいくつか額入りで飾られていた。ひとつはフランス語で、ソルボンヌ大学で工学を専攻し、優秀な成績で卒業したヒロマサ・シノダに宛《あ》てられている。

「あなたの友だちはエンジニアなの？」とジリーは訊いた。「仲間といえば、暴走族かヤクザの組員くらいだろうと思ってたけど」

「あとは諜報部員《シークレットエージェント》だな」とレノは言った。「ヒロマサは幼なじみのガリ勉だよ。お互い、生きる人生は違うが、いまだに共通する部分もある」

「その人はいまどこにいるの？　勝手に部屋に入って怒らない？」

「いまやつは日本を離れてる。それに、合鍵を持ってるのを見ただろう？　勝手に部屋を使うのは向こうだって承知の上だ」

「でもどうして？　自分の部屋はないの？」

「もちろんある。だが、そこは祖父を裏切っている連中にも知られているし、危険だ。ここは俺にとって、姿を消したいときに来る隠れ家でね」レノは壁のくぼみに据えつけられている小さなキッチンに向かい、なにか食べるものを探した。「腹が減ってるなら、干しだこのつまみがあるぞ」

「手足がたくさんある、いかやたこの類《たぐい》は苦手なの」ジリーは顔をしかめた。いっしょにキッチンに行くつもりはなかった。あんなに狭いところに行けば、また体が触れあうことになる。「だいじょうぶよ。自分で探すわ。きっとほかにもなにかあるでしょ」

「そんなに早く俺を追いだしたいか？」

「だってまたおじいさんのところに行くって言ってたじゃない。生きて戻ってこられたら、ついでに食べ物も持ってきて」

「ずいぶんな言い方だな。もし俺の身になにかあったら、干しだこで我慢しろ。ちなみにバスルームはきみのうしろにある」

ジリーは振り向いて肩越しに目をやった。「例によって夕食を作る以外はなんでもしてくれるような、最新機能満載のトイレもあるのかしら」

「いくら最新式のトイレでも、入って座らなければ用は足せない」

ジリーはにらむような目つきでレノを見た。「バスルームから出てくるころにはもういなくなっていてちょうだい。それで、万が一あなたが戻ってこなかったら？　わたしはどうしたらいいの？」

「俺は必ず戻ってくる」

「あなたは殺されてしまうかもしれないわ」

「そう簡単に殺されるような人間じゃない。さあ、トイレに行きたいんだろ。さっきからもぞもぞとそこに立って、はたで見ているほうが落ち着かなくなる」

「あなたってほんとうに失礼な人ね」

「アメリカ人は往々にしてそうだが、きみは潔癖すぎるんだよ。トイレに行きたくなるのは自然な生理現象だ。なにも恥ずかしがることはない」

できることならこのままソファにでんと腰を下ろし、女心をまったく理解していないレノが部屋を出ていくまで待ちたかったが、相手の言うとおり生理的な欲求だけはどうにもならなかった。

「承知しているでしょうけど、あなたみたいな男、わたしは大嫌い」ジリーはそう言ってレノに背を向けた。

「きみの口からその言葉が聞けてうれしいよ。この三日間、あえて嫌われるようなことばかりしてきたのもそのためだ」

ジリーはレノの返事を無視して、背後でトイレの引き戸を閉めた。相手の顔に叩《たた》きつけるような勢いでばたんと閉めたいところだけれど、日本によくある引き戸ではその効果もあまり期待できない。とにかくいまはひとりになって、落ち着きを取り戻したかった。日本に着いてからというもの、この国が好きなのか嫌いなのかゆっくり考える暇もなくここまで来てしまっているけれど、ひとつの意思表示としてばたんとドアを閉める機会になかなか恵まれないことだけは、確実に欲求不満の原因になっていた。

といっても、普段からそんな乱暴な閉め方をしているわけではない。ただ、ここ数日のあいだに起きているできごとは尋常ではなく、それに加えて、レノのようにわざと人を怒らせるようなまねをする男もはじめてだった。

でも、どうして？　どうしてレノはわざわざわたしの癇《かん》に障るようなことばかりするの？　つい相手の挑発に乗って感情を乱される自分も悪いのだけれど、いくら考えてもその答えはいっこうに見つからなかった。

ジリーが機嫌を損ねて腹を立てるのは思惑どおりだった。注意が怒りに向けられていれば、この状況に必要以上におびえることもない。彼女が自分を見失わないかぎり、こちらも物事に対処しやすかった。

とはいえ、ジリーはそう簡単に怖《お》じ気《け》づくようなタイプではない。ひとりで逃げろと言われたのにそうしなかったのが、その証拠だった。聡明《そうめい》なわりには、みずからの身の安全をかえりみずに行動する愚かな部分もある。それはレノへの対応にしても同様だった。天敵でも前にしているかのような強いまなざしから判断するに、どうやら途中ですべてを放《ほう》りだしてこの国をあとにするつもりはないらしい。それはこちらにしても同じことだったが、これ以上、彼女との距離を縮めるのはべつの意味で危険だった。

だとすれば、彼女の怒りを煽《あお》って自分を嫌いにさせる以外にない。

それでも、ジリーの瞳の奥に宿る熱い炎は変わらずそこにあった。きっと若さゆえの反抗心もあるのだろう。加えて、危険な状況は人の感情を高ぶらせる傾向がある——しかも、性的な意味で。彼女に手を出したい衝動にかられるのもそれが原因なのかもしれない。

いずれにしても、あれだけ脅せば、さすがの彼女もおとなしく部屋にいるだろう。そのあいだに自分は彼女のために食料と着替えを調達する必要がある。この状況の背後に潜む真相を究明するのはもちろんのこと。いまはその答えを突きとめるのが先決だった。

彼女の服の下にある体や、その感触を想像している暇は一瞬たりともない。今度はジリーと一体となって共に快楽をむさぼりたいなんていう願望など、もってのほかだった。だめだ、いつのまにかまた彼女のことばかり考えている自分がいる。とにかくいったんジリーから離れて頭を冷やさなければ。このままずっといっしょにいたいと思うようになってからでは遅かった。

シャワーを浴びるのは今日はこれで二回目だったけれど、気持ちのいいことに変わりはなかった。ジリーはお湯が冷たくなるまでその下に立ちつづけ、これ以上はもう冷たくて無理というところでようやく水を止めた。ヒロマサ・シノダの浴室には新しい歯ブラシと、願わくばミントの香りの痔《じ》のクリームではないことを祈るばかりの練り歯磨きがある。ジリーは歯磨きを終えてさっぱりすると、やはりそこにある櫛《くし》を使って濡《ぬ》れた髪を整え、青地に白い模様の入った浴衣を着てワンルーム形式の部屋に戻った。

幸い、レノの姿はもうそこにない。キッチンの小さなカウンターにのっている食べ物はみんな見たこともないようなものばかりだけれど、袋のデザインからしてポテトチップスに違いないと思うようなものを手に取り、封を開けて食べた。わきにはポカリスエットという妙な名前のついた飲み物が置いてあるが、どうして清涼飲料水に〝汗《スエット》〟なんて言葉をつけるのか、その感覚はまったく理解できなかった。戸棚をあさると、今度は〝炎《ファイア》〟とか〝ボス〟とかいう名前のついた小さな缶コーヒーや、ガムともキャンディーともつかない不気味な色をしたお菓子があるが、贅沢《ぜいたく》を言っている場合ではない。あまりの空腹に、家具でも食べそうな勢いだった。

ジリーはひととおり口にしたあと、紫色のキャンディーが入った袋を手に、まるで磁石に引きよせられるようにコンピュータへと向かった。壁にかかった修了証書はほとんどが日本語で読めないけれど、先ほど目にしたソルボンヌ大学の修了証明書には、この部屋の住人であるヒロマサ・シノダが優秀な成績、しかも首席で卒業したとある。レノのような不良と聡明なこの部屋の住人がどんな友情で結ばれているのかは、それこそ謎《なぞ》だった。壁にはほかに富士山などを描いた歌川広重の浮世絵が何幅か飾られている。映画のポスターやテレビゲームの類はどこにも見当たらない。本棚のひとつにある小さな写真が目にとまり、ようやくヒロマサ・シノダという謎めいた男の姿を確認することができた。

それは卒業写真だった。周囲にいる人間から判断するに、ヒロマサもレノと同じくらい背が高い。短い黒髪に高い頬骨。細面の、いかにも聡明そうな顔。魅力的な口元や鼻も、よく見るとレノにそっくりだった。もしかしたら親戚《しんせき》かなにかかしら。風変わりでエキゾティックなレノを地味で平凡な感じにしたようにも見える。

ジリーは写真を手に取ってじっと見つめた。ここ数日のあいだに受けたストレスは、自分で感じている以上に思考や判断力に影響を与えているに違いない。同じ人間であることに気づくのに、こんなにも時間がかかるなんて。地味な服装をまとったいかにもまじめそうな若者は、レノに似ているのではない。まさにレノなのだ。

玄関のドアが開いた音など聞こえなかった。はっと気づくとレノがすぐうしろにいて、写真を奪いとり、表側を伏せるようにして机に置いた。「こいつは間違ってもきみのタイプじゃない」

ジリーはじっと相手の顔を見つめかえした。高い頬骨の上に彫られた、血の涙のタトゥー。獣のような鋭いまなざし。片耳に開けた穴にはピアスが三つ飾られ、炎のような色をした長い髪は無造作に束ねられている。「それはここ三日ほどくりかえし口にしている台詞《せりふ》ね」

動揺もせずに落ち着き払っている声がよほど意外だったのだろう。レノはその返事を耳にして、かすかにまばたきをした。この男を相手に反応らしい反応を引きだせたのは、ここ数日を通じてこれがはじめてだった。ジリーは内心、喜びを禁じ得なかった。「食料は調達してきてくれたんでしょうね」

レノは狭いキッチンに目をやった。「どうやらここにある食べ物という食べ物はすでにきみの胃のなかに収まっているようじゃないか。あれほどいやがっていた干しだこもね。いかやたこの類は食べないんじゃなかったのか?」

「こと食べ物に関するかぎり、いまは好き嫌いをしているときじゃないの。それに、まだおなかは減っているんだもの」

黙ってこちらを見つめかえすレノを前にして、うかつにもぱっと顔が赤くなるのは避けられなかった。

「食料はちゃんと調達してきたよ。きみの頭には食べ物のことしかないようだしな」と間近に立つレノは言った。

無意識に浴衣の前を合わせなおすと、レノの口元はゆっくりとほころんで、やがて薄笑いに変わった。意味もなく恥ずかしがっているうぶな女を前にして、この状況をおもしろがっているのだろう。

できることならその嫌味な薄笑いを皮膚ごと顔から引っぱがしてやりたかった。「それで、ヒロマサさん」ジリーは皮肉まじりの声で言った。「この部屋はなんのために借りているの?」

その顔から薄笑いが消えると同時に、レノは目を細めた。「俺の名前はレノだ」

「あなたのおじいさんもそう呼ぶの？」

「祖父には一族の〝恥さらし〟と呼ばれているよ。家族のビジネスに背を向けたことに、よっぽど腹を立てているらしい。まあ、無理もない。そもそも俺が家を出なければ、こんなやっかいごとに巻きこまれることもなかったろうからな」

「やっかいごとって、いったいなにが起きているというの？　ヤクザといえば組同士の小競りあいがあるんでしょうけど」

「きみには想像もつかないことだ」その声は氷のように冷たかった。

「教えてくれたっていいでしょ」

一瞬、質問に答えてくれるような様子に見えたものの、それは勘違いだった。「祖父は古風にして厳格な男だ。自分で定めた掟《おきて》に反するような行為は絶対にしない。ヤクザとは言っても、麻薬の売買や売春、武器の密輸に手を出すことはない。まあ、よく言えば、無法な略奪者にして民衆の味方でもあったロビン・フッドの現代版だな。ヒトミという男やあの男に耳を傾ける者たちは、ひとつの勢力となって、ここ最近そのやり方に不満を抱きはじめている」

「麻薬や売春に手を染めずに、武器の密輸もしないとなると、あなたのおじいさんの組はなにをしてるの？　話を聞いているかぎり、俗に言うヤクザの組とは思えないけれど」

「博打《ばくち》、要するにギャンブルだよ。縄張り内で用心棒代を徴収したり、偽物のブランド品をさばいたりもする。法に触れる行為とは言っても、暴力沙汰《ざた》とは無縁の、きわめて平和的なビジネスだ。残念ながら、愚連隊が振りかざす圧倒的な権力や富にもさほど縁がないようだしな」

「〝愚連隊〟って？」

「アメリカのマフィアのようなものだよ」

「ひょっとして、ヒトミという男は愚連隊につながりが？」

「どうやらそうらしい。ただ、組織内でヒトミの勢力がどこまで拡大しているのかはまだ定かじゃない。コバヤシが裏切り行為に走るなんて想像もしていなかったよ」レノは窓際に向かい、宵闇に包まれる外を見下ろした。「詳しいことがわかるまで、きみにはここにいてもらうほかない。早いところ重荷から解放されたいのは山々だが、この状況ではそれも危険すぎる。ここまで我慢したんだ、いまさらすべてを投げだすわけにもいかない」

「わたしの両親は？　姉のサマーは？　まさかわたしが死んだなんて思ってはいないでしょう？　たとえ誤った知らせでも、そんな悲しみを味わわせたくはないわ。あなたは信じないかもしれないけど、なにかと問題の多いわたしだってそれなりに家族に愛されているの。とくにサマーにはね。わたしが死んだと聞けば、嘆き悲しむに違いないわ。みんながみんな、わたしのことをやっかい者だと思っているわけじゃないのよ」ジリーはそこまで言って、いま口にしたことをあらためて考えた。「実際、わたしのことをそんなふうに思うのはあなたひとりよ。どうしてなの？　わたしはそんなに扱いづらい？」

「家族といえども、四六時中、否応《いやおう》なくきみといっしょに過ごすはめになった経験はないんだろう。しかもこれで三日になる」レノはこちらに背を向け、キッチンのほうに行った。

「もしかしたらきみの家族や友人は、きみのいい面しか見たことがないのかもしれない。それに、他人にわずらわしさを感じさせることなど一度もなく人生を送ってきたんだとしたら、きみはきわめて退屈な人間だということになる」

「ということは、少なくともあなたにとって、わたしは退屈な人間では間違ってもないということになるわね」と言ってジリーは相手を見つめかえした。

レノは振りかえることもなく、持ってきた袋を開けながらつぶやいた。「そうであってくれたほうがよっぽどやりやすいさ」

ジリーにしてみればそれは思ってもいない答えだった。ひょっとしてわたしは氷のように冷たいこの男の心を溶かしはじめているのかもしれない。ふとお気に入りのプレイステーションのゲーム、『キングダムハーツ』が頭に浮かんだものの、ディズニーのキャラクターと『ファイナルファンタジー』のキャラクターとのコラボレーションによるゲームのなにがレノを思い起こさせるのかまではわからなかった。

といっても、レノはディズニーのキャラクターとはタイプもまるで違う。それだけは心にとめておかなければならなかった。相手は危険な男――しかもその危険がまた魅力でもある。誘惑に負けて関係を持ったりすれば、それこそ姉のサマーに殺されかねない。

「それで、食料は調達してきてくれたの?」けっして自分のものにはできない、あるいはすべきではない人間のことを考えるよりは、話題を食べ物に変えるほうがまだましだった。

「きみの頭のなかは食べ物のことでいっぱいのようだな。刺身は俺が食べる。新鮮な魚の味もわからない外人に食べさせるにはもったいないんでね。きみには親子丼《どん》と味噌《みそ》汁を買ってきた。いわゆるマカロニチーズとチキンスープの日本版だ」

「わたしは病人じゃないのよ」

レノは肩越しに振りかえった。「俺はただ、きみにおとなしくしていてもらいたいだけだ。こっちはいろいろと今後の出方を考える必要があるんでね」

「せっかくわたしのために買ってきてくれたものにけちをつけるつもりはないけれど、マカロニチーズ程度の食べ物じゃ精神の安定は保てるわけないわ」

「きみの精神の安定など知ったことじゃない。俺はただ、しばらくのあいだきみに黙っていてもらいたいだけだ」レノはそう言ってさっとこちらに向きなおったが、お互いの距離の近さに驚いたのか、一瞬、その場ではねるような動きをした。どうやら相手も落ち着かない気分でいるらしい。それがいい兆候なのか悪い兆候なのかは判断に迷うところだった。すべては神経質になっている原因がなんであるかによる。原因は自分たちがいま置かれている状況か、それともこのわたしの存在か。

ジリーは自分から位置を移動して一定の距離を保った。この状況で体が触れあうのは危険すぎる。とくに、ふたりのあいだにきのうの夜のようなできごとがあったあとではなおさらだった。

すると、レノはコンピュータへと向かった。「勝手にしろ。俺はちょっと調べることがある」

「コンピュータを使ってだいじょうぶなの？　あなたのコンピュータは誰かにハッキングされているかもしれない。連中がそういうことにも長《た》けているとすれば、わたしたちがいるところがばれてしまうわ」

「だいじょうぶ。コンピュータに関するかぎり、知識は俺のほうが数段に上だ」きわめて短い答えでありながらも、その言葉には真実味があった。

ジリーは余計な心配はやめて、レノが調達してきた食料を確認した。大人ふたりが食べるだけの量は充分にある。従順な日本の主婦のように、急いで俺の分も作れということなのであれば、勘違いもはなはだしかった。

それでも、温かい味噌汁は母親の愛情を思いだすほどおいしかった。たしかに母親が率先して家事をしていた記憶はほとんどない。けれども味噌汁を味わっていると、まるでウイスキーを飲んだときのようにぬくもりが体じゅうに広がった。

味噌汁といっしょにレノが買ってきたのは〝親子丼〟と呼ばれるもので、ライスの上に溶き卵をからめた鶏肉《とりにく》がのっている。空腹とあまりのおいしさにがつがつ口のなかに放りこむ一方でちらりと視線を向けると、レノはこちらの存在など忘れてしまったかのようにコンピュータの画面に釘《くぎ》づけになっていた。

レノの顔をこんなふうにじっと見つめるのはこれがはじめてだった。相手をばかにするような薄笑いはなく、画面の光を受けてきらめくまなざしはまっすぐコンピュータに注がれている。そこには先ほど写真で目にしたまじめな青年の面影がたしかにあった。高い頬骨の上には血の涙のタトゥーがあり、横から見ると長いまつげがいっそう長く見えるものの、無防備に仮面をはいだレノは、なんの前触れもなく突然ヒロマサ・シノダに戻ったかのようだった。

そんな事実に、昨夜の名残など跡形もなく消え去ってもおかしくはなかった。目の前にいるのはレノではない。風変わりな魅力に満ちた鎧《よろい》をまとう、ただの聡明な若者なのだ。そんな若者の前でいま浴衣の帯を解いたらどんな反応が返ってくるだろう、とジリーは思った。

するとレノはさっとこちらに顔を向け、目を細めた。「もう充分観察したろう。まだ見つめていたいか」

ジリーはまばたきすらしなかった。「それはどうかしら。あなたはいつまた違う一面を見せるかわからないわ」

「俺はいま、なんとかきみを助けようと骨を折ってるんだ。気を散らせることなくおとなしくしているのが、せめてもの礼儀だろう」レノはぶつぶつと不平を言い、ふたたびコンピュータの画面に向きなおって、キーボードを叩きはじめた。

「わたしがいつあなたの気を散らしたというのよ。だったらこんな浴衣じゃなく、もっとわたしにぴったり合う服はないの？」

「いまいろいろ手配をしている最中だ」

「手配って、この状況でわたしたちが信用できる人がどこにいるの」

「俺が絶対の信用を置いている男はいる。そいつならきみをひとりであずけてもだいじょうぶだろう。キョウに比べたら、俺なんていたっておとなしい男に見えるさ」

「キョウ？」

「身長こそ百六十あるかないかの小柄な男だが、きわめて荒っぽい男だ。あいにくヒトミがよこしている連中に太刀打ちできるのはキョウくらいしかいない。きみとの相性は保証できないが、少なくとも命は確実に守ってくれる」

「それはすてきね」ジリーは皮肉まじりに言った。「で、それまでのあいだはどうするの？」

「それまでのあいだは少しでも眠るんだよ。いずれにしても、しばらくはこの部屋にいることになるからな」

「眠るって、どこで？」

レノはコンピュータから顔を上げてじっとこちらを見つめかえしていた。頬骨の上にできた傷はかなり痛そうに見える。きっと傷跡になって残るのだろうが、悔しいかな、それがまたひとつの魅力となるのは間違いなかった。「布団はきみが使っていい。心配するな。俺は眠るつもりはない。それに、きみにはもう指一本触れないさ」

昨夜の記憶がいっぺんによみがえり、ジリーは全身に血が駆けめぐるのを感じた。太腿のあいだに差しこまれた手の感触はいまでも覚えている。興奮に身をのけぞらせ、もらしたあえぎ声が、いまでも耳の奥で響いていた。「そう願うわ」ジリーは落ち着いた声で言った。

レノはふたたびコンピュータのほうに向きなおった。自分が口にした言葉を相手が本気にしたかどうかはわからない。でも、そんなことはどうでもよかった。もう指一本触れないと本人が言うのだから、実際にそうなのだろう。現にそのほうがありがたかった。わたしだってもうこの男には触れられたくないし、キスもされたくない。いまはただ、一刻も早くこの男から離れられるのを願うばかりだった。

たとえそれが本心ではないとしても、きっとそのほうが自分のためなのだ、とジリーは思った。

11

レノはいらだちを抑えきれず、机を押しやるようにしてコンピュータから離れた。先ほどから頭痛にも悩まされている。コンタクトレンズは数時間前に外したものの、少しも楽にはならなかった。ろくな睡眠もとらず、何時間もコンピュータの前に座りつづけているとあれば、疲労はたまる一方で頭痛も治るはずがない。自分がいま求めている答えにいっこうに近づかないのもいらだちの原因だった。いったいヒトミという男は何者なのだろう。もしかしたら、日本の裏社会で権力を誇示する巨大組織から祖父の組に入りこんできたのかもしれないし、あくまでも単独で、ある程度の規模を持つ組をみずから乗っとろうという魂胆なのかもしれない。どちらにしても、普段から精通しているインターネットの裏サイトをいくら検索しても、ヒトミという男に関する記録はどこにも存在しなかった。

レノは布団のほうに目をやった。ジリーはすでに熟睡していて、濃淡のあるブロンドの髪が顔にかかっている。ふたたび椅子にもたれ、彼女の寝姿を眺めた。

ジリーは間違っても自分のタイプではない。たしかに自分にはこれといったタイプはなく、普段なら五十以下の女であればかまわないのだが、ジリーの場合はべつだった。基本的に外人、とくにアメリカ人は好まないのに加えて、ジリーは背が高く、しかもなにかにつけて文句を言うやっかいな性格だった。この世界を生きる上で自分に課しているルールなどほとんどないが、あとあと面倒なことになる女とは寝ないという点だけは守ろうと心がけている。自分の家族にとってきわめて身近な存在であるジリーには、振り払おうにも振り払えないしがらみがあまりに多すぎる。

それに、いまはそんなことを考えている場合ではない。熟睡しているジリーの寝顔は純粋そのもので、皮肉や文句ばかり口にしているやっかい者の面影はどこにもなかった。とはいえ、純粋で傷つきやすい相手に男心をくすぐられるほど、こちらもナイーブな性格ではない。それに、純真な人間と貧しい人間からはつねに距離を置くことにしていた。彼らにかかわるとろくな結果にならない。

ジリーは自分にとってまさに重荷であり、悩みの種以外のなにものでもない。相手はこちらに対して幼稚な妄想を抱いていたようだが、そんなイメージはあえてことごとく打ち砕き、跡形もなく消してきた。それがお互いにとって、より安全で、賢明な選択なのだ。その甲斐《かい》もあって、ジリーはもう夢見る乙女からは卒業したようだった。問題は、今度は自分が彼女に思いを寄せはじめているという皮肉な事実。その気持ちを完全に吹っ切るのは、思った以上にむずかしそうだった。

疲労はかなりたまっている。椅子に座ったままで眠ってしまっても、けっして不思議ではない。おそらく彼女と同じように自分も睡眠をとるべきなのだろう。ジリーが眠る布団にはもうひとり寝られるだけのスペースがまだあるが、それはあまりに危険すぎた。アーモンドの香りの石鹸《せっけん》で体を洗ったジリーのにおいはここまで漂ってくる。真冬でなければ窓を開けてそんな思考を断ち切るところだけれど、いまはそれもできなかった。

冷たい水でシャワーを浴びれば、少しは頭もすっきりするかもしれない。仮眠をとるにしてもキッチンの床に充分なスペースがあるし、そこなら彼女からも安全な距離を保つことができる。寝床とは言えない場所で寝た経験は何度もあった。キッチンに移れば、先ほどから心をかき乱されている悩ましいジリーの香りも届きはしないだろう。

けれども場所を移動したところで問題は解決しなかった。アーモンドの香りは同じ石鹸を使った自分にもついている。しかも無防備なジリーの寝姿は、拷問の末の最後のとどめのように、視界に入ってきた。はだけた浴衣から見えるすらりとした長い脚。やわらかな曲線を描く胸元の膨らみ。寝返りを打ってくれてほっとしたのもつかの間、今度は襟元のうなじが目に飛びこんできて、いっそう興奮を煽《あお》った。芸者が着物の襟元を少しうしろに下げて着る理由がようやく理解できたような気がした。全裸のモデルが大胆にポーズをとる『ペントハウス』の写真より、襟元からちらりと見えるうなじのほうがどんなに興奮をかき立てるか。祖父がつねに口にしていた日本的なエロティシズムが、いま目の前で証明されている事実がしゃくに障って仕方なかった。みずからも寝返りを打って彼女に背を向けたものの、アーモンドの香りばかりはどうにもならない。もう一度シャワーを浴びて、今度は違う石鹸で体を洗いなおそうかとも考えたが、性欲くらい抑制できないようでは一人前のスパイとは言えない。たとえジリーが数メートル向こうに横になっていようと、その存在を忘れ、平常心を保っていられるのがプロのエージェントだった。

どうも布団に慣れることはなさそうね。ジリーはそう思いながらゆっくりと目を開け、薄暗い部屋のなかを見まわした。体を動かすたびに、あちこちに痛みを感じる。ヤクザの屋敷から逃げる際、かなりの距離を走ったせいもあるのだろう。敷き布団から体を起こすと、はだけた浴衣から胸がなかば露出しているのに気づき、慌てて前を合わせてふたたび闇《やみ》に目をこらした。レノはまたわたしをひとりにしてどこかに行ってしまったのかしら。

こぢんまりしたキッチンの床に横たわる人影に気づいたのはそのときだった。背中をこちらに向けているものの、それがレノであることは燃えるように赤い髪が示している。薄手の毛布をかけたレノは床にじかに横になっていて、布団の上で眠るよりも寝心地が悪いのは想像するまでもなかった。たぶん、わたしの隣で眠るくらいなら針のむしろの上に横になったほうがましだと思ったのだろう。勝手に想像して思わずむっとしたものの、よく考えてみればそのほうがありがたかった。

「いいから眠るんだ」キッチンから眠そうな低い声が聞こえ、あらためてそちらに目をこらしたが、背を向けたレノの体はぴくりとも動かなかった。

「なんだか目が覚めてしまったのよ」

レノは寝返りを打って頭を起こした。「ぐっすり眠れるようにまた手を貸してもらいたいというのか」

部屋のなかは寒かった。にもかかわらず体じゅうがほてるように熱くなったのは、恥じらいのせいだとは思いたくなかった。ジリーはふたたび布団に横になり、何度も体の位置をずらしながら浴衣をしっかり体に巻きつけ、深い呼吸をくりかえして目を閉じた。

日本人であるレノ、いや、ヒロマサ・シノダの部屋には、当然のごとくセントラル・ヒーティングのシステムは採用されていない。気温はだいぶ下がっているらしく、薄暗い部屋のなかでも自分の息が白くなって見える。薄手の綿の浴衣しか着ていないとなれば、それも当たり前だった。できることなら自分の服を着たいところだけれど、ヤクザの屋敷からはスエットシャツ一枚で逃げだしてきた状態で、そのスエットシャツもタクシーに乗りこむころには汗でびっしょり濡《ぬ》れていた。ジーンズにしたところで、考えてみればロサンゼルスからずっと同じものをはき続けている。下着の替えもバックパックといっしょにあの屋敷に置いてきてしまっていた。せめて清潔な自分の服に着替えることができたら。薄っぺらの布団ではなく、ふかふかのベッドの上で眠ることができたら。姉のサマーに会うことができたら。けれども一心に念じたところで、そう簡単に思いがかなうわけでもない。だったら素直に事実を受け入れて……。

「いい加減にしろ」レノはそう言って、急に体を起こした。毛布はその勢いで腰のあたりまで落ち、薄暗がりのなかで裸の上半身があらわになっている。

レノの体は息をのむほどゴージャスだった。バランスよく筋肉のついた引きしまった体。宵闇に浮かぶ肌は絹のようになめらかで、脂肪の影などまったく見られない腹部には腹筋が浮きでている。もし自分が母親の血を多く受け継いでいれば、迷うことなくレノのもとに行って、その体に舌を這《は》わせるところだった。

内側からこみあげるようなほてりが、ふたたび全身を駆けめぐった。官能的なレノの体を前にしてあれこれ想像を膨らませていれば、この寒さで凍え死ぬこともないのかもしれない。

「いい加減にしろ」レノはくりかえした。

「いい加減にしろって、なにをよ」ジリーは声を荒らげた。「眠気もないのに無理に眠れと言うほうが無理よ」

「そんな目で俺《おれ》を見るな」

どういう意味よ、なんて聞きかえすような愚かなまねはしなかった。餓死寸前の人間が極上のステーキでも前にしているような目でレノのことを見つめているのは、自分がいちばんよく承知している。きっとチョコレート好きの人間がゴディバの箱を、お酒好きの人間が年代物のスコッチを、舌なめずりして眺めているようなものなのだろう。経験の浅いうぶな小娘が、自分にとって最悪の男を相手に恋をしているときに浮かべるまなざしは、きっとそういうものに違いなかった。

実際に恋に落ちる前に相手を選べるなら、当然それに越したことはない。じっくり考慮して選択する時間が与えられるなら、レノなど候補にもあがらないだろう。けれどもこればかりは、考えてもどうこうできる問題ではなかった。抑えがたいこの思いは、数年前、イギリスのウィルトシャーにあるピーター・マドセンの家でレノの姿をひと目見た瞬間から抱きつづけている。無礼で人をばかにしたような態度も、反感を煽る一方で、性的な関心は逆に強まる傾向にあるのが正直なところだった。

その半面、そんな事実にほっとしている自分がいるのも否定はできない。異性にほとんど関心を抱かない自分は、もしかしたら不感症なのではないか、セックス自体に興味がないのではないかと、普段から不安に思っていた。けれどもそれが杞憂《きゆう》に過ぎなかったことは、レノに再会した瞬間に証明されている。

問題はわたしのほうではなく、レノの側にある。それが単純にして明快な事実だった。たとえ相手が単純で明快な人間とは対極に位置する存在であっても。

毛布をはいで立ちあがるレノを前に、ジリーは思わず声をもらした。背が高く引きしまった体、しかもレノは限りなく裸に近く、その股間《こかん》は相撲の力士がつけるような形の布で覆われていた。

「恥ずかしいなら目を閉じたらどうだ」レノはそう言うと、はいだ毛布を拾い、こちらに向かって放《ほう》り投げた。その毛布をさっと手に取って頭からかぶってしまいたいのは山々だけれど、目の前に立つ男から目をそらすことはどうしてもできなかった。

薄暗がりのなか、黄金色に肌を輝かせるレノは、野性的で、まるで異星から来た存在のようだった。片腕に彫られた竜のタトゥーのせいもあるのだろう。金色と鮮やかな赤で彩られた竜は肩から手首にかけてくねるように描かれている。裸同然の相手を前にして、たぶんキッチンからこちらにやってきて目の前を通りすぎた。圧倒的な存在感を放つレノは、視線をそらすのが礼儀なのだろうけれど、ジリーはそんなことも忘れてレノの体を眺めていた。それにしてもレノはなんてゴージャスなお尻《うず》をしているのだろう。

ジリーは声にならない声をもらし、毛布に顔を埋め、ふたたび頭を上げた。毛布は先ほど浴室で自分が使ったのと同じ石鹸の香りがするが、そこにはまた抗しがたいほど官能的なレノのにおいもついている。この状況では、自分の命を狙《ねら》う連中の罠《わな》にみずから飛びこんでいくほうが、あれこれ妄想を膨らませながらこの男と一夜を共にするより、危険ではないかもしれない。

浴室から出てきたレノはすでに着替えをすませていた。黒いズボンに白いシャツ、その上に黒いジャケット。下着まで取りかえたのかどうかはさすがにわからなかった。先ほど目にした細長い布のようなものをまだつけているのかもしれないし、普通のボクサータイプの下着にはきかえたのかもしれない。といっても、最近はやりのぴったりしたローライズの下着をはくレノの姿は想像できなかった。ひょっとしたらなにもつけていない可能性もある。

「〝ふんどし〟っていうんだよ」レノはキッチンのほうに戻りながら言った。

「なにが?」

「きみが視線を釘《くぎ》づけにしていた下着さ。そんなに興味があるならこうしよう。もしこの状況を無事に切りぬけられたら、ゆっくり時間をかけて脱がす権利をきみに与えよう。しかし、歯を使って脱がすのが条件だ」

ジリーはまた五度ほど体温が急激に上昇するのを感じた。「あなたって男はほんとに人の神経を逆なでするのが得意なのね」ジリーはすかさず言いかえした。「脱ぎたければ自分の歯を使いなさいよ」そんな芸当ができるはずもないことは承知の上だった。

レノは軽く笑い声をあげた。「まあ、そう怒るな。いまコーヒーをいれてやる」

コーヒー。その言葉は過去を水に流してすべてを許してもかまわないと思わせるほどの魅力を持っていた。カフェインの入った強いコーヒーを飲めるなら、相手の望むとおり歯でふんどしを脱がせてやってもかまわない。「まさかわたし用の着替えを調達してくるほど気がきいてはいないわよね」

レノは肩越しに振りかえった。その瞳はいたずらっぽくきらきらと輝いている。「なんならふんどしの巻き方を教えてやろうか」

「冗談はやめて」ジリーは立ちあがり、着慣れない浴衣の乱れを直した。「わたしはまたシャワーを浴びさせてもらうわ」

「そんなにシャワーを浴びたら体がふやけるぞ。それに、洗い流そうとしても洗い流せるものじゃない」

「なんのこと？」

「俺のにおいや指の感触さ」

手近なところにものがあったら確実に投げていた。けれどもきわめて簡素なこの部屋には、あいにく投げるものなんてなにひとつない。「わたしのコーヒーにはミルクと砂糖を」ジリーは淡々と言って浴室に向かった。またひやかしめいた言葉が返ってくるのは覚悟していたけれど、幸いレノの口からはもうなにも発せられなかった。

アーモンドの香りのついた石鹸をまた使うか使うまいかは迷うところだった。たしかにこの一日のあいだにシャワーは何度も浴びている。それでもそんな迷いを抱くこと自体おかしいと思い、結局使うことにして全身を洗った。たぶん、レノもこの石鹸で体を洗ったのだろう。思わずそんな考えが頭をよぎり、ジリーは深いため息と共にうなり声をあげた。

「どうした？」浴室の扉のすぐ向こうで、レノの声がした。

「べつに。ちょっと肘をぶつけたの」

だめよ、だめ、わたしったらなにを考えてるの？　ジリーは蛇口をいっぱいにひねって水を浴び、今度は寒さに声をあげそうになりながらも、なんとかその下に留《とど》まってほてる体や頭を冷やした。そしてこれ以上は無理というところでシャワーの水を止め、タオルを体に巻きつけた。部屋のほうから話し声が聞こえたのは、浴衣を着ようと手を伸ばしたときだった。ふたりの男の声——そのうちのひとつはレノの声だった。

ジリーは便座の蓋《ふた》を下ろし、その上に腰を下ろして様子をうかがった。無防備な浴衣姿を見られるのはレノだけでも充分だというのに、これ以上の観客はごめんだった。

しばらく浴室のなかで待っていると、やがて玄関のドアが閉まり、部屋に静寂が戻った。レノもいっしょに出ていってくれていれば、ひとりでゆっくりコーヒーを飲むことができる。けれども浴室のドアを開けてすぐ目に入ったのは、コンピュータに向かうレノのうしろ姿だった。机の上、キーボードのわきには銃もある。

「誰か来ていたの？」

レノはあえて振りかえりもしなかった。「友だちだ。銃があったら今後の危険に対応するにも便利かと思ってね」

「ということは、いままでは持っていなかったということ？」ジリーは机の上で冷たい光を放つ銃に目をやり、眉間《みけん》に銃弾を受けて横たわる男の死体を思いだして身震いをした。

「安易に銃は使いたくない主義でね。できることならべつのやり方ですませたい。危険に対応するにはそれ以外の静かな方法もいろいろある。まあ、そう心配するなよ。よほど俺を怒らせないかぎり、きみに向かって引き金を引きはしない」

ジリーは黙って相手を見つめかえした。「何人も人が死んでいるのよ。そのうちの何人かはあなたがその手で殺した。なのにそれを冗談にするなんて」

「誰が冗談だと言った？」レノは凍るような声で言った。「生きるか死ぬかの状況に立たされたら、悠長に考えている暇などない。必要な行動に出るまでだ。きみの命を守るために誰かを撃たなければならないとなれば、俺は迷わず引き金を引く。その選択についてあとでごたごた言われて、時間を無駄にするつもりも毛頭ない。とにかく心配するな。きみに使わせるようなことはけっしてしない。それから、銃といっしょにキョウがきみのために服を持ってきてくれた。まあ、たぶんお気に召すような服ではないと思うがな」

ジリーはじっと見つめていることに耐えきれず、銃から目をそらした。「でしょうね」

「日本できみに合うサイズの服を探すのはひと苦労なんだ。たとえ丈に問題がなくても、尻が入らない場合が多い」

「わたしのお尻はそんなに大きくないわ」

「日本人の平均からすれば、きみは歩く〝セックスマシーン〟というところだよ。いずれにしろ、あいにくあの手の服しか見つからなかったらしい」

ジリーは部屋のドアのわきに置かれた白と黒の生地に視線をやり、突然、背筋に寒気のようなものが走るのを感じた。「大の大人に赤ちゃん人形のような格好でもさせるつもり？」

「〝ゴシックロリータ〟と呼んでほしいな」とレノはすかさず言いなおした。

「普通のTシャツに少し大きめのジーンズのほうが見つけるのが簡単でしょうに」ジリーは気乗りのしない口調で続けた。

「きみに合うサイズのTシャツはみんな観光客用で、生地も薄手の綿だ。ブラジャーだってきみにぴったり合うサイズを探すのはたいへんだろう。平均的な日本人の胸の大きさを考えればね」

ジリーは両腕を組んで胸を隠したい衝動を必死にこらえた。「なにかにつけて日本人の女性と比べるのはやめてくれる？　アメリカにいるときだって、同年代の友だちよりもだいぶ背が高かったんだもの。自分が女性にしては背が高い事実をいまさら確認させられる筋合いはないわ」

コンピュータの画面を見つめていたレノは、一瞬振りかえって目を細めた。「いい加減、そんなことを気にするのはやめたらどうだ」

ジリーはレースのついた生地の山を拾いあげ、浴室に向かった。てっきりまたじろじろ見られるのではないかと思ったけれど、レノはすでにコンピュータのほうに向きなおり、かちかちとキーボードを打ちはじめている。そう、まるでわたしが一夜かぎりの相手であるかのように。

きっとレノの人生にはそんな関係がたくさんあったに違いない。もちろん、そのうちのひとりに成りさがるつもりはない。自分はもともと苦しい経験に喜びを感じるタイプではないし、それにたとえレノと関係を持ったとしても、一夜かぎりの情事として簡単に片づけられる自信はなかった。だいいち、そんな行為が家族のあいだで波紋を呼ぶのは間違いない。

レノはまさに毒蛇のような存在だった。必要に迫られないかぎり、これ以上近づくつもりもない。たしかに何度も命を助けられたものの、どうしてわたしを守る義務があると感じているのか、その理由はわからなかった。とにかく無事アメリカに戻りさえすれば、二度とこの男と顔を合わせることもない。姉のサマーとタカシのあいだに子どもができれば、それによって家族が集まる機会も増えるのだろうが、仮にそうなったとしてもレノのことは避ければそれですむ。そもそも向こうはアメリカ人の女が嫌いなのだし。

レノの友人が持ってきた服は想像以上に最悪で、黒いレースのTバックの下着に関して、そこにある事実をあえて無視することも考えた。幾重にもレースで縁取りされた、白いブルマー。黒いレースのガーターがついた、網ストッキング。波打つようにひだの寄った黒いスカートは、やはり幾重にもレースで縁取りされている。それ以外にも、指先が出るようになっている手袋、かわいらしい小さなエプロン、それに黒いベストのようなコルセットや、ボンネット型の帽子まであった。これじゃあまるで『アダムス・ファミリー』のモーティシアが趣味の悪いフランス人のメイドに変装するようなものだわ、とジリーは思った。おまけに靴までそれに合わせて選ばれている。

「こんな格好で外に出るなんて絶対にいやよ」しぶしぶ着替えを終えたジリーはそう言って浴室から出た。

レノは振りかえりもしなかった。「それしか用意できなかったんだから仕方ない。サイズに関してはちゃんと言ってあるし、合わないなんてことはないはずだぞ」

「たしかにぴったりよ。靴のサイズもね。でも、十センチ以上もある厚底の靴なんてごめんよ。慣れない靴をはいて転べば怪我《けが》をするのは目に見えてるし、それでなくても背が高いわたしがこれをはけば、バスケットボールの選手に間違えられかねないわ」

レノはようやく振りかえって、ばかばかしい格好でそこに立つアメリカ人を頭のてっぺんから爪先まで舐《な》めるように眺めた。幾重にもひだの寄ったスカートはもともと丈が短く、レース飾りのブルマーや網ストッキングがよく見えるようになっている。少々きつめのコルセットをつけているせいで、胸元の膨らみも恥ずかしいくらい強調されていた。ジリーは顎を突きだし、笑えるものなら笑ってみなさいよと険しい目つきで訴えた。

皮肉屋のレノも、さすがにその場で爆笑するようなまねはしなかった。ほんの一瞬、口元がほころび、薄笑いを浮かべそうになったが、厳しい表情はけっして崩さなかった。

「サンダルならうちにあるかもしれない。まあ、その服には合わないと思うけどね」

「この格好に合おうと合うまいと、そんなことは関係ないわ。普通に歩けるものが欲しいだけよ。だいたいこの厚底の靴にしたって、よくわたしのサイズが見つかったわね。いったいどこで？」

「どこで見つけてきたかって？　女装が趣味の男たちが行く店だよ」

「え？」

「女装が趣味の男たちが行く店」とレノはくりかえした。「きみに充分な化粧をほどこせば、男として通るんじゃないかと思ってな」

ジリーは思わず靴を投げつけたが、ひとつはレノの頭にぶつかる前に手で受けとめられ、もうひとつは棚にある写真立てに命中した。レノはおもむろに立ちあがり、威圧的な雰囲気を漂わせながら、しなやかな動きでこちらに近づいてきた。臆病《おくびょう》な性格だったらきっと気後れしてあとずさっていたに違いない。

「二度と俺に手を上げるなと言ったろう」レノは低い声で言った。

ジリーは動揺する心を必死に隠した。「手なんて上げてないわ。靴を投げただけよ。それに、あなたはちゃんと受けとめたじゃない」

「しかし俺を傷つけようという意図はそこにあった」

一歩、そしてまた二歩と、ジリーは思わずあとずさりした。それでもレノはまだこちらに近づく足を止めない。ワンルーム形式の部屋は狭く、レノの体はひときわ大きく見える。逃げる場所などどこにもなかった。

これ以上、下がれないところまであとずさると、レノは両手を壁について身動きの自由を奪った。「俺をその気にさせるな」とうなるような声でレノは言った。

こんなふうに威張りちらされるのはいい加減うんざりだった。「いいわ。そんなにわたしが邪魔なら、首を絞めて殺すなりなんなり、勝手にすればいいじゃない」

こちらを見据えるレノの瞳には、いつもの風変わりな輝きはなかった。たぶん、コンタクトレンズを外したのだろう。そこにある一対の瞳は濃い茶色で、ふたりの瞳を隔てるものはなにもない。「ジリー、俺をその気にさせるなというのはそういう意味じゃない」

レノはそう言って体を押しつけた。ばかげたコルセットをつけた上半身に、硬い筋肉に覆われたレノの胸や腹部が当たっている。その両手はまだ壁にあるものの、すでに熱い抱擁に包まれているような、不思議な感覚だった。ジリーはレノの瞳をまっすぐ見つめかえした。けっして怖がってなどいないと見栄《みえ》を張りたいのは山々だけれど、口元がかすかに震えるのは自分でもどうしようもなかった。

心臓は胸から飛びだしそうなくらい激しく鼓動を打っている。相手の心臓もまた同様に早鐘を打っているのが、ぴったり重なった胸を通して感じられる。いったいこれはどういうことなの？

ふたりの唇が重なったのは、それからまもなくしてからのことだった。

12

それは思っていたような口づけではなかった。この二年あまり、レノとキスする瞬間は何度も思い描いてきたけれど、恋愛小説に書かれているようなものとは大違いだった。

現実はある意味で衝撃だった。レノは開いた口ですっぽりこちらの口を覆い、腰をゆっくりと回すように強く押しつけている。

ふたりの背の高さはだいたい同じだった。ズボンの生地を通して股間《こかん》の膨らみがありありと感じられる。レノの口づけは激しく、まるで獣のようでもある。あたかも憎しみを抱く相手にしているようなキスに耐えかね、ジリーは両手でレノの体を押しやった。

けれどもレノはびくともせず、ただ顔を上げただけだった。荒々しい口づけのあと、口元にはあざができ、すっかり腫《は》れているような感じもする。

「どうしてキスなんかするの？」かすれた声でジリーは言った。わけもわからず、涙がこみあげてくる。何度もまばたきをし、腹立たしい感情に集中して、なんとか泣くのをこらえた。

「理由なんてわからないさ」レノは壁に貼《は》りつく格好になっているジリーに相変わらず腰を押しつけている。「最後までしたいか?」

脚を上げて蹴《け》ろうとするものの、事前にその動きを察知したのだろう。レノは片脚を巻きつけて両脚の動きを封じ、いっそう体の自由を奪った。「やめて」ジリーは怒りをあらわにした。

「ジリー、いくら強がっても無駄だ。きみは俺《おれ》に恋をしている。その夢をかなえてやろうと言ってるんだ」レノの息づかいは荒く、他人をばかにするような態度も相変わらずだった。

「このまま膝を振りあげてあなたの股間を蹴ったら、誰かの夢をかなえるどころか、自分の夢さえ台なしにすることになるわね」

「けっしてそんなことはさせない。それはきみもわかっているだろう。きみは俺に従うほかないんだ。もう一度訊《き》く……最後までしたいか?」

「どうしてそんなことを訊くのかわからないわ」ジリーは毅然《きぜん》として言いかえした。「あなたはわたしにはなんの興味もない。その事実はこれまでの態度から明らかじゃない」

「これでも興味がないと?」レノは股間をさらに強く押しつけた。

「結局あなたは、大の大人にこんな格好をさせて興奮する変態だということよ。わたしであろうと、ほかの誰であろうと、関係ないわ」

「だったら一度服を脱いだらどうだ。それでもまだ俺の興奮が収まらなかったら、きみのその仮説は間違いだと証明される」レノは急に論理的な口調で切りかえした。

ジリーは相手の目を、その下に彫られた血の涙のタトゥーをじっと見つめた。「レノ、そんなに退屈ならいったん外出して、誰かほかの人を相手に欲望を処理してきなさいよ。相手があなたならきっと興味を示す人がいるわ」

「興味を示している人間は目の前にいる」レノはつかんでいた体を急に放し、にやりと顔をほころばせた。「たしかにきみの言うとおり、きみは俺のタイプじゃない。それに、タカシの手前、きみとセックスすることはできない。きみに手を出したことがばれたら間違いなく殺されるよ」

「セックスだとか、手を出すとか、そういう話はもうやめてくれない?」ジリーはうんざりとして言った。「それに、もっとほかの言い方があるでしょう。愛を交わすとか」

「ジリー、俺は愛を交わしたことなど一度もない。セックスはあくまでもセックスでしかない」

「わたしは違うわ」

レノは頭をかすかに傾け、じっとこちらを見つめかえした。「それがほんとうかどうか、賭《か》けるか?」そう言ってぐいと体を抱きよせ、ふたたび体を重ねた。

もちろん、キスをするのはこれがはじめてというわけではない。はじめてのキスは十七歳のとき――しかもそれはあくまでも科学的な探究心にすぎず、相手は物理の家庭教師で、ジリーは舌や歯の使い方から、相手をじらしたり激しく求めたりする方法まで、あらゆる方法を習得した。そんな経験のあとはいつも口のまわりが唾液《だえき》でべたべたすることになったけれど、少なくとも男と女が顔をすりあわせてなにをしているのか、その理由だけは充分に理解することができた。

けれどもレノのキスは家庭教師のジェフリーや、恋愛経験の浅いデュークのそれとは比べものにならなかった。それは天使の口づけのように甘く、せつなく、まるで自分の体が浮きあがっていくような感覚を覚えた。同時に、荒々しくむさぼるような口づけは、悪魔の接吻《せっぷん》のようにも感じられる。ジリーは目を閉じ、ただその口づけに浸りたいと思った。たとえ互いの身を重ねあわせたふたりの行く先が、渦巻く暗黒の場所であったとしても。レノは口のなかに舌を差し入れ、震えるまぶた、顎、そしてこめかみにキスをして、ふたたび唇を重ねた。ジリーはもう身動きもできず、ただ壁にもたれて、相手に身をまかせていた。

やがて首筋に顔を埋《うず》めたレノは、肌を軽く噛《か》んでは、接吻をくりかえした。肌に当たるレノの息は燃えるように熱い。両手は徐々に腿へと移り、レースのガーターにかけた指先をじらすように動かしている。ジリーは声にならない声でうめき、まるで降伏するようにやわらかな吐息をもらした。

「くそっ」突然口にされた言葉は、はっと我に返るのに充分だった。ジリーは目を開け、わけのわからないまま、目の前にいる男を見つめた。

なにか言葉を吐こうと口を開きかけたものの、レノはすぐに首を振って沈黙をうながした。あたかもそれまでの熱いひとときが嘘《うそ》であったかのように。壁際に押しつけられたまま、互いの体はいまだぴったりと重なりあっているのに、そこにはもうそれまでの空気は漂ってはいなかった。

「連中だ」とレノは口を動かした。

「嘘でしょ」ジリーはつぶやいた。

ふたりは長いあいだ互いの目を見つめあっていた。ジリーは突然、この男はこれでわたしにさよならを告げるのではないかと不安にかられた。その直後だった。両肩をつかんだレノは、そのままくるりと向きなおり、部屋の向こうに突き飛ばすような勢いで両腕を伸ばした。ジリーは椅子や机にぶつかりながら床に倒れこみ、乱闘に巻きこまれまいと、這《は》うようにして部屋の隅に身を隠した。まるで軍隊でも侵攻してきたような騒ぎだったが、冷静になってよく見ると、相手は三人だった。こぎれいなスーツを着て、ポマードで髪を固めた男が三人、逃げ道をふさぐようにしてレノを囲んでいる。

もちろん、戦いもせずレノが屈するはずもない。レノの動きは目にもとまらぬ速さだった。宙を飛ぶようにしてひとりの男の喉を蹴ると、さっと振りかえってうしろにいる男の腹に拳《こぶし》を突きたて、前かがみになったところですかさず上からのしかかった。

しかし三人目の男は、そう簡単にはいかなかった。三人のなかでもいちばん大柄な男は、レノの背後から首に腕を回し、羽交いじめにするように押さえこんでいる。レノは手足をばたつかせて抵抗を試みているが、相手は大きすぎる上にかなりな力の持ち主のようだった。大男の手に爪を立ててもがく一方で、レノは首を絞められたままどんどんうしろへと引き戻されている。

このままではレノは死んでしまう。窒息するか、首の骨を折られて。当然つぎの餌食《えじき》はわたしに違いない。選択肢はほかになかった。

ジリーは机にぶつかった際に落ちた銃を手に取った。独特の冷たさを持つ金属は、はじめて触れる感触だった。レノともう一方の男はもつれながら部屋のなかを動きまわっている。力強さでは互角のレノも、男の背中を壁にぶつけたりと、なんとか抵抗を試みているが、首に回された腕をどうしても振り払えずにいる。レノはろくに息もできないようで、必死の抵抗もいつまで続くかわからなかった。

その行為が想像していたよりも簡単だったのは意外だった。照準を定めて引き金を引くと、反動で腕がはねあがり、鼓膜がやぶれるような音が狭い部屋に響きわたった。ジリーは恐怖に思わず両目を閉じた。

どさりと人が床に倒れこむ音がし、続いて誰かの苦しそうな息づかいが聞こえた。

誰かがこっちに向かってやってくる。けれどもそれが誰であろうと、もうかまいはしなかった。きっとショック状態にあるんだわ、とぼんやりした頭で思った。もしかしたらさっき床に倒れた男のひとりが起きあがってきたのかもしれない。けれども死んだのがレノなのであれば、あとはどうなろうと、そんなことはどうでもよかった。

目の前に誰かが座りこみ、顔に手が添えられるのを感じた。一瞬ひるんだものの、その手は顔にかかった髪をやさしく払っていた。いまではもうなじみのある感触。その体からはアーモンドの香りのついた石鹸《せっけん》のにおいもする。まだ生きていることを確かめるためにも、ちゃんと目を開けるべきなのはわかっている。けれどもそんな簡単なことが、いまはできなかった。

すると相手は身を乗りだし、静かに唇を重ねた。そして閉じたまぶたにふたたび口づけをし、完全に感覚を失った手から銃を取った。「一刻も早くここから出る必要がある」いつになくやさしい声で、レノは言った。「きっと外に銃声が聞こえたに違いない。警察が来る前にここを出なければならない」

ジリーは目を開けた。視界には、レノの姿しか入っていない。柄にもなく気をつかっているのか、部屋の惨状は見せたくないようだった。

「いっしょに来るんだ」レノはいまだ不自然なまでにやさしかったが、その理由はわからなかった。「さあ、手を貸して」

ジリーは差しだされた手に自分の手を重ねた。たったいま人間に向けて引き金を引いた手には、まだ銃の感触が残っている。ジリーは引きあげられるまま、体を起こして立ちあがった。「余計なものには目を向けるな」

けれどもそんな警告も遅く、視線はすでに男の死体に注がれていた。顔を下向きに横たわる男の下には血の海が広がっている。頭の半分が、完全に吹き飛ばされていた。

全身の震えと共に、喉の奥からこみあげるものを感じる。絶叫して倒れそうになった直前、レノが体に腕を回してしっかりと支えてくれた。「深呼吸を」とささやくようにレノは言った。「なにも考えるな。なにも見るんじゃない。ただ前を向いて、俺といっしょに来るんだ」

指示に従う以外、なにができたというのだろう。よろよろ歩きだしたところでようやくまだ網ストッキングをはいていることに気づき、背後を振りかえって厚底の靴を探したが、有無を言わさずレノに部屋の外に連れだされた。廊下の壁にもたれて乱れた呼吸を整えているあいだ、レノはひとりで一瞬部屋に戻ったが、すぐにスニーカーと自分のブーツを持って戻ってきた。持ってきたのはそれだけではない。そこには銃もあった。たったいま自分が使った銃が、黒のズボンのウエスト部分に差しこまれている。黒いジャケットで隠れているものの、ちらりとその鈍い輝きが見えた。

スニーカーをはかせてもらい、ゆっくりと立ちあがったジリーは、無言でレノのあとに従い、三階分の階段を下りた。外はもう冬の朝の光でいっぱいだった。

レノは無力という感覚に慣れていなかった。自分のことは自分で面倒を見、他人にも同様のことを期待する。実際、これまでも躊躇《ちゅうちょ》することなく必要なことをしてきたし、それができることが自身の力の源にもなっていた。

しかしジリー・ロヴィッツがあの男の頭を吹き飛ばすなんて、誰が想像しただろう。しかも、この俺の命を助けるために。その事実に対して、どう対処すべきかいまは判断がつかなかった。

ジリーは完全にショック状態にある。ただ、状況を考えればそのほうが都合がよかった。発砲して以来、彼女はひとことも言葉を発していない。それに、いまは文句を口にすることもなく、従順なロボットのように素直に言われるとおりのことをしている。最初からそうしてくれていたらどんなに容易にことが運んだかしれない。あれこれ説明する必要も、口論する必要も、自分にいらだちを覚える必要もなかったろう。素直に言うことを聞いてくれていれば、とっくに彼女は飛行機のなかにいて、たんなる過去の記憶として消し去ることができたかもしれないのに。実際のところ、いまの彼女が思い起こさせるのはベッドではなく、墓場だった。

それでも、呆然《ぼうぜん》としたこの状態からは目を覚まさせる必要があった。ただ、どうすれば我に返るのかはわからない。それに、いまはこのほうが彼女にとっても安全なのかもしれなかった。ショック状態におちいったまま、現実を否定して自分の世界に引きこもっていれば、また絶叫しそうになるようなこともない。どんな大義があったとしても、人を殺すことが容易だなんて、一度も思ったことはなかった。どんなに訓練を積んでいようと、何度その行為をくりかえそうと、まともな人間ならそんな思いを抱くはずがない。世間知らずのジリーにしてみれば、それこそ人格が破綻《はたん》してしまうような行為であるに違いなかった。

レノはジリーの手を引きながら地下鉄の駅へと入ったが、礼儀正しい日本人は露骨に視線を送ってくるようなまねはしなかった。原宿に着いて外に出ても、ジリーは顔さえ上げず、ただ手を引かれるまま歩いている。予想どおりその姿は、思い思いのコスプレを楽しむ若い女の子たちにまぎれて目立つことはなかった。

この時間、静かで心のなごむ場所といえばひとつしか思いつかない。原宿駅の近くにある明治神宮には大きな公園もあって、周囲の喧噪《けんそう》とは別世界の場所だった。レノはジリーと共に大きな檜《ひのき》の鳥居をくぐり、曲がりくねった道を進んだ。朝のこの時間はほかに人の姿もなく、自分たちに奇異な視線を向ける者も、銃を手に追いまわす者もいない。悪名高きヤクザの組員でさえ、神聖なこの場所を冒涜《ぼうとく》するような行為はひかえるはずだった。少なくとも、このなかにいるあいだはほかに気をつかうことなくひと息つけるだろう。

きつめのコルセットにフリルつきのスカートをはいたジリーはいかにも寒そうだったが、自分の上着は貸すに貸せなかった。シャツにはべっとり血がついている。上着を脱げば、また彼女が動揺するに違いない。少なくとも、もっと冷静な状態になるまでは、彼女の前でこの上着は脱げない。

レノはジリーと腕を組んで体を引きよせた。周囲の目にはコスプレ好きの恋人たちに見えるだろう。といっても、誰が気にするわけでもなかった。明治神宮の公園は一般の人も利用できて、誰もが気ままにくつろげるようになっている。なんとか自分の体温で温めてやろうと、レノはさらにジリーの体を引きよせた。ジリーのほうも抵抗することなく、されるがままにまかせている。それにしても、彼女の体温の低さが気になって仕方なかった。それにその体も、まるで体重などないかのように異様に軽く感じられる。

「なにか食べるものを買ってくるよ」レノはあえて気軽に声をかけた。「近くにカフェテリアがある。なにか温かいものを食べれば心も落ち着くだろう」

ジリーはなにも言わなかった。その表情にはなんの変化もない。砂利道をただ手を引かれるまま歩く彼女は不気味な幽霊のようだった。なんだってまた口数の多い彼女にいらだちを覚えていたのだろう。皮肉にも人形のような格好をした魂の抜け殻に比べたら、なにかにつけて文句を言う彼女のほうがどんなによかったか。

レノは神社の境内をぐるぐると回った。長く伸ばした赤い髪を隠すものを持ってこなかったのはうかつだった。そもそも安全な場所に着き次第、目立つ髪を切って黒く染めておくべきだったのに。これではまるで歩くネオンサインだった。いままでは多少の悪さをしても祖父が後始末をしてくれたが、今回ばかりはそうもいかない。炎のように赤い髪を隠しもせず歩いていれば、みずからのろしを焚《た》いて、居場所を敵に知らせているようなものだった。

レノは自動販売機で缶コーヒーを買い、いったん彼女を座らせて、様子を見た。カフェテリアで買ってきた弁当に自分から口をつけたのはいい兆候に違いない。食欲さえあれば、あとはなんとかなる。

食欲が旺盛《おうせい》な女性は自分のタイプでもあったが、この状況においてセックスのことなど考えている場合ではなかった。いまは彼女がなんとか自分を取り戻すまで、安全なところに身を隠している以外ない。けれども静かな公園の道も永遠に続くわけではなく、いくら興奮をそそる格好であっても、彼女はいまにも凍えそうな様子だった。

だめだ、いまはセックスのことなど考えているときではない。だいたい彼女はショック状態にあるのだ。一歩あとずされば見える黒いレースのガーターのことなど、あれこれ想像している場合ではない。それに目下、ジリーには隣にいて支える人間が必要だった。

広々とした公園をあとにするころにはすでに午後になっていたが、それでもジリーはまだひとことも言葉を発していなかった。きらびやかに照らされた原宿の通りは人でごった返し、長身の外人の女が歩いていたところで目立つわけでもない。レノはなんとかジリーを地下鉄の電車に乗せ、興味深そうにこちらを見つめるサラリーマンたちの視線から彼女を守った。やがてふたりは東京の町をぐるりと回るように走っている丸ノ内線に乗りかえ、席に座った。この線に乗っていれば、今後の出方を考える時間がたっぷりある。

ジリーはやはりショック状態にあった。それが原因で体の機能に障害を起こし、死にいたる場合も往々にしてある。けれども病院には連れていけなかった。病院になど行けば、けっして答えられない質問をつぎつぎと浴びせられることになる。それに、万一入院ということにでもなれば、いったい誰がジリーを守るのだろう。

いずれにしても、一刻も早い対応が必要だった。無表情のまま不気味な沈黙をつらぬいている彼女は、さすがにもう見るに堪えない。とはいえ、彼女を守れなかったことに責任を感じるほどうぶな性格ではなかった。あの状況で自分は最善を尽くした。それにもし彼女があの男の頭を吹き飛ばさなければ、いまごろふたりとも死んでいたはずだった。だいじょうぶ。ジリーはこのショックを乗りこえてきっと我に返る。そのためには安心して休める場所を見つけるのが先決だった。

きっと体温がだいぶ下がってるんだわ、とジリーは思った。手足はかじかんで、両膝も凍りついたように冷たい。自分がいまどこにいるのかは見当もつかないけれど、そんなことはどうでもよかった。レノがしっかり手を握っていてくれるかぎり、妙なことを考えずにすむ。自分が見つけたその場所は、たとえどんな人間でも手の届かない安全な場所だった。静謐《せいひつ》に満ちたその場所に留《とど》まっていれば、その分厚い雲に包まれていれば、誰にも邪魔をされることはない。

ただ、この寒さには悩まされつづけていた。こんな短いスカートに網ストッキングという格好では無理もない。真冬の寒さは、確実に自分を現実へと引き戻そうとしている。けれどもそこにだけはいまは戻りたくなかった。

レノは先ほどからしっかり体に腕を回してくれている。それはこれまでの荒々しい手つきとは大違いだった。きっと、わたしがすでになにもかもをあきらめたことを察しているのだろう。もうレノと言い争うつもりはない。あとは言われたとおりのことをただするのみだった。相手が無理になにかを話させようとしないかぎり、なんとか正気は保っていられる。いったん口を開こうものなら、止めどなく叫びはじめるに違いなかった。

でも、いまはそんな心配もない。静謐に満ちたこの分厚い雲に包まれていれば、精神の均衡が揺らぐことはない。ジリーはレノの腕にしがみつき、ぴったりと体を寄せ、黙ったままあとに続いた。

結局最後にたどり着いたのはあるホテルだったが、それ以外に彼女を連れていく場所は思いつかなかった。正直に言って、ラブホテルに行けばさすがにジリーもはっと我に返るのではとも思ったが、その手のホテルは大半はヤクザによって経営されている。自分たちからそこに出向くのは危険すぎた。

そんな状況で、妥協策として頭に浮かんだのが、裕福な欧米のビジネスマン向けに建てられたホテルだった。たしかに高級ホテルでは自分たちは目立って、噂《うわさ》も外にもれるかもしれない。しかしそれなりの代金を取るかぎり、警備の面では厳重なはずだった。少なくとも数時間、いや、ひと晩くらいは安心して休めるだろう。たとえ誰かに突きとめられても、警備を無視してホテルの部屋までやってくるとは思えなかった。

途中、露店で野球帽を買ったレノは、つばをうしろに向けてかぶり、背中に垂れる赤い髪を隠した。もちろん全部が隠れるわけではないが、いまはこれで我慢するほかない。連中にしても、自分たちが捜しているのがゴシックロリータ・ファッションを身にまとった外人だとは夢にも思っていないだろう。ジリーが日本に到着してからというもの、運にはことごとく見放されているが、その埋めあわせにと幸運の女神が微笑《ほほえ》んでくれさえすれば、充分な時間を稼げるかもしれない。そのあいだになんとか祖父と連絡を取って、ヒトミとコバヤシについて警告する必要がある。

〝委員会〟から支給された予備のパスポートやクレジットカードを持参していたのは幸いだった。ジリーの書類に関しては完璧《かんぺき》とは言えないが、それでもキョウは限られた時間のなか、できるかぎりのことをしてくれた。ホテルには韓国《かんこく》系アメリカ人とその恋人としてチェックインしてある。きわめて礼儀正しい〈トランスパシフィック・グランドホテル〉の従業員も、じろじろと奇異な視線を向けることはなかった。きっと内心では恋人をひどく酔っぱらわせた悪い男だとでも思っているのかもしれないが、そんなことは口にせず、十三階の角部屋に案内してくれた。

レノはふたりきりになったところでジリーを椅子に座らせ、ドアのほうに向かった。緊急時の出口や階段を調べるつもりだったのだが、ドアの手前ではっと振りかえると、すぐうしろにジリーがいて、やはり表情を失った顔のままその場に立ちつくしていた。

レノは両手で彼女の腕をつかみ、ふたたび椅子のほうに連れていった。「しばらくここに座っていてくれ」目の前にひざまずき、スニーカーを脱がせた。「万が一のために逃げ道を確認しておく必要がある」と言ってその場から去ろうとすると、ジリーはまた立ちあがってついてこようとした。

レノは思わず声をあげた。「なあ、いい加減に目を覚ましてくれ。精神的に相当のショックを受けたのはわかる。だが、なんとかしてそのトラウマを乗りこえなければ、ふたりとも命はない。とにかくそこにおとなしく座って、俺が戻るのを待ってるんだ」

幸い、ジリーはその言葉に素直に従った。部屋に戻ると、彼女はまだ同じ姿勢でそこにいて、両手で膝を握りしめていた。

レノは部屋のドアにある鍵《かぎ》を二重にかけ、カーテンを閉めて真冬の夜空を遮断すると、ミニバーに向かって小さなスコッチのボトルを取りだし、一気に喉に流しこんだ。そしてもう一本取りだし、ボトルの蓋《ふた》を開けて、ジリーに差しだした。

「さあ、これを」

ジリーは視線を避けてレノの存在を無視していた。レノはジリーの顎をつかみ、強引に口を開けさせて、スコッチを流しこんだ。

ジリーはすぐさま咳《せ》きこみはじめたが、ようやく自分の意思で動いて、口元にあるスコッチのボトルを振り払った。

「なにか言え!」レノは険しい口調で言った「なんでもいいから言ってくれ」

ジリーは目を閉じ、ふたたび自分の世界に引きこもった。我慢も限界に近づいていた。

レノはジリーの腕をつかみ、力まかせに立たせてその瞳を見つめた。「いいか、きみは人を殺した。だが、あの状況ではそうする以外ほかになかったんだ。もしきみが引き金を引かなかったら、俺はあの男に殺されていただろう。もちろん、きみもな。そしてあの男は何食わぬ顔で外に出て、また人殺しをしていたに違いない。あの男は命を奪うことなんてなんとも思っていない悪人だ。死んで当然なんだよ。きみがあの男の頭を吹き飛ばしてくれたおかげで、世界は少しは平和になったのさ」

ジリーはその言葉を耳にして一度まばたきをした。ショック状態におちいって以来、反応らしい反応を見せたのはそれが最初だったが、今度は無言で激しく首を振りはじめた。「それとも死んだほうがよかったとでもいうのか。まあ、その行為のあとでこんな気持ちになるとわかっていたら、いっそのこと死んだほうがましだと思うのかもしれないな。だが、事実を否定したところでなんの意味もない。人を殺したことによって、きみは自分のなかにある大切ななにかを失った。そしていまとなっては、それはけっして取り戻せないだろう。ジリー、好むと好まざるとにかかわらず、きみはもうあのうぶだったころのジリーではないんだ。現実に目を背けて否定しつづけても、時計の針は戻せない」

ジリーはふたたびまばたきをした。レノは両手を彼女の首に添え、自分の顔のほうに向かせた。いらだちとやるせなさが、胸の内で渦を巻いていた。「いいだろう。どうしても言葉を発しないつもりなら、その状況を利用させてもらうぞ」レノは荒々しい声で言った。

レノは彼女の体を抱えあげて寝室に運び、キングサイズのベッドに放《ほう》り投げて、その前に立った。

「ジリー、あとはきみ次第だ。俺はきみがやめてと言うまでけっしてやめない」と言って上着を脱ぎ、椅子に放り投げた。ジリーは目を丸くしてこちらを見つめかえしている。視線の先にあるのは、彼女の殺した男の血が染みこんだシャツだった。

ジリーは口を開き、耳をつんざくような声で叫びはじめた。

13

開いた口からは音らしき音は出なかった。ジリーは全身を凍りつかせたまま、血まみれのシャツを見つめた。レノはくそっとつぶやいて、引き裂くようにシャツを脱ぎ、その勢いでいくつものボタンが飛び散った。ズボンのウエストの部分にある銃に視線が釘《くぎ》づけになったのはその直後だった。ジリーはレノから離れようとキングサイズのベッドの上を這《は》いはじめたが、すぐに脚をつかまれてぐいと引き戻された。

「ジリー、ただの銃だ」とレノは言った。「きみはこれを使って俺《おれ》たちの命を守った。これはたんなる道具にすぎないんだよ」

ジリーはいまや必死になって抵抗していた。両手で押さえつけられながらも、激しく脚をばたつかせてもがいている。レノはジリーの手を取り、てのひらに銃を押しつけた。その瞬間にもれた苦悶《くもん》に満ちた泣き声は、ここ数時間のあいだにはじめて彼女が発した声だった。ジリーは一心不乱に銃を払いのけようとしている。

「ジリー、認めるんだ。きみは自分がしたことを受け入れる必要がある。それ以外に選択肢などなかったことを」その言葉が彼女に向けられたものなのか、あるいは自分に向けられたものなのか、レノにはもう判断がつかなかった。いずれにしろ、同様の行為をした者として、なんとしてもジリーを説得する必要がある。それに失敗することは、自分に残されたなけなしの希望を失うことを意味していた。

彼女の長い指を銃の握りに巻きつけると、ジリーは急にその場から離れ、銃口をこちらに向けた。握りしめられた銃はまっすぐ頭に向けられている。

この精神状態では、彼女はほんとうに引き金を引きかねなかった。それは小刻みに震える手が如実に物語っている。実際に撃つか撃たないかは五分五分だが、これ以上近づけば、迷うことなく引き金を引くだろう。

「ジリー、ほんとうに俺を殺したいのか」レノは穏やかに声をかけた。「きみが無事アメリカに戻れるかどうかは、この俺にかかってるんだ。だが、きみはもう生きていたくないのかもしれない。臆病《おくびょう》者が選択する道を選んで、自分で自分の存在をかき消すつもりか」

銃口はいまや胸元に向けられていた。いつ引き金を引いてもおかしくはない。あの状況で安全装置を解除することができたのだ。彼女は今度も同じように発砲するだろう。「銃を下ろせ」とレノは言った。「本気で俺を殺そうというなら、とっとと引き金を引くんだ。選択肢はふたつ。なにも迷うことはない」

ジリーはその場に凍りついたように立ちつくしていた。レノは一瞬の隙《すき》をついてベッドを飛びこえ、彼女の手から銃を奪いとると、手近にあるテーブルに置いて相手の様子をうかがった。ジリーはまた無表情の仮面の下に隠れつつある。

「どうやら違う手を使うほかないようだな」とレノは言った。「うしろを向け」

てっきり聞こえていないふりをしているのかと思ったが、ほどなくしてジリーは言われたとおりうしろを向いた。かすかに丸まった肩は拒絶を表しているのだろう。けれども美しいうしろ姿やうなじは悩ましいほど色っぽかった。キョウが買ってきた黒いコルセットのジッパーは、誰かに引き下げられるのをじっと待っているように見える。

体に触れるとジリーは飛びあがったが、その場から動こうとはしなかった。レノは片手を彼女の肩に添え、コルセットのジッパーを下げはじめた。そのあいだもジリーの体はぶるぶると震えている。それでも抵抗する様子はいっさいなかった。

不器用な男ならコルセットを外すのにきっとひと苦労していたことだろう。しかしレノはコルセットと共に上に着ているものをすべて脱がせ、ベッドのわきに放《ほう》り投げた。いまやジリーは背中を向けてベッドの上に座っている。フリルつきのスカートに、網ストッキング。その上にはなにも着ていない。これ以上我慢するのは不可能だった。レノは身を乗りだし、ジリーのうなじに口づけをした。

その瞬間、ジリーは身震いをしてかすかな反応を見せたが、それ以上は動かなかった。レノは続いてふわふわのスカートのフックを外した。今日のジリーはずっと従順でいるが、これがいつまで続くのかは疑問だった。「ジリー、スカートを脱げ」レノは耳元でささやいた。

永遠とも思える長い時間、レノは息をのみながら彼女の反応を待った。するとジリーは背を向けたままひざまずき、厚手のセーターでも脱ぐようにして頭からスカートを取った。その下にはフリルのついたブルマー、それに網ストッキングをとめる黒いレースのガーターベルトがある。

苦悶のうめき声を発するのは今度はレノの番だった。本来ならこんなことをされてパニックを起こし、はっと自分を取り戻して抵抗を試みるはずなのに、ジリーは言われるがまま服を脱ぎ、体に触れられるのを待っている。

しかし、この機会を利用するわけにはいかなかった。レノはひざまずいてジリーの無防備な背中を見つめた。やはり自分にはできない。べつにタカシを恐れているからではなかった。彼女がこの行為をただのセックス以上のものと考えるのではないかと不安に思っているからでもない。

レノはベッドから下り、クローゼットに向かって、部屋にある浴衣を取りだした。ジリーは相変わらずこちらに背中を向けてベッドに座っている。レノは彼女に浴衣をはおらせて腕を通し、視線が胸元に行きそうになるのをこらえながら帯を締めた。「ジリー、少し眠ったほうがいい」と声をかけて、その体をゆっくりベッドに倒した。「さあ、布団の下に」

ジリーはまたしても素直に指示に従い、布団の下に入った。背の高いその体も、キングサイズのベッドではとても小さく見える。

レノはジリーの顔にかかった髪をそっと払った。ジリーは一度まばたきをし、すぐに目を閉じて、外界を遮断した。

スイートルームの居間に戻りつつ、よくぞ欲求を抑えられたものだと、レノは我ながら感心した。セックスという行為を通してストレスを発散したことは何度もある。といっても、これほどせつに相手を求めるのは、はじめての経験だった。状況がどうあろうと、自分がサマーの妹を求めているのはまぎれもない事実だった。抑制されたそんな思いはタカシの家から彼女を連れだした瞬間から胸の内でくすぶっていたのかもしれないし、二年ほど前、ピーター・マドセンの家ではじめてその姿を目にした瞬間から芽生えていたのかもしれない。いまなら彼女を自分のものにすることができるのに、それができないなんて。

レノは残りの服を脱ぎ、ソファに横になった。長身の体には小さすぎるが、充分に休むことはできる。たとえ誰かがジリーを捕まえに来たとしても、寝室に入るには連中は自分を通りこして行かなければならない。しばらくは眠ってもだいじょうぶだろう。

寝室から物音がして目を覚ますと、続いてジリーの叫び声が聞こえた。レノはソファから飛びおきて隣の部屋に入ると、彼女の上に覆いかぶさり、口元をふさいでつぎの叫び声を押しとどめた。「だいじょうぶだ、ジリー。心配はいらない。俺が約束する」

ジリーはベッドの上で激しく身もだえをしていた。レノは四方に振りまわされる手足をつかみ、彼女の動きを封じた。「落ち着くんだ。大声で叫びつづければ、不審に思う者が出てくる」

ジリーは尋常ではない力でレノを押しのけ、這うようにベッドから下りて、壁際に向かった。恐怖に息を切らすその姿は、追いつめられた獣のようだった。

「お願い、時間を止めて」ジリーは声を潜めて言った。「すべてをなかったものにして」

レノは首を振った。「ジリー、俺にはそんなことはできない」

「いいえ、できるはずよ」薄暗い部屋の向こうから、彼女は一心にこちらを見据えていた。その瞳は涙にうるんでいる。「お願い、すべてをかき消して」

レノはベッドから下り、ゆっくりとジリーに近づいた。また発作のようにパニックに襲われるのか、あるいは正気に返って自分を取り戻すのかはわからない。しかしジリーはあとずさることもなく、その場に立ちつくしていた。まるで自分が来るのを待っているかのように。

レノはジリーを壁に押しつけ、互いの体をぴたりと重ねた。彼女の気持ちがたしかであることを確認するために。「本気か？」

ジリーは明らかに自分を見失っていた。そして欲望に突き動かされるように肩に爪を立て、これ以上縮まらない自分たちの距離をなんとかして縮めようとしていた。「お願い、すべてをかき消したいの。この頭からすべてをかき消したいのよ――」

レノは彼女を持ちあげ、壁に押しつけて、浴衣をはだけさせた。ジリーはいまだにブルマーとガーターベルトをつけている。太腿にさっと手を伸ばし、親指でガーターのフックを外して、純白のコットンのブルマーをずらした。ジリーがつけているのは、黒いレースのTバック・タイプのビキニだった。

キョウのやつ、よりによってこんなそそる下着をはかせるなんて、場合によっては今度会ったとき殺すか、たっぷり酒をおごるかしなければならない。レノはジリーの目の前にひざまずき、生地とも言えない薄い生地に口を押しあて、まずはブルマーを脱がせた。彼女のそばにいるだけでも拷問だというのに、こんな姿でいられたらとてもじゃないが抑えられない。レノはなけなしの自制心が一気に砕け散るのを感じた。

ひも状の下着を徐々に下げはじめると、ジリーはその口から悩ましげな声をもらした。それは欲望に燃えているようにも、同時にやめてと訴えかけているようにも聞こえる。レノはレースのストラップを引きちぎり、下着で隠れていた部分に口づけをした。

ジリーはいまでは肩に爪を立て、力を入れはじめている。向こうに押しやろうとしているのか、逆に引きよせようとしているのかは、レノにもわからなかった。いずれにしろ、女性の前にこうしてひざまずいて愛撫《あいぶ》するのは大好きだった。世界で二番目に好きな行為と言っても過言ではない。指先で触れ、舌で舐《な》め、軽く噛《か》むごとに、ジリーの体は興奮に震えた。本人はなにかを口にしているようだが、いまさらその言葉に耳を貸すつもりはない。彼女が口にする言葉はまったく意味をなしていなかった。徐々に体のくびれをなぞるように手を上げ、浴衣を脱がすと、ジリーはそこで最初のクライマックスを迎えた。

もちろんそれだけで終わらせるはずがない。彼女のなかに指を入れると、ジリーは低いうめき声をもらした。指先が奥に入るたびに内側の筋肉を収縮させるジリーは、信じられないほど濡《ぬ》れている。理性はそこで、粉々に砕けた。ジリーは全身を弓なりにそらし、まるで嗚咽《おえつ》するような声をあげている。

レノはその場で立ちあがってジリーを抱き、壁に押しつけて、両脚を腰に回した。すぐにでも彼女と一体になり、奥深くに挿入したかったが、なんとかその欲望は抑え、先端から少しずつ彼女のぬくもりのなかに入っていった。ゆっくりとじらすような動きをくりかえしていると、ジリーはやがてもの欲しそうな泣き声をあげた。レノはもう我慢できず、彼女の奥深くまで入ると、あらゆる思考を、そしてあらゆる記憶をかき消す勢いで、しきりに腰を動かした。

ジリーは頭を肩にあずけながらひと突きごとに声をあげた。興奮に全身が震え、いまでは涙まで流している。しかしそれでも充分ではなかった。ここまで来た以上、行き着くところまで行かなければならない。最後にもう一度、激しく腰を突くと、ジリーは痛みに耐えるようなかすかな泣き声をもらした。

しばらくその体勢を維持し、いったん離れようとしたときだった。ジリーは体にしがみつくようにして言った。「やめないで。お願い、やめないで」

そんなふうに言われてやめられる男がどこにいるだろう。理性は完全に欲望に取って代わった。両脚がきつくからみつくなか、レノは荒々しく腰を突きつづけた。やがてジリーが絶頂を迎えると、レノもまたクライマックスに達するのを感じ、相手の体を壁に押しつけながら急いで性器を抜いた。それでも欲望は収まるところを知らなかった。今度は指先で局部を刺激すると、ジリーは顔をレノの肩に埋《うず》めて叫び声を押し殺した。

レノは執拗《しつよう》に刺激を続けた。彼女の思考が停止し、悪夢に満ちた記憶が吹き飛ぶまで。本能をむき出しにし、獣のように快楽をむさぼり、自分のものになるまで。壁際からベッドに移動しても、興奮は収まらなかった。一度クライマックスを迎えた直後であるにもかかわらず、また股間《こかん》に血液が集中しはじめているのかもしれない。相手の反応ばかりに気を取られていたレノは、自分の性器の状態など気にもとめていなかった。しかし、興奮に硬くなった性器はまだ確実に彼女を求めている。レノはジリーをうつぶせに寝かせ、脚を広げて、ふたたびなかに入った。ジリーは体をのけぞらせながらも、腕を伸ばしてもっと奥までとうながしている。そして一体になったままふたたび彼女が快楽の極みに達すると同時に、レノもまたクライマックスに達した。

　彼女となら永遠にこうしていられる自信はある。実際、いまのジリーに必要なのは悪夢を忘れ去ることであり、自分ならその手助けができる。彼女が求めるならば、夜を徹してその求めに応じてもかまわなかった。たとえ性器が使いものにならなくなっても、相手を絶頂に導く方法は山ほどある。ジリーにはいまはなにも考えさせたくはない。悪夢は忘れて、一体となった自分だけをひらすら感じていてほしかった。

　ほどなくしてジリーが眠りに落ちるころには、レノは彼女の体のあらゆる部分に触れていた。手足を投げだすようにしてベッドに横たわる彼女は、深い眠りのなかにある。かたわらに横になってその姿を見つめていると、高層ビルが乱立する東京の空に太陽が昇りはじめた。レノは朝日に輝く彼女の寝姿を眺めつつ、胸の内にある種のこわばりを感じた。それが彼女に対する愛情のせいなのか、ある意味で怖《お》じ気《け》づいているせいなのかは判断がつかない。いずれにしろ、この状況で答えを出すのは禁物だった。

　レノはベッドに血がついているのに気づき、赤い染みをじっと見つめた。彼女の年でバージンだなんていまどきあり得ないし、もしかしたら今日は生理なのかもしれない。その手のことを露骨にいやがる男もいるが、自分の場合は違う。しかしたとえ生理であったとしても、彼女が最初にあれほど痛がったことや、なかなかスムーズに挿入できなかったことの説明にはならなかった。

　冗談だろ。まさかバージンだったなんて。けれども考えてみれば、部屋でキスをしたとき彼女はまったく反応しなかった。そのときは反感を抱かれているせいだと思っていたが、もしかしたら彼女はキスの仕方も知らなかったのかもしれない。

レノはベッドの上で体を起こした。ジリーが眠りについてから数時間が経《た》つ。幸い、悪夢は見ていないようだが、現実の世界での悪夢の始まり――とくに自分にとっての悪夢はこれから始まるのかもしれなかった。


部屋の窓から差しこんでいる光はまぶたを叩《たた》くようにして目覚めをうながしていたけれど、ジリーは身動きする気力もなかった。久しぶりにベッドの上で眠ったというのに、体のあちこちに痛みを感じる。筋肉や関節をほぐすようにして全身を伸ばすと、これまでの人生では味わったことのない、快楽の極みのあとのけだるいうずきを覚えた。

記憶が押しよせる洪水のようによみがえったのはその直後だった。脳裏につぎつぎと映像がよみがえる――レノの部屋、銃、男の死体。

そのあとのことはまったく思いだせなかった。たしか真夜中、ベッドの上で目を覚ますとレノが入ってきて……。

ジリーは思わず声をもらして体を起こした。レノの姿はどこにもない。寝室のあちこちに自分が着ていた服が散乱しているが、それらをまた着ようとは思わなかった。ジリーは寝室に何枚か用意されている新しい浴衣を手に取った。すると昨晩、同じ浴衣を脱がされたときの記憶がよみがえって……いったいわたしはなんてことを。

浴室のドアは開いていたが、なかには誰もいなかった。シャンプーと石鹸《せっけん》のにおいが残っているということは、いましがた出ていったばかりなのだろう。ふらつく足どりで窓際に向かい、東京の町を見下ろした。外はいつのまにか雪になっていて、宙を舞う雪の粒が窓に当たっている。眼下の通りには、道行く者たちが群れをなすようにして歩いていた。

ジリーは額を窓に当て、目を閉じた。

わたしはなんて最低な人間なのだろう。冷血で、浅はかで、自分がみじめに思えて仕方ない。そしてそれはなにも、この手で人を殺《あや》めたからだけではなかった。正直に言って、いまはこの寝室でレノとした行為のほうが衝撃に感じる。

窓から離れるころには雪はいっそう激しくなっていた。布団やシーツの乱れたベッドのわきにある時計は、午後の早い時間を指している。レノの姿はどこにもない。いまはそれがせめてもの救いだった。

ソファの上には新しい服が重ねて置いてあった。レノもゴシックロリータ風の服はさすがにやりすぎだと思ったのだろう。ゆったりとしたシルクのパンツ、シルクのシャツ、それにキャミソール。一瞬目が釘づけになったのは下着だった。そこにはまたしてもTバック・タイプの下着がある。ふたたび昨夜の記憶がよみがえり、ジリーはうめき声をもらした。

ブラジャーはないけれど、この状況で贅沢《ぜいたく》は言っていられない。自分のものはレノの部屋に置いてきてしまった。レノはわたしに合うサイズを見つけられなかったのかもしれないし、あえて買わなかったのかもしれない。ジリーは浴衣を開いて胸元に視線を落とした。片側の胸には歯形があって、もう一方には肌と肌が激しくこすれあったあとが残っている。わたしたちはこのベッドの上で……。

ジリーは重ねられた服をひっつかみ、浴室に駆けこんで、石鹸で体じゅうを洗った。いったいわたしのどこに問題があるの？　どうしてほかの同年代の女の子がするような経験がわたしにはできないの？　たしかにデュークとはその行為を試みたものの、シーツについた染みを見れば、結局デュークだけが満足したのは明らかだった。でも、レノとの場合は完全に違う。

浴室のなか、ジリーはシャワーの下に立ちつづけ、体の隅々まで洗った。同じ石鹸をレノが使ったことはなるべく考えないようにしても、まるで体が覚えているかのように、自分のなかに何度も入ったあの部分が頭をよぎって仕方なかった。

体のあちこちに痛みを感じるのはなぜだろう。熱いお湯を張ったバスタブに浸《つ》かれば、そんな痛みも癒《い》えるのかもしれない。でも、いまはシャワーで我慢するほうが賢明だった。現に、肌はこすりすぎて赤みを帯びている。用意されたシルクのパンツがゆったりめのサイズであるのは幸いだった。タイトなジーンズだったらひりひりして歩くのもたいへんだったろう。

浴室から出る準備をしていると外からコーヒーのにおいが漂ってきたが、コーヒーのにおいを嗅《か》いで気が重くなるのはこれがはじめてだった。それぞれの部屋が完全に密閉されているような現代のホテルにおいて、浴室までコーヒーのにおいがするということは、誰かがこのスイートルームに持ってきたのだとしか考えられない。

遅かれ早かれ、レノとは面と向きあって話さなければならなかった。ジリーは鏡に映る自分の姿を見つめた。短い髪はまだ濡れていて、かすかにウエーブがかかったようになっている。口元に目をやると、ふたたび昨夜の記憶がよみがえった。昨夜はお互い考えうるかぎりのことを試みたにもかかわらず、レノは行為の最中けっしてキスをすることはなかった。そう、一度として。

突然こみあげた憤りは、すぐに浴室から出る勇気に変わった。レノはスターバックスの紙コップを手に、ひとりソファでくつろいでいる。テーブルにはもうひとつ同じ紙コップが置かれていた。

レノは顔を上げてこちらを見た。物憂げな冷たい顔つきは、事態がさらに悪くなるという予感を漂わせている。

近寄ってコーヒーのカップを手に取っても、レノはなにも言わなかった。続く沈黙に叫びだしそうになったジリーは口を開いた。「これはわたしのでしょ?」

「ああ」

そして新たな沈黙。「着替えを用意してくれてありがとう」とジリーは言い、そんな愚かな言葉を吐いた自分に嫌気が差した。

レノはかすかに頭をかしげた。どこかで買ってきたらしいサングラスが、赤い髪の上にのっている。「どういたしまして」とレノは言った。「幸いにしてトラウマは乗りこえたようだな」

「トラウマって、どっちの？」勝手に口をついて出た言葉に、レノは冷ややかな苦笑いを浮かべた。

「どっちかはきみが決めることだ、ジリー。きみにとってどっちが大きなトラウマになっているのかはわからないからな。男の頭を吹き飛ばしたことか、それとも俺と——」

「やめて！」

「まあ、俺とセックスをしたといっても、きみのほうからはなにもしてない。ただ横たわって、快楽を味わっていただけだ。もちろん、はじめての行為で充分な快楽を味わうのはむずかしいだろうがな」

「なんのことかわからないわ」

レノはソファにのせていた足を床に下ろし、さっとこちらがあとずさるのを見て、軽く笑い声をあげた。「心配するな。きみにはもう指一本触れない。バージンには手を出さないというのが俺のモットーでね」

「べつにわたしは……なにもはじめてだったわけじゃ……」

「厳密に言えば、バージンかバージンでないかどちらかだろう。その中間はない」

「そんなことはないわ。実際わたしがそうだもの。といっても、あなたに説明するつもりは毛頭ないけれど。それにしても、まるでわたしがあなたにひどいことをしたような口ぶりね」

「それはこっちの台詞《せりふ》だ。きみは都合よく忘れているようだが、今回は俺から誘ったわけじゃない。俺はきみの求めに応じたまでだ」

「どういうこと?」

「お願いだからなにもかも忘れさせて、なにもかもかき消して、と言ったのはきみだろう」レノの言葉はこだまのように部屋に響きわたった。「そう、俺はきみの求めに応じたまで。まあ、どうやら方法を誤ったようだがな」

ジリーは無言で相手を見つめかえした。手のなかにあるコーヒーはまだ温かく、独特の香りと共に誘うように湯気が立っている。けれどもジリーは体を動かすことすらできなかった。

「どういう意味?」

レノはまたしてもけだるそうな笑みを浮かべた。「要するに俺としては、セックスをする場合は相手にもそれなりの経験を求めるということさ」

ジリーは自分の顔が青ざめるのを感じた。レノは何事もなかったかのようにふたたびソファにもたれた。「なぜ俺がアメリカ人が嫌いかわかるか」

「想像もつかないわ」いまだに話すことができるのは驚きだった。

「俺の母親はアメリカ人だった。ヤクザの組員と関係を持った彼女は、こんな経験はめったにできないと、そのスリルを楽しんでいたんだろう。でも、そんな興味が長く続くはずはない。やがて母親は日本での生活に退屈するようになって、祖父のところに俺を置き去りにしたまま、もう二度と戻ってくることはなかった。母親に捨てられた心の傷がいまだに残っている哀れな男ってわけだよ、俺は」レノはコーヒーをすすり、例によって人をばかにするように作り笑いをした。「ある種のマザー・コンプレックスなんだろう。ときどきアメリカ人を相手にセックスをしたい衝動にかられる。そしてすることだけして、あとは捨てるんだ。相手に母親の影を重ねてな」

ジリーは手にした紙コップをレノに投げつけた。その勢いで蓋《ふた》が外れ、まだ熱い中身は着替えたばかりのレノの白いシャツにかかった。

「俺に刃向かうなと言ったろう」レノの口調はあくまでも冷静だった。「人に殴られたり、ものを投げつけられたりするのは大嫌いなんだ。そういう態度に対しては、逆上して自分が抑えられなくなる傾向にあるんでね」

「逆上しない場合は？」なんとか勇気を奮い起こしてジリーは挑発した。

レノはソファから腰を上げ、面倒そうに浴室に向かい、コーヒーに濡れたシャツを脱いだ。露出された胸や背中には爪を立てたあとがあちこちに残っている。「今回だけは見逃してやろう。だが、つぎは容赦しない。相手が女でも殴りかえす」レノはそう言って浴室に入り、背後でドアを閉めた。シャワーでも浴びはじめたのか、ドアの向こうから水が出る音が聞こえる。

たぶん、レノがほかの服といっしょに用意したのだろう。ドアのわきには女性用の靴が置かれている。ジリーは迷うことなくそれをはき、部屋の外に出て、背後でそっとドアを閉めた。もう二度とうしろは振りかえらなかった。

14

レノは体についたコーヒーを拭《ふ》きながら鏡に映る姿を眺めた。自分の考えはこれではっきり相手に伝わったに違いない。昨夜のできごとは一夜かぎりの過ちにすぎず、過去の数々の相手と同じように、ただの肉体だけの関係だった。

屈辱を受けて快楽を覚えるマゾヒズムの傾向がジリーにあればべつだけれど、そうでないかぎり自分のことはこれで完全に愛想を尽かすはずだった。そう、こちらの望むとおりに。自分自身、昨夜のようなことは二度と経験したくなかった。何度彼女を抱いても、何度愛撫《あいぶ》しても、それ以上を求めたくなるなんて。レノはそんな自分の一面が怖かった。

すぐにでも関係を絶ちたい相手に対しては、その経験の浅さを指摘するのがもっとも有効な手段だった。きっと彼女は今後いっさい自分の前でガードをゆるめることはないだろう。実際、面と向かってあれだけ傷つけるようなことを言ったのだ。たしかにその気になればべつの言い方をすることもできたのに。いまごろこれまでに感じたことのないほどの憎しみを抱いているに違いない。たとえこれまでそんな感情とは無縁であっても、一度憎んだら底なしになるのが人間という生き物だ。

自分に対して憎しみを抱かせることは彼女のためでもある。そうすれば、日本で起きたあらゆるできごとに背を向け、すべてを忘れることができるだろう。

レノは逆立てた赤い髪をなで、サングラスをかけた。黒々としたレンズで目を隠してしまえば、けっして本心を見抜かれることはない。ましてや相手はうぶな素人なのだ。自分だって心をかき乱されるようなやっかいな人間はいらない。この一時的な感情の乱れも、ジリーを突き放してアメリカ行きの便に乗せ次第、自然と収まるはずだった。

ヒトミが率いる連中はいまごろ自分たちを捜している最中に違いない。祖父の屋敷には少なくとも三つ、非常時に備えて秘密の出入り口があるのだが、ヒトミがそれらの存在を知っているとは思えなかった。祖父のボディーガードであるコバヤシですら、その出入り口の存在は知らない。

ジリーもさすがに今後はあれこれ文句を口にしたり、抵抗したりすることはないだろう。最後の砦《とりで》として彼女が守っていたなけなしのプライドは、きのうの夜、服と共にすべてはぎとっている。現に今朝、外に偵察に出ているあいだも、彼女はおとなしく部屋に残っていたのだ。もし勝手に動かれることが心配なのであれば、ランプの電気コードを切って縛っておけばいい。

しかし、できればそれは避けたかった。理由はいくつもある。が、その行為に興奮する自分を見たくないというのが本音だった。もう二度と彼女に近寄るつもりはない。精神衛生上、ジリーの存在はあまりに危険すぎた。

新品の白いシャツは完全に台なしになっていたが、幸い予備に何枚か買ってある。レノは上半身裸のまま、浴室から出て居間に向かった。

部屋のなかはもぬけの殻だった。どうやらまたしてもジリーを見くびっていたらしい。浴室に入っている数分のあいだに、ホテルの部屋から逃げだしたのだ。一刻も早く捕まえなければ、彼女の命は確実に危険にさらされる。

レノは自分の愚かさを呪《のろ》った。もしかしたら必要以上に屈辱を与えて、無謀な行動に出るよう相手を煽《あお》ってしまったのかもしれない。レノは生まれてはじめて、真の恐怖心を覚えた。万一、彼女の身になにかあったら？　この世からジリーがいなくなったら？　すべては計算違いをした自分の責任だった。

大急ぎでカウボーイブーツをはき、新しいシャツを着て、ホテルの部屋から飛びだした。ジリーのやつ、見つけたら俺《おれ》がこの手で殺してやる。

通りに出ると、雪は先ほどよりもいっそう激しくなっていた。念のためフロントにも確認したが、普通に歩いているだけでも目立つはずなのに、背の高い外人の女が外に出るのは見ていないという。しかしもし外に出たのであれば、見つけるのはそうむずかしくはないはずだった。レノは会社帰りで混雑する人の群れをかき分けるように通りを急いだが、背の高いブロンドの外人の姿はどこにも見当たらない。どの方向に向かったのかは見当もつかなかった。ジリーは現金はもちろん、身分を証明するものも持っていない。この大雪のなか、コートだって着ていないはずだった。とにかく着替えをと、あれこれそろえたものの、そもそも真冬にシルクの生地の服を選んだのが間違いだった。きっといまごろ寒さに凍えているに違いない。

レノは携帯電話を取りだし、メールを打ちはじめた。一刻も早く彼女を見つけるには、自分ひとりではどうにもならない。この時点で助《すけ》っ人《と》として思いつくのはキョウだけだった。

その瞬間、分厚い肉のかたまりのような拳《こぶし》が視界に飛びこんできて、携帯電話を奪いさった。行く手をさえぎるかのようにそこに立っているのはコバヤシだった。「いますぐ屋敷に」とコバヤシは言った。

敏捷《びんしょう》な動きなら大柄のコバヤシよりも自信がある。周囲を見まわしても、ほかに自分の邪魔をする人間はいないようだった。「俺がみずから罠《わな》にはまりに行くような愚かなまねをすると思うか」

「悠長なことを言っている状況ではありません。自分の愛する者が拷問されたあげく、無惨に殺されるのを見るのは、さすがのあなたも耐えられないはずです」

「俺の祖父ならどんな拷問でも平気で耐えられるさ」

「わたしが言っているのは、あなたの連れの外人のことです。彼女はもうヒトミに捕まっています。もしあなたをいっしょに連れていかなければ、あの男は彼女の体を切り刻みはじめるでしょう」

不思議だった。吐く息は白くなるのに、まったく寒さを感じない。レノはコバヤシの目を見つめかえした。「彼女に指一本でも触れたら……」

「誰もあの女には触りません、ヒロマサさん。だが、あなたが屋敷に来ないなら話はべつです。彼女自身にはなんの価値もない。あの女はあなたとタカシをおびきよせるただの餌《えさ》なんです。あの女のことなんてどうなってもかまわないというなら、ヒトミはとっとと彼女を始末してしまうでしょう」コバヤシは悲しげな目つきでレノを見た。「わたしは親分を裏切るような男ではけっしてありません。それはあなたも承知のはずだと。親分は組の内部でなにか起きていることに最初から気づいていました。そしてあえてわたしをヒトミが率いる一派のなかに送りこんだんです。そんなとき、あなたがじかに屋敷に警告に来た。親分はそれで自分の疑念に確信を抱いたようです。親分はヒトミよりも何倍も賢く、力もある。もちろん、あなたもそれは知ってのとおりで」

「だったらなぜ連中が彼女を捕まえるのを止めなかった?」

コバヤシは首を振った。「ジリー・ロヴィッツという女は、わたしにとってはただのやっかい者にすぎません。おそらく親分にとってもそうです。ですが、もしわたしがあなたを連れて帰らなければ、わたしは連中の信用を失うことになります。ヒロマサさん、どうかわたしといっしょに屋敷に。でなければ、ヒトミが率いる一派に親分が引きずりおろされる可能性もある」

レノはいまだに事態がのみこめなかった。「どうしてヒトミは俺を？」

「あなたが屋敷に来れば女の命を助ける、というのがヒトミの条件です。あの女にほれているあなたは必ず取引に応じると、ヒトミは思っているんです。そんなわけがないとわたしは言いましたが、結局ヒトミはあの女を人質に取って、いまもわたしからの連絡を待っているところです。あなたが拒否すれば、ヒトミはあの女を片づけて、親分の座を奪おうとすぐにでも行動に出るでしょう。いまここにいるわたしはそれを止めることすらできない」コバヤシの目は涙にうるんでいた。「頼みます、ヒロマサさん、連中の反乱を食いとめられるのはもうあなたしかいないんです」

レノは長いあいだ黙りこんで、コバヤシの顔を見つめていた。「わかった、いまから行くとヒトミに言ってくれ。それから彼女に指一本でも触れたら、心臓をえぐりとって殺してやると」

一瞬、コバヤシは不満げな表情を浮かべた。「親分はけっして認めはしないと思います。あなたが父親と同じようにまた外人と結婚しようとすれば――」

「結婚なんて、俺は誰とも考えていない！」レノは思わず声を荒らげた。

コバヤシはその返事を受け流して言葉を続けた。「とにかく、そんな勝手なことをすれば親分はきっと悲しまれるでしょう。親分もかなりの年です。そしてあなたは親分のお気に入りの孫だ」

「たったひとりの孫さ。いずれにしろ、ヒトミに勝手なまねはさせない。祖父もジリー・ロヴィッツも、俺が守る。わかったな」

コバヤシはそれに答えるように、深くお辞儀をした。祖父の命がそう長くないという噂《うわさ》は、もしかしたらほんとうなのかもしれない。しかし、ここ最近とくに体重も減ってきゃしゃに見えるようになったからといって、まだまだ現役の親分として組を仕切っていけるはずだった。ヒトミが率いる裏切り者の一派に打ち負かされるほど、祖父の力は弱っていない。

「すぐに行くと伝えてくれ」レノはうんざりしたように言った。

「その必要はありません、ヒロマサさん」コバヤシは路肩に停《と》まっている黒塗りのセダンを顎で指した。

キョウに連絡を取る時間も、応援を頼む時間もないということか。ジリーを助けるには、獅子《しし》のねぐらにひとりで出向かなければならないらしい。母親の国の文化も学ぶようにと、無理やり通わされた聖書のクラスで、同じような話を読んだ覚えがある。

「わかった。行こう」レノは上着の下に隠していた赤い髪を外に出し、いつものように背中に垂らして、サングラスをかけた。そして嘲笑《ちょうしょう》を浮かべつつ、ゆっくりとした足どりで黒塗りのセダンに向かった。たったひとりでも、戦う覚悟は充分にできていた。

どうして逃げたりしてしまったのだろう。状況を考えればおとなしくしているのが賢明な判断だというのに。ジリーはあらためて後悔した。もちろん、いまさら悔やんだところで縛られたロープが解けるわけでもなかった。倉庫のような場所には箱が山積みにされ、簡易ベッドが一台ある。あれこれ部屋のなかを詮索《せんさく》できないように、簡易ベッドの脚に縛りつけられている状態だった。その気になれば飛びはねるようにしてベッドを引きずり、部屋の向こうまで移動することも可能なのだろう。けれどもそんな努力が無駄に終わるのは目に見えていた。

どうしてわたしはこうも愚かなのだろう。以前にも、カリフォルニアで同じような目にあったというのに、その経験からなにも学んでいないなんて。当時、自分を守るために送られた人たちから逃げたわたしは、狂気にかられたカルト集団によって囚《とら》われの身となった。もしイザベル・ランバートや〝委員会〟の助けがなければ、完全に洗脳されていたか、いまごろ命はなかったに違いない。

なのに同じ過ちをくりかえすとは。どんなに心を傷つけられても、どんなに怒りを覚えても、やはりレノといっしょにいるべきだったのだ。そもそもこれまでかろうじて無事でいられたのも、ほかでもないレノのおかげだった。これ以上いっしょにいるのが我慢ならないとしても、完全に無視するという方法もあったのに。相手がどんなつわものでも、無視されつづけて感情をあらわにしない人間はいない。

それなのに自分は愚かにも部屋から逃げ、ヒトミという男の子分らしき連中に捕まって、あげくの果てにこんな場所に閉じこめられている。日本に来てからは、普通の人とヤクザの人間をなんとなく見分けられるようになっていた。往々にしてヤクザの組員は派手なスーツに身を包み、黒髪をきっちり固めてうしろになでつけている。獅子のたてがみのようなレノの赤い髪や、黒革のジャケットやパンツとは正反対だった。けれどもその冷酷なまなざしや、独特の物腰は見間違えようがない。

結局、ホテルの部屋を出てからはエレベーターにさえ行き着けなかった。というより、実際になにが起きたのかよくわからないのが現状だった。口元に布のようなものを当てられたのを最後に、記憶はそこでぷっつり途切れている。きっとクロロホルムのようなものを嗅《か》がされたに違いない。はっと目覚めるとこの薄暗く寒々しい空間にいて、手足を縛りあげられていた。たぶん、レノの祖父が親分となっている組の本部にある、巨大なコンクリートの倉庫のような場所だろう。

ひょっとしてわたしは殺されるのだろうか？　だとしたら、どうしてすぐ殺さないのだろう？

少なくとも、レノはこれで肩の荷が下りたとほっとするに違いない。昨夜のレノとのできごとがなければ、突然こうして誘拐され、最悪の場合には殺されるかもしれないという事態に、もっと動揺していたかもしれない。けれども昨夜あのホテルのベッドの上で起きたことはあまりに衝撃が強すぎて、正常に思考が働いていないのが事実だった。

でも、ここ数日で人生における大切なレッスンを学んだのもまた事実だった。いくら天文学的な知能指数があったとしても、分別や常識に欠けていたら結局なんの役にも立ちはしない。実際、レノの前では自分は子ども同然だった。

誰がこのロープを縛ったのか知らないけれど、充分に縛り方を心得ているのは明らかだった。きっとこれもその手の訓練のたまものなのだろう。血液の循環が止まってしまうほどきつくはなく、筋肉が痙攣《けいれん》を起こさないようにある程度の余裕を持たせているが、かといって自分で解くのはどう試みても無理だった。

ジリーは縛られた手首に目をやった。もしかしたら歯を使えば……。

思いだしたくもない記憶がよみがえったのはそのときだった。あのとき、レノは歯を使ってふんどしを解けと言った。ジリーはうめき声と共に膝の上に頭を埋《うず》めた。異国の地にあって誘拐され、やがて殺されるかもしれないというだけでも最悪なのに、おまけにこんな悪夢にまで悩まされなければならないなんて。わたしはなんて過ちを犯してしまったんだろう。

でも、考え方によっては、それはあながち過ちとは言えないかもしれない。そもそもわたしはあの男になにも求めていない。めくるめくような激しいセックスも、ひとつの経験として考えれば、けっして無駄なものではない。バージンなのかそうでないのかわからないまま人生を終えるより、よっぽどましだった。たとえ経験の浅さを指摘されて屈辱を味わったとしても。

けれどもわたしが侮辱されるほどセックスがへたで、性的にも魅力がないのだとしたら、どうしてレノは何度もわたしを求めたのだろう。一度だけして、それで終わりということもできたはずなのに。

ジリーは膝から顔を上げ、簡易ベッドの脚にもたれて、またうめき声をあげた。どんな角度から考えても、レノの行動は理解できなかった。納得できなかった。そしてわたしは二度とあの男の顔を見ることなく、異国の地で始末されてしまうのだろう。ある意味ではそれがせめてもの救いなのかもしれない。あと何日、いえ、何時間生きていられるのかわからないけれど、わたしはもう二度と、あの美しい顔を目の当たりにして心を乱されることはない。

倉庫のドアが開き、表情のない男が姿を見せた。たぶん、年はレノよりも若いだろう。鋭利なナイフを片手に持っているのを目にしたジリーは、きっとなにもかも一瞬にして終わるのだろうと他人事《ひとごと》のように思った。だいたい最初から殺すつもりなら、どうしてわざわざこんな場所に連れてきたのだろう。

なんの抵抗もなくおとなしく死を受け入れると思っているのだとしたら、大間違いだった。ジリーは相手が充分に近づくのを待ち、縛られた両脚でだしぬけに蹴《け》った。

虚を突かれて倒れた男は、急いで体を起こした。直後に顔面に飛んできたのは男の手の甲で、そこには加減などかけらもなかった。一瞬目の前がまっ赤なかすみに覆われ、ジリーはそれを追い払うように頭を振った。少しでも死の瞬間が遠のいてくれるのなら、何度殴られたってかまわない。そう簡単に死の闇《やみ》にのみこまれてしまうのは絶対にいやだった。

男はその場でジリーを立たせた。また蹴られてはたまらないと思っているのだろう。足首は縛ったままにしてある。とても小柄な男で、その身長は自分の肩くらいまでしかなかった。むっつりとした表情を浮かべた男は黒髪をオールバックにしている。けれども体格だけで相手を見くびるべきではないだけの分別はあった。なんといってもナイフを持っているのは向こうなのだ。

男はおもむろに身をかがめ、足首のロープを切るなり、即座にうしろに下がった。この隙《すき》に走って逃げるべきなのだろうか。真剣に迷っていると、男はいったんナイフをしまい、小型の拳銃《けんじゆう》を取りだした。やっぱり逃げるのは無理だわ。当然この男は銃の使い方には慣れているだろうし、走って逃げる最中に背中を撃たれるなんて、そんな死に方はしたくない。

　すると男は無言のまま銃口で廊下のほうを指し、自分の先に立って歩くように合図した。ジリーは体の自由を奪われたかのように、一瞬、身動きもできなかった。いったいこの男はわたしをどうするつもりなのだろう。けれども容赦なく手の甲で叩《たた》かれた顔はいまだにうずいている。ほかに選択肢などないのは明らかだった。この若いチンピラのような男は、相手を思いどおりにするためならなんだってするだろう。ジリーは頭を垂れて歩きだした。

　薄暗い廊下は凍えるように寒かった。壁のコンクリートはむき出しで、なにが置かれているわけでもない。急にねずみが出てきてもおかしくはなかった。どことなく、先日レノといっしょに走って逃げた廊下のようにも思える。背後から何度も突かれ、三度ほど角を曲がっても、どこもまったく同じように見えた。

「どうぞ」と男が言って扉の前で止まるなり、ジリーは胃が締めつけられるのを感じた。先日殺人を目撃した場所も、たしかこの部屋だったような気がする。といっても、玉座のあるレノの祖父の部屋はべつとして、どの部屋も同じように見えるのもまた事実だった。それに冷静に考えれば、殺人を目撃したまさにその部屋で自分が殺されることなんてあり得るだろうか。

　けれども、どうやらそれも甘い考えのようだった。ジリーは突然、大きな部屋のなかに押しこまれた。最初に目に飛びこんできたのは床についた血痕《けっこん》。先日死体を見たのもその場所だった。

部屋には六人ほどの男がいて、なにやら低い声で話しあっている。自分が入ってきても、みんな顔すら上げなかった。無愛想な案内人は背後でドアを閉めた。ジリーはこの状況を脱する方法はあるのかと恐怖にかられながらその場に立ちつくした。

「わたしを始末するためにここに連れてきたのなら、さっさと行動に移したらどうなの？」なけなしの勇気を振りしぼって、ジリーは言った。「こんなことに巻きこまれてこっちはもううんざりしてるの」

するとひとりの男が顔を上げ、こちらに目を向けた。たぶん、この男がレノたちが口にしていたヒトミという男に違いない。平べったい顔をしたヒトミのまなざしは冷たく、その体全体から邪悪な雰囲気が漂っている。「外人にしてはたいした度胸だ」ヒトミはアクセントの強い英語で言った。「だが、我々はきみを殺すつもりはない。まあ、ヒロマサが要求をのまなければ話はべつだが」

「ヒロマサ？」

ヒトミは口元をゆがめて露骨に軽蔑《けいべつ》の思いをあらわにした。「おそらくきみには〝レノ〟と名乗っているだろう。あの男がここに来て、かわりに人質になれば、きみは無事解放となる。アメリカだろうとどこだろうと、好きなところに行って、ここで起きたことなどすっかり忘れ去ることができる。そうすることがなによりきみのためだ。東京はきみにとって安全な街とは言えないからな」

「いくら東京を離れたくてもそれは無理そうね。レノがわたしのために自分の身を危険にさらすなんてあり得ないもの」

「きみはそう言うが、ここ四日間あの男がしている行為は、それ以外のなにものでもない。この期に及んでなぜ気が変わると思うんだ？」

〝なぜって、レノはわたしとのセックスにがっかりして、愛想を尽かしたからよ〟まさかこの場でそう答えるわけにはいかなかった。「とにかく、わたしのためにあの人が命を差しだすとは思えないわ」

「どうやらきみは〝仁義〟という言葉を理解していないようだな」

「あなたは理解しているというの？」

部屋のなかが一瞬静まりかえり、先ほど自分を殴った案内役の男が脅すように一歩前に出た。

ヒトミはべつにかまわないというように、片手を上げた。その手には何本か指が欠けているが、短くなった指のつけ根には豪華なダイヤモンドの指輪が輝いている。

「まあ、きみが間違っていることを祈ろうじゃないか、ミス・ロヴィッツ。でなければ、きみの命はない。いずれにしろ、そこに座って静かにしていてもらおう。わたしの子分はけっしてきみに手荒なまねをしはしない。わたしの命令があればべつだが、きみもそんな指示を出させないだけの分別は心得ているだろう」

恐怖心や希望といった感情を抱くにはとっくに心は麻痺《まひ》していたけれど、冷静さや分別だけはまだ少しは残っている。ジリーは嫌味を言いかえしたい思いをぐっとこらえ、若いヤクザの組員に押しやられるまま、部屋の隅にある椅子に腰を下ろした。「死刑を宣告されたも同然の女に最後の晩餐《ばんさん》はないのかしら？」

ヒトミは一瞬その意味が理解できない様子だった。

「おなかが減ってるの」とジリーは言った。「殺す前になにか食べさせて」

ヒトミはその言葉を聞いておもしろがっているようだったが、威圧的な態度を変えることはなく、先ほどの案内役の若い組員になにやらぼそぼそと指示を出し、部屋の外に送りだした。きっと最後の晩餐にわたしの嫌いな料理をそろえさせるつもりに違いない。

ジリーはぼんやりと椅子に座ったまま、ロープで縛られてすり切れた手首をさすった。先ほど殴られた頬はまだうずいている。この痛さからすると、きっとあざが残るに違いない。といっても、顔面にくっきりとあざができるまで命があったと仮定しての話だけれど。それにしても、なんてばかげた展開だろう。東京のどことも知れぬ場所で死ぬ運命にあるのなら、ひとりの大人の女性として堂々とその運命に向きあうつもりだった。母親もそんな娘を誇りに思ってくれるに違いない。

ふたたびドアが開き、ジリーは顔を上げた。刺身の盛りあわせでも持ってきてくれたらありがたい、となかばあきらめまじりに思ったものの、戸口をふさぐように立っているのは大柄なボディーガードだった。男がお辞儀をすると、ヒトミが入ってくるように合図した。

巨漢のボディーガードの背後に続く存在に気づいたのはそのときだった。レノ。ジリーは身動きもせず、まばたきもせず、その姿を見つめた。まるでその空間を占有するかのような態度で部屋に入ってきたレノは、一度もこちらに視線を向けなかった。威張って肩で風を切るようにして歩くなんて、下品きわまりないと思っていたころもあるけれど、そんな頼もしい歩き方にかすかな希望を抱きはじめている自分がおかしかった。もしかしたら、自分たちが助かる道はあるのかもしれない。

ヒトミが軽く形だけのお辞儀をすると、レノもまた頭を下げた。いまではレノのトレードマークとなっているたてがみのような赤い髪が揺れるさまを見て、ジリーはなぜかそこに『三銃士』の姿を重ねずにはいられなかった。「ヒトミさん、俺から勝手に奪ったものを奪いかえしに来たよ」レノは日本語で言った。

「ヒロマサさん、よく来てくれた。必ず来るだろうとは思っていたがね」

「そんな確信はどこから？」

「やっかい者の外人はともかく、親分である祖父に恩義を感じているあんたが来ないはずはない」

するとレノは皮肉に満ちた冷たい視線をこちらに向けた。「たしかにこの女はやっかいな重荷にすぎない。しかし、わざわざ始末するほどの価値さえない女だ。ヒトミさん、あんたも賢い男だ。こんな取るに足りない女に無駄な労力を使って、物事を複雑にする必要のないことは承知しているはずだ」

ヒトミが浮かべた不敵な笑みは悪意に満ちていた。「わたしがどんな些細《ささい》なことも見逃さない性格であるのは、あえて言うまでもない。わたしがここまで上りつめてきたのも、つねに細かいところまで目を配ってきたからだ。それに、この女が消えたところで、けっして我々に足はつかない。ロシア人の傭兵《ようへい》たちがこの女を捜しまわっていることは、いまでは誰もが知っていることだ」

「どうせあんたが触れまわったんだろう」

「当然のことだ。ヒロマサさん、大切なのはそういう細かい配慮ですよ。親分であるあんたの祖父は、もう長くない。組がやっていることも、時代遅れだ。それはあんたも承知しているだろう。だが、我々なら組を立てなおして、未来につながる組織を作りあげることができる。親分の血を引くのはあんたや、は、と、こ、のタカシが我々に賛同して仲間に加わってくれるなら、こちらとしても大歓迎だ」

「ごめんだね」レノは凍るような声で言った。

口元をかすかにほころばせるヒトミは不気味だった。「想像どおりの答えだ。あんたがいるかぎり、いずれはあんたが親分のあとを継いで組を仕切ってほしいと思う人間が少なからずいる。要するに、あんたには消えてもらわねばならないということだ。あんたと、あんたのはとこと、その妻にも」

「しかしタカシの居所もわからずに、どうやって捕まえるつもりだ。事前に警告されたタカシは誰にもわからない場所に隠れている」

「心配には及ばない。あの男には、妻の妹が殺されたという連絡がいっているはずだ。そんな情報を得て黙って身を潜めていると思うか？」

「なんてこと」ジリーはつぶやいた。

レノはその言葉には振りかえらなかった。「この女も、この女の姉も、あんたにとっては取るに足りない存在のはずだ。この問題にはまったく関係ないだろう」

「だからさっきから言っているだろう、大切なのは細部だと。まあ、そんな人生のレッスンを学ぶにはあんたの命はもう限られている。わたしの言わんとする意味は、せいぜいつぎの人生で学ぶことだな」

ジリーは立ちあがった。「いい加減、この男の屁理屈《へりくつ》は聞きあきたわ。始末するならさっさと――」この部屋に導いた若いヤクザの組員が背後にいることは完全に忘れていた。もちろん、銃を持っていることも。突然頭のわきに激痛が走り、視界がまっ暗になって、ジリーはそのまま冷たく固い床に倒れこんだ。それと同時に部屋に怒号が響きわたるのが、徐々に薄れゆく意識のなかで耳に届いた。

15

「きみってやつはなんて愚かなんだ」

目覚めてはじめて耳にする言葉にしては、けっして好ましいものではない。目なんて覚ましたくないと思っているとなればなおさらだった。思考がもうろうとして、自分がいまどこにいるのかも見当がつかない。まるで馬にでも蹴《け》られたような感じだった。できることならこのまま目を閉じつづけて、自分の人生が元通りになるのを待っていたかった。

「もう意識が戻ったんだろ。気絶しているふりをしても無駄だ。そんなに強く殴られたわけでもないだろう」

ジリーは目を開けなかった。背中の感触からして、どこか固いところに横になっているらしい。あの倉庫のような部屋にあった簡易ベッドだろう。居場所を確認するためかすかに体を動かしてみたけれど、どこかを縛られているような感じはない。まるで後頭部を割られて炭酸水でも流しこまれたかのように頭はうずいているけれど、体の自由がきくだけ幸いだった。

「どこかに行って」ジリーはマットレスに顔を埋《うず》めた。たとえひとりになってもかまいはしない。この男といっしょにいるよりはずっと気が楽だった。

「あいにくその選択肢はないようだ」

ジリーはそっと頭を上げ、声のほうに向きなおった。やはりそこにいるのはレノだった。床の上にじかにあぐらをかいて座っている。薄暗がりのなかでも、かなりの暴行を受けた様子が見てとれた。白いシャツには血がにじみ、黒い汚れがあちこちについている。髪の毛についた血はすでに乾いているけれど、おかげで鮮やかな赤はいつもより黒ずんで見えた。相当ひどい目にあわされたのだろう。頬の傷跡はまた傷口が開いている。

「いったいなにがあったの？」と尋ねて体を起こそうとしたが、頭部に激痛が走り、ふたたび横になった。「また相手が激怒するような嫌味でも口にしたんでしょう」

「怒っているのは俺《おれ》のほうだよ」レノは相変わらず表情のない声で言った。「頭はどうだ？」

「いまにも割れそうよ。無理に心配してくれなくたってかまわないわ。だいたいどうしてあなたがここにいるの？　わたしの命を助けるためだなんて、そんな見えすいた嘘《うそ》はやめてよね」ジリーは不機嫌を隠そうともしなかった。こんな目にあって、にこにこしていられるほうがおかしい。

「もちろんそんなことを言ってもきみは信じないだろう。俺がここに姿を現そうと現すまいと、ヒトミという男は最初からきみを解放するつもりはない。きみは俺たちをおびきよせる餌《えさ》として利用されただけだ。だが、タカシが来れば、ヒトミも祖父の組を乗っとろうなんて好き勝手なことはできないはずだ」

分厚い雲をかき分けるようにして、ある記憶が脳裏によみがえった。「あの男はほんとうに姉さんを殺すつもりなの？」

「ああ、そのつもりではいるだろう。しかし、彼女はいま誰の手も届かない安全な場所にいる。それにきみの姉さんは、誰かに心を傷つけられて逃げたあげく、敵の懐にみずから飛びこむような愚かなまねはしないだろう」

「心を傷つけられて？」ジリーはそうくりかえして、体を起こした。こみあげる怒りは頭の痛みよりも勝っていた。「よくもそんなことが言えるわね。あのまま逃げだしていなければ、わたしがこの手であなたを殺していたところよ」

レノは壁に頭をもたせかけた。引き裂かれたシャツの下、胸元に紫色になったあざがあるのが見える。「まったく、きみはどこまで愚かなんだ。なぜあの場であんなことを？　黙って座っていられなかったのか？」

「おとなしく座っていたところでなにが変わったというの？　〝じゃあ、きみはもう帰ってもいい〟と連中が言うとでも？」

「たしかにそうだが、少なくともこうしてひどい頭痛を抱えずにはすんだはずだ」

「ご心配ありがとう。頭痛薬を何錠かもらえれば、明日の朝までには治ってるわ」

「明日の朝にはもうきみは死んでいる」

「冗談でしょ」

レノは床を押すようにしてゆっくりと立ちあがり。ベッドに近づいた。ジリーは急いで離れようとしたが、狭いベッドの上ではどこに行けるわけでもない。それに、この状況で床に下りてちゃんと立てる自信はなかった。

レノはベッドの上に腰を下ろし、壁にもたれていらだちまじりのため息をもらした。

「しばらく黙っていてくれ、ジリー。いろいろと考える必要がある」

「考える必要なんてないわ。なんとかここから逃げだして、あなたのおじいさんがまだ生きているかどうか確かめるのよ。ヒトミという男のたくらみについて知らせないと」

「ヒトミの計画のことはとっくに承知しているさ。それに、祖父はまだ生きている。俺の祖父はそう簡単に子分に殺されるような男じゃない。だが、ヒトミの一派が動きだしたことをまだコバヤシが報告できずにいる可能性はある」

「だったら、なおさらここから逃げださないと。こんな部屋から抜けだして、あなたのおじいさんを救わないと」

「きみはずいぶん長いあいだ気を失っていた。そのあいだに、脱出できそうな場所はないか、いたるところを確認したよ。出入り口のドアはロックされていて、外からもかんぬきがかけられている。窓という窓には鉄格子がはめられていて、武器に使えそうなものはなにもない」

「あそこにある箱の山は？　あのなかになにか使えそうなものが……」

「あの箱の山には偽物のシャネルのバッグがぎっしり詰まってるだけだ。ハンドバッグで叩《たた》いたってなんにもなりはしない」

「全部の箱を確認した？」ジリーは箱の山を見つめた。約一メートル半四方の箱すべてに偽物のシャネルのバッグが入っているとしたら、相当の数になる。

「きみが気絶しているあいだに、何箱か開けてみたさ。身を隠そうと思えば箱のなかに隠れられる。まあ、そんなことをしても稼げるのは数分程度だろうがな。それに、隠れるのは俺のやり方じゃない」

「わたしのやり方だというの？」また侮辱されたような気がして、ジリーは反論した。

「とにかく、きみにはこの件に関してなんの発言権もない」

「高飛車な態度は相変わらずね」ふたりは気づくとまた言い争いをしていた。まるでキングサイズのベッドの上でのあの熱い交わりが嘘であったかのように。

「それにしても、あなたもひどくやられたものね」ジリーはしばらくして言った。

「ああ。だが、アズキはいま病院だ」

「アズキ？」

「きみを殴った若いやつだよ」

一瞬の沈黙のあと、ジリーはふたたび口を開いた。「病院って、それはちょっとやりすぎじゃないの?」

「命があるだけまだましさ」

部屋のなかはふたたび沈黙に包まれた。「どうして?」

レノは目を閉じた。「どうしてって、なにが」

「どうしてあなたがあの男をそこまで? 罠《わな》にはまりに行くとわかっていながら、どうしてあなたはここに来たの? どうしてひと晩中セックスをしておいて、そこには興奮もなにもなかったなんて言うの? なにもかも矛盾していて、わたしには理解できないわ」

レノは目を開けてこちらを見た。「ジリー、きみはそれほど愚かな人間じゃないはずだ。聡明《そうめい》な頭で冷静に考えてみれば、答えなんてすぐにわかるだろう」

問題は部屋がきわめて薄暗いことだった。裸電球の光は当然、部屋の隅々には行き届いていない。薄暗がりは往々にして人を親密にさせる。

ジリーはできるだけレノから離れようとしたが、狭い簡易ベッドの上ではほかに行き場もなく、結局レノの注意を引くばかりだった。

「壁にでも溶けこもうとしてるのか、ジリー。そんな魔法のような芸当でここから脱出できるとでも?」

「じゃあ、なにもせずにただじっと待っているしかないというの？」

レノは考え深げなまなざしでこちらを見つめかえしていた。「退屈ならひとつ提案がある」

「いやよ！」だしぬけにあげた声はこわばっていた。

レノは声をあげて笑った。

まったく、なんて男なの。

「いいか、承知のとおり、バージンを失うことができるのは一度だけだ」

「いい加減にして」

「それに、べつにそのことを考えていたわけじゃない」レノは物憂げな笑いを浮かべ、脚を伸ばして、どこかに痛みでもあるかのようにかすかに顔をしかめた。

「きっと鏡を見ながら練習するんでしょうね」ジリーは皮肉を口にした。

「練習？」

「その表情よ、俺は危険な魅力にあふれる男だって言わんばかりの」

「じゃあ、練習の成果があったってわけか」レノは笑い声をあげた。

「ずいぶん機嫌がいいのね？」なんだかやけに腹が立ってならなかった。「わたしたちは人を殺すことなどなんとも思っていないヤクザに捕まって、閉じこめられてるのよ。この部屋から脱出する手立てはなにひとつない。明日の朝には殺されてるかもしれないというのに」

レノは肩をすくめた。「この時点では、俺たちに失うものはなにもない。今夜は長い夜になりそうだな」

「あなたにとってはね。わたしはぐっすり眠らせてもらうわ」

「ふたりで寝るにはベッドが小さすぎる」

「あなたは床に寝てよ」

「あるいは重なって眠るか」

ジリーは身をこわばらせた。「冗談でしょ。わたしはもう一生セックスなんてしないと心に誓ったの」

「すぐにかないそうな誓いだな。あと一日しか生きられないかもしれない状況を考えれば」

「あなたはわたしのセックスはへただってばかにしたのよ」

「俺はただ、経験のある女のほうが好みだと言っただけだ。だからこうして、練習を積んでうまくなる機会を与えようと申してでてるんじゃないか。俺はそれによって快楽を得られるし、一石二鳥だろう。べつに、きみが気乗りがしないならほかの方法もある」

「そんなに欲求を発散したいなら、ご自分の手でどうぞ」

ジリーは自分が移動した場所が間違いだったことにあらためて気づいた。簡易ベッドの上、壁際に寄っていては、これ以上動きようがない。レノの体を飛びこえて床に下りることもできるけれど、その気になったレノが容易にあきらめるはずもなかった。

「自分の手で？　それはあり得ない」

「わたしの体に触れたら殺すわよ」

「きみに俺が殺せるはずがない」とレノは言った。「それに、きみは俺を求めている」

ジリーは思わず吹きだし、笑い声をあげた。充分に説得力のある高笑いに、自分をごまかしている事実をもう少しで忘れそうになった。「ずいぶんな自信ね」

レノの体はいまやすぐそばにあった。それでなくても狭い空間を、まるで豹《ひょう》のように移動していた。互いの唇は、危険なほど近づいている。ジリーは自分の心臓の鼓動が聞こえるほど動揺し、てのひらにじっとり汗をかいていた。頭の痛みなど、どこかに吹き飛んでしまったかのようだった。

「ほんとうにいやならそう言ったらどうだ、ジリー。ひとこと、やめてと」ジリーが口を開きかけると、レノはそれを制した。「俺はきみの本心が聞きたい。さあ、言ってみろ。もう俺には触れられたくないと」レノの指先は首筋をなぞるようにゆっくりと肌を愛撫《あいぶ》していた。「もう俺にキスなんてされたくないと」レノはじらすように唇を軽く重ね、すぐに離した。「もう二度と俺と愛しあいたくはないと」

少しでも自尊心のある女であれば、冗談じゃないわとその場で相手をはねつけているに違いない。もちろん、いますぐそうすることもできた。ひとことそう口にすれば、レノはおとなしく引きさがるだろう。そう、ほかにもうまい餌があることを知っている、豹のように。

でも、わたしは明日死ぬかもしれない。もしほんとうにそんな運命が待ち受けているのだとしたら、今夜はひとりではいたくなかった。

レノは簡易ベッドの上でひざまずき、ブラウスのボタンをゆっくり外し、肩を浮かすようにしてそれを脱がせた。あとはもうシルクのキャミソールしか残っていない。「やめてほしいなら、ひとことそう言うんだ。俺なんて求めていないと。さあ、嘘をついたらどうだ」レノは耳元に唇を当て、誘惑に満ちたささやきをつぶやき、耳たぶを噛《か》んだ。それは快感と痛みのバランスが絶妙にとれた噛み方だった。

ジリーはなけなしの自尊心をかき集めた。「わたしのことなんかなんとも思っていない男とセックスをして、人生最後の夜を過ごすのはごめんだわ」そう言って相手があきらめて体を離すのを、あるいはいつもの嫌味まじりの台詞《せりふ》を口にするのを待った。

レノはベッドの上で体を起こし、再度ひざまずいてこちらを見下ろしていた。なにかを考えているのが、その美しい顔つきからうかがえる。「俺はこうしてここにいる。きみにはまだその意味がわからないのか」

愛の告白にしてはお粗末だけれど、その言葉で充分だった。ジリーはレノがキャミソールを脱がせるのにまかせ、その手が体の輪郭をなぞるようにゆっくりと動くのを感じた。

「まだ面と向かって言っていないかもしれないが、きみの胸は完璧《かんぺき》だ。大きすぎず、小さすぎず、味だって申し分ない」レノは両手で乳房を包みながらつぶやくと、おもむろに身を乗りだして、片側の胸にキスをした。その瞬間に全身を駆けめぐった快感は強烈だった。ジリーは身をのけぞらせ、抗しがたいその流れがやがて腿のあいだに行き着くのを感じた。レノの口はすでにもう一方の胸に移り、荒々しいまでに愛撫を始めている。部屋に響くかすかなうめき声は自分のもの以外に考えられなかった。

「どっちがお好みかな」レノはそうささやき、舌を使ってじらすように乳首を刺激した。「これか……」そしてまたもう一方の胸に移り、今度は歯を使って軽く噛んだ。「それともこれか」

「ああ、お願い」ジリーは我を忘れて声にならない声をもらした。

「それはもっとしてほしいということかい？」レノは顎の下に口づけをし、鼻をすりよせた。

この快楽に身も心もまかせてしまいたいのは山々だけれど、ジリーはなけなしのプライドをかき集めて言った。「あなたはきのうの夜、わたしを利用したのよ」

「それはきみの考えだ」

「今夜はわたしがあなたを利用する番よ」矛盾のように聞こえる言葉も、少なくともジリーにとっては筋が通っていた。

「喜んで」レノはベッドに横たわるジリーの脚を開かせ、そのあいだにひざまずいた。

こんなに無防備な気分になったのは人生ではじめてだった。裸同然の自分に対して、相手はまだきちんと服を着ている。今夜は自分が利用する番だと言いつつも、実際にすべてを明け渡しているのはこちら側だった。現にその手で愛撫されるたびに、その舌で刺激されるたびに、快感に我を忘れそうになっている。そもそも経験豊富なレノに勝てるはずもない。その巧みな指先で薄手のシルクのパンツのひもを解かれ、腰を浮かすようにして脱がされても、もはやなんの抵抗もできなかった。

わたしはまたしても下着とも呼べないようなレースのTバック一枚という姿で、この男の前にいる。

レノは汚れた上着や、引き裂かれて血のこびりついたシャツを脱ぎ、床に放《ほう》り投げた。美しい胸元には無数のあざができている。レノの行動の背後にある真意が、徐々にではあるけれど、パズルの断片がはまるように徐々にひとつの形を取りはじめていた。たぶん、レノはわたしの頭を殴った若い男を殺そうとして、ほかの連中から暴行を受けたのだろう。そう、このわたしを傷つけた男を殺そうとして。

ジリーは肘を突いて身を起こし、レノの姿を見つめた。全身あざだらけで、あちこちから出血しているレノの体は、それでも圧倒的に美しかった。そして今夜、この男はわたしのものになる。相手がその事実を好むと好まざるとにかかわらず。

ジリーは片手を平らな腹部に置き、レノのズボンのボタンを外し、ジッパーを下げはじめた。レノは脱がしやすく体を動かすでもなく、言葉で興奮を煽《あお》るでもなく、その様子をじっと見下ろしている。

といっても、今夜は相手の助けや言葉など必要なかった。自分の心や体がいま求めているものは、自分がいちばんよく知っている。今夜こそ、その気持ちに正直になり、文字どおり身をもって昨夜の汚名を返上してみせるつもりだった。

予想どおり、レノの股間《こかん》はすでに硬くなっていた。またふんどしをはいていたら歯を使って脱がせようと思っていたけれど、今夜レノがはいているのはシルクの下着だった。残念だけれど、それは今度の楽しみに取っておこう。もちろん、今度があったとしての話だけれど。

「壁にもたれて」ジリーはささやくように言った。

レノはかすかに眉をひそめたが、言われたとおり壁にもたれた。

ベッドの上で体を起こしたジリーは、手始めに首元のやわらかな部分に口づけをし、胸元を愛撫しながらもなるべくあざには触れないようにして、乳首へと移った。レノは低いうめき声をあげ、両手を上げて髪に触れようとしている。

ジリーはその手を振り払い、レノの体を押すようにしてベッドに横たえた。「忘れたの？　今夜、あなたはわたしのものよ」

レノの体は汗と血とアーモンドの石鹸《せっけん》の味がした。やさしく刺激しつづけていると、乳首が口のなかで硬くなっていくのがわかる。

ジリーは続いて腹部に舌を這《は》わせた。新たな部分を刺激するたびに、レノの心臓の鼓動が高鳴り、全身に震えが走るのが感じられる。ジリーは美しい体を前にして歯を立てずにはいられなかった。

レノは日本語で意味のわからない言葉をつぶやいているものの、けっしていやがっていないのは全身の反応が証明している。ジリーは歯を立てた部分を舌で舐《な》め、さらに刺激を続けた。

「腰を上げて」とつぶやくと、レノは言われたとおり腰を上げた。ジリーはそのあいだに長い脚の上を滑らせるようにして、黒い下着を脱がせた。

自分はセックスがへたなのではないかという疑念や不安は、幸いにしてもうとっくに吹き飛んでいた。実際、自分にだって充分に相手を興奮させられる事実は、思い描いた以上に大きく膨らんだレノの性器が物語っている。はじめての行為であんなに痛みを覚えたのも、これでうなずける。

「日本人のサイズは平均よりも小さいものだとばかり思っていたけれど」

「誰が測ったにしろ、きみのまわりにいる人間ではないことはたしかだな。うっ！」長く美しい性器をそっと握ると、レノはいきなり声をあげた。

「日本人らしく、行儀よく」ジリーはたしなめ、指先でなめらかな性器の先端をなでた。

「この俺に行儀よくしろって言うほうが無理な話だ、しかもこの状況で」レノはかすれた声で言った。

「わたしの言うとおりにしないなら、やめるわよ」そしてジリーは性器の先端に舌を這わせた。

「くそっ」レノはふたたび声をあげ、日本語でなにかつぶやいた。

ジリーは顔を上げてレノを見た。彼の目はなかば閉じられ、両手で薄い毛布を握りしめている。「さっきからなんて言ってるの？」好奇心にかられて、ジリーは尋ねた。

完璧な口元が、かすかにほころぶのが見える。「ほめ言葉さ。頼む、ジリー、やめないでくれ」

頼まれてもやめるつもりはなかった。今度は性器を口にふくむと、レノは低いうめき声をもらした。昨夜のわたしのように、我を忘れるほどの興奮を味わわせたい。できることならこの口で、とジリーは思った。

男性の性器がどのような表現を用いて書かれているかは、大好きなロマンス小説で何度も読んでいた。それがいま、実際に目の前にある。ジリーは興奮に膨らんだ硬い性器の先端を口にふくみ、徐々に股間に顔を埋めていった。

レノはまた日本語で意味不明の言葉をつぶやき、つかんでいた毛布を一瞬放して、また拳《こぶし》を握りしめた。力強く、同時に女性にとってはきわめて謎《なぞ》めいた部分をじっくり味わっている自分を前にして、レノは辛抱強く自制心を保っている。

ジリーはふたたび大好きなロマンス小説に書かれていた描写を思いだそうとしたが、すでに脳や体は勝手に動いていた。ふたたび顔を上げると、恍惚《こうこつ》としたレノの表情がそこにあった。「やり方がわからないの」急に不安になって、ジリーは言った。

「きみの好きなようにやればいい」とレノはつぶやき、片手を差しだしてジリーの頬に添えた。「ただ、歯を立てすぎないように気をつけてくれたらそれでいい」

不安はいまだに残っているものの、ジリーは冗談まじりのその言葉に微笑《ほほえ》んだ。とにかく今夜は体の隅々まで、この人のすべてを味わいつくしたい。自分の体が、いつのまにか興奮に震えているのがわかった。強烈な快感が、内側から自然とわき起こっている。そんな状態に戸惑いつつも、欲望そのものは留《とど》まるところを知らなかった。もっと、もっと、と思いながらも、どうすればいいのか、それがわからない。

レノは両手を頭に添え、一定のリズムで動かしながらやさしく導きはじめた。そして一方の手で口にふくむには太すぎる性器の根元を握らせ、もう一方の手で愛撫の仕方を教えてくれた。

ジリーは自制心などかなぐり捨て、相手に導かれるままその感触を味わった。そしてあえてリズムを速め、自分の口のなかでクライマックスを迎えさせようと刺激を強くした。

ところが、射精の前兆のようなものを感じた瞬間だった。レノは軽々とこちらの体を持ちあげ、腰の上にまたがらせた。いまやふたりを隔てるものは、下着とも言えない薄手のレースの生地のみしかない。

「この手の下着はどうも慣れないな」息の荒い声は心なしか震えていた。レノは下着のひもを引きちぎり、わきに放り投げて、性器の先端を敏感な部分にあてがった。てっきりそのまま挿入してクライマックスを迎えるのだと思ったものの、レノはその体勢のまま動かずにいる。

「きみ次第だ」とレノは言った。「欲しいならきみが腰を沈めろ」

「そんな……わたしにはできないわ……」

「できるさ」緊張感に満ち、それでいて穏やかな声が、さざ波のように空気を震わせた。「きみが求めているものはすぐそこにある」レノは両手で軽く腰をつかみ、相手の意思を尊重するようにその選択を待った。

やがてジリーは少しずつ腰を埋めはじめた。自分のなかにレノ自身が入ってくるにつれ、内側の筋肉が収縮し、痙攣《けいれん》のようなものが起きはじめている。レノは腰に手を添えたまま、こちらが落ち着くのをじっと待っていた。深呼吸をくりかえし、いっそう深く腰を沈めると、新たな快感が全身をつらぬいた。

ジリーはふたりの体が結合している部分を見下ろし、身を震わせながら声にならない声をもらした。「お願い」

腰をつかむレノの手が一瞬強まり、そしてまた元に戻った。「ジリー、欲しいんだろ。さあ、もっと奥まで」

ジリーは両手でレノの肩をつかみ、唇を重ねながら、奥深くまでレノ自身を受け入れた。レノはその手を髪にからませ、求めに応じて口づけを返している。絶頂を迎えはじめたジリーは、全身に強烈な快楽の波が押しよせるなか、相手の肩に頭をあずけ、痙攣を抑えるように必死に体にしがみついた。

狭い簡易ベッドの上、互いにつながったまま体を押し倒されると、もう極みに達したとばかり思っていた快楽がふたたび頭をもたげた。レノが腰をひと突きするごとに、快楽の波紋のようにどんどん全身に広がっていく。結合している部分にレノが手を当てると、一瞬にして頭のなかがまっ白になって、渦巻く快楽の闇《やみ》へとのみこまれた。耳に届くのはもう、くぐもったレノのうめき声だけだった。

渦巻く闇を抜けだし、なんとか思考を取り戻しても、レノはまだ自分のなかにいた。どうやらいつのまにか泣いていたらしく、顔はすっかり涙で濡《ぬ》れていた。

レノが上に覆いかぶさっていても、けっして重いとは感じなかった。筋肉質の体つきで、こんなに力強いにもかかわらず、逆に身のこなしは軽々としている。レノはいったん離れてかたわらに寝そべり、互いに向きあうようにしてぴったり体を引きよせた。

縛っていたレノの髪はいつのまにか解け、顔も濡れている。といっても、それが涙だとは思えなかった。するとレノはにこりと笑みを浮かべた。それは見る者の心を一瞬にして溶かすほどの、甘い微笑みだった。

「さあ、眠るんだ」レノはささやいた。「あと数時間もすれば、連中がやってくるだろう。いまは少しでも休んだほうがいい」

いやよ、もっとこうしていたい、と思う気持ちはあるけれど、くたくたで言葉にはならなかった。それに、この上また激しく愛しあったら、それこそ死んでしまう。ジリーは口元をほころばせながら汗のにじむ肩に顔を埋めた。

「なにがそんなにおかしい？」レノは穏やかな声で言った。レノの長い髪はいまやふたりの体にかかっている。ジリーにはその赤い髪が、互いを結ぶ強い絆《きずな》のように思えた。

「べつに。ただ幸せなだけ」とジリーは言った。

「明日死ぬかもしれないというのに、きみは幸せなのか？　俺はそんなによかったか？」

「ええ、とっても。それに、わたしは死にはしないわ。どんな窮地におちいっても、きっとあなたが助けてくれる。これまで何度もそうしてくれたようにね。そしてわたしたちは永遠に幸せに暮らすの」

倉庫のような部屋のなかは寒かったが、ジリーはそんな寒さも気にせず、力強い腕のなかで至福の深い眠りに落ちた。

くそっ、俺はなんてことをしてしまったんだ。せっかくこれで一生俺のことなど思いださないだろうというところまでこぎ着けたというのに、自分からまた相手の気持ちを引きよせるようなまねをするとは。〝そしてわたしたちは永遠に幸せに暮らすの〟だって？そんなことは絶対にあり得ない。

それにしても、なぜこんなに彼女のことが気になるのだろう。本来ならけっして近づくべきではない相手に、こんなにも興奮をかき立てられるなんて。しかも相手はまだ経験も浅い、世間知らずの女。これまでどおりの生き方をするには、体の関係を持ったくらいでしつこくつきまとうような女人は必要なかった。

また彼女とセックスしてしまうという愚かな過ちを犯したものの、強引に理由をつけて自分を納得させることも可能だった。明日の朝までの命という状況を考えれば、死を目前にひかえた男女が互いに慰めあおうとするのは自然の欲求。しかし問題は、自分には死ぬ気など毛頭ないことだった。もちろん、やつらにジリーを殺させるつもりもない。一瞬そのほうが都合がいいかもしれないと、罰当たりな思いが脳裏に浮かんだが、それもまたあまりに勝手な考え方だった。事実として、自分はこの状況を利用して彼女とセックスをしたのだ。

この期に及んで幸福な結末などないことは、彼女だって承知しているはずだった。もしそんなおとぎ話のような物語を本気で信じているのであれば、自分たちがかくも残酷な世界に生きている事実を再度思い知らせてやらなければならない。たとえそれが、自分の意に反している行為であっても。

16

ジリーはひなたぼっこをしている猫のように丸まってかたわらに眠っている。レノは深い眠りにあって穏やかな顔をしているジリーを揺り起こし、ベッドから飛びおりた。

「誰か来る」と低い声でレノは言った。「箱のなかに」

「いやよ、箱に入るなんて」

レノはあちこちに散らばった服をジリーに投げつつ、ズボンに脚を通した。「強引に箱詰めにしてもかまわないんだぞ」その声はいつもの冷たさを取り戻していた。

「べつになにも聞こえないわ」

「俺《おれ》には聞こえる」レノはジリーの腕をつかむと、部屋の右側にある箱の山へと引っぱってゆき、そこにある箱のひとつを開けた。すでにからにした箱は、人が入れるだけのスペースもある。無理やり箱のなかに入れられる一方で、ジリーは急いでパンツをはき、シャツのボタンをとめた。

「絶対に音をたてるな」レノは獣の吠《ほ》え声のような声で言った。

ジリーが言われたとおり箱のなかにうずくまると、レノは足音を殺して出入り口のドアに近づき、耳をそばだてた。武器がなにもないとあっては、相手の隙《すき》を突くしか攻撃の手段はない。とはいえ、連中も素人ではない。こちらがそれなりの反撃に出ようとしていることはすでに承知しているだろう。祖父の組に属するメンバーの大半は聡明《そうめい》な男たちだった。まあ、ヒトミのような男に従い、親分を裏切るようなまねをしたのは愚かきわまりなく、仁義に欠けるとしても。

部屋の外、ドアの向こう側にいる人間は、できるかぎり物音をたてないようにしているらしい。洞穴のような部屋には裸電球がひとつだけついていて、全体的に薄暗いのがせめてもの救いだった。その瞬間、ドアの鍵《かぎ》がゆっくりと開く音が聞こえた。向こう側にいる者が誰であるにしろ、鍵を使わず、針金かなにかでドアをこじ開けようとしているようだった。ということは、相手はヒトミの命令に背いているか、それ以外の人間ということになる。それが吉と出るか凶と出るかは、ドアが開いてみなければわからなかった。

壁にぴったり貼《は》りついて構えていると、ドアが音もなくゆっくりと開いた。レノはタイミングを見計らい、こちらに向かってくるドアを思いきり蹴飛《けと》ばした。ところがドアは大きな岩にでもぶつかったかのようにはねかえってきて、つぎの瞬間には、露骨に怒りの表情を浮かべるタカシ・オブライエンと向きあう格好になっていた。タカシは背後でドアを閉めた。

「やっぱりここに閉じこめられているのはおまえだったか」タカシは険しく冷ややかな声で言った。「いったいどうなってるんだ。なぜおまえがここに閉じこめられてる？　なぜ親分であるおまえのじいさんが隔離されてる？」

レノはこわばった体をほぐした。「久しぶりだっていうのに、あいさつもなしに質問攻めか。いまさら救世主にでもなったつもりかい？　あんたら夫婦が身を隠しているあいだに、こっちはとんでもない目にあってるんだ」

「臆病《おくびょう》者だと俺を責めるつもりか、レノ」

タカシの声の調子がいつもと違うのは承知していた。へたなことを口にすれば、身内であろうと本気で殺されかねない。しかしいまは口論をしている場合ではなかった。

「まあ、あんたがそうするほかなかったのはわかる」レノはしぶしぶと認めた。「あんたら夫婦を狙《ねら》っているロシア人たちは、ヒトミに雇われたんだ。そう、うちのじいさんの右腕のヒトミだよ。欲深いヒトミが率いる一派は、現在の親分のやり方に不満を抱いている。そいつらが動きはじめたんだ」

「それで？」タカシの声は怒りにかすかに震えていた。

「連中は親分である俺のじいさんを始末しようとしている。そしてその血を引いていて、組のあとを継ぐ可能性のある者も。つまり、あんたと俺ってことだよ。あんたはみずから罠《わな》にはまりに来たようなもんさ」

「おまえもまだまだ甘いな」とタカシは言った。「連中は俺がここに来ていることをまだ知らないし、こちらから知らせるつもりもない。相手は何人だ」

「わからない。古顔の組員が親分を裏切るなんて考えられないが、信用できる人間がひとりもいないのはたしかだ。で、なにか計画はあるのか?」

「当然ある」タカシの返答はあくまでも簡潔だった。「俺は入ってきたときと同じように外に出て、援護を呼ぶ。そのあいだ、おまえは怪しまれないようにここでおとなしくしてるんだ」

「あんたが行っているあいだに俺は殺されるかもしれない」

「まだ殺していないほうが驚きだ。そんなことより、おまえに確認したい大事な質問がある」

タカシの声の調子は相変わらず冷たく、その表情もいつになく険しかった。ここは用心する必要がある。「なんだよ」

そう答えるなり飛んできたのはタカシの拳《こぶし》だった。自慢の反射神経がなければ、確実に顔面を直撃していたに違いない。けれども続いて飛んできた拳はさすがにかわしきれず、昨夜ヒトミの子分たちに何度も殴る蹴るの暴行を受けたわき腹に命中した。

「タカシ、落ち着いてくれ」とレノは言った。いったいなにをそんなに怒っているのかはわかっている。「彼女は……」

タカシはその言葉を耳にするなり、ふたたび飛びかかってきた。が、相手の動きを予測していたレノは、さっとタカシの下に入って、その体を押し倒した。床に倒れたタカシの目は怒りに燃えている。「いったい俺は妻になんて言えばいいんだ。おまえをこてんぱんに叩《たた》きつぶさないかぎり、サマーに合わせる顔もない」

「いまはそれよりも大事な問題があるだろう」レノは肩で息をしながら答えた。

タカシの容赦のない拳は今度は顎を直撃し、レノはその勢いで壁のほうにまで飛ばされた。ふたりは互いに息を切らしながらにらみあっている。

「俺がこの場でおまえをぼこぼこにして気絶でもさせれば、俺が援護を求めに行っているあいだ、連中はおまえのことを放《ほう》っておくかもしれない。俺からの贈り物だと思え」とタカシは言って、レノのみぞおちに拳を突きたてた。

レノは体を折って痛みをこらえた。ここ数年のあいだにタカシはまた新たな戦術を身につけたらしい。その動きはもはや予測不能だった。

「誤解だ……」レノは息をするのもままならなかった。

「やめて!」段ボールの箱からくぐもった声が響き、ジリーが箱の蓋《ふた》を開いて姿を見せた。タカシはその場に立ちつくし、義理の妹がもぞもぞと箱から出る様子を見つめた。「わたしは無事よ、タカシ。レノが命を救ってくれたの。何度もね。この人はわたしを傷つけるようなまねはけっしてしないわ」

タカシはジリーが完全に箱から出るまで身動きもしなかったが、はっと我に返って床に落ちていた布のようなものを拾い、ジリーに向かって差しだした。それが引きちぎられた下着であることは修道士でなくてもわかる。

おまけにジリーはシャツのボタンをかけ違えていた。襟元から見える首にはくっきりとキスマークが残っている。セックスをしたあとであることは誰の目にも明らかだった。

「この野郎、殺してやる」激怒したタカシはつぶやくように言い、再度レノに飛びかかった。そのまま倒れこんだふたりは、互いに殴りあいながら汚れたコンクリートの床を転げまわっている。体格ではタカシに負けるし、タカシのほうが力も強い。とはいえ、こちらには路上でつちかった機敏さがある。それに、ジリーが見ているというのに負けるわけにはいかなかった。

突きだした拳はタカシのみぞおちに当たったが、タカシは低いうめき声をあげるだけで、なんのダメージも受けていないようだった。それどころか、いまの一撃がいっそう怒りを煽《あお》ったらしく、荒々しい取っ組みあいはまるで子どものけんかのように収拾がつかなくなっている。

馬乗りになっていたタカシを蹴りあげると、タカシは一回転するようにして背中から床に落ち、今度はこちらが馬乗りになって相手の胸ぐらをつかんだ。優勢になった状態で殴りつづけることも可能だった。けれども、いまはほかにも対処しなければならない大事なことがある。しかもジリーはといえば、こちらの味方をしてくれてもよさそうなものなのに、先ほどから偽物のシャネルのバッグで容赦なく自分たちを叩きつづけている。革製のバッグといっても、チェーンやバックルがへたなところに当たれば、それこそ手痛いダメージを受けかねない。

レノは転がるようにしてタカシから離れ、息を切らしながら床の上に仰向けになった。タカシもその場に横たわったまま、乱れた呼吸を整えている。やがてタカシは体を起こしたが、険しい表情は相変わらずだった。どうやら頬骨の近くにレノの拳が当たったらしい。数時間もすれば、片目のまわりに紫色のあざができるに違いなかった。レノはわき腹の痛みに耐えるように顔をしかめ、ゆっくりと体を起こした。あるいはあばら骨でも折れたのかもしれない。

「ジリーには絶対に手を出すなと何度も警告したはずだ」タカシの声は憤りに満ちていた。「サマーからも妹がおまえに気があると聞かされていたろう。それを承知で、都合よく利用するなんて」

その言葉にジリーがはっと息をのむ音が聞こえたが、そちらに視線を向けるような愚かなまねはしなかった。「タカシさん、物事はいつも思い描いたとおりに進むとは限らない」レノはていねいに〝さん〟をつけて言った。気安く呼び捨てにしたり、〝タカちゃん〟などとなれなれしく声をかけたりしようものなら、また殴られかねない。「べつに俺は利用したわけじゃない。流れでそうなったんだよ。もちろん、もう二度とそういうことにはならない」

「〝流れ〟だと？　相手は俺の義理の妹だぞ。絶対に手を出すなとあれだけ念を押したというのに、なんだ、その言いぐさは？」タカシの怒りは収まるどころか激しくなるばかりだった。「それとも滑って転んだら、たまたまそこにいたジリーの上に覆いかぶさることになって、その流れでファックすることになったとでも？」

ジリーの息をのむ音が今度はタカシにも聞こえたらしく、タカシとレノはジリーのほうに向きなおった。ジリーはあまりのショックに顔を青くしている。

「すまない、ジリー」とタカシは言った。「きみはなにも悪くない。こいつの女癖の悪さは昔からなんだ。こいつはきみならすぐに落ちるとわかって手を出した。絶対に近づくなという俺たちの警告を無視してな」

「誰かが彼女を救わなきゃならなかった」レノは抑えていた怒りをあらわにした。「あんたは行方不明だし、〝委員会〟だってろくに機能していない」

「その〝誰か〟とやらの使命は彼女を守ることであって、彼女と思う存分快楽を分かちあうことではない。すまない、ジリー」タカシはふたたびジリーのほうに向きなおった。

レノはかすかに顔をしかめながら立ちあがった。「とにかく、この件に関してはあとでいくらでも話しあえる。ここで堂々めぐりのやりとりをしても仕方がない。それに、俺はもう二度と彼女に触れないと誓ったんだ。いまは親分であるじいさんを助けることに集中しなくては」

「あいにくだが、この状況では助けようにも手立てがないんだ。近づこうにも、要所要所に見張りがついている。いったいコバヤシはどうしたんだ。まさかあの男もヒトミの側に？　親分につねに忠誠を誓っていたあの男は、いまなにを？」

「じいさんの命令でスパイとしてヒトミの一派に潜りこんでるんだ。ヒトミがコバヤシをどの程度信用しているのかはわからない。親分のためなら命だって差しだすような男であることは、組のメンバーなら誰だって知っているからな」レノは床に落ちているシャツに手を伸ばした。

タカシは顔をしかめた。「だが、そのヒトミという男は何者なんだ。もうだいぶ長く組にいる男か？　そんな男がいた記憶はないが」タカシもやはり痛みに顔をしかめながら立ちあがり、顔面の腫《は》れた部分にそっと触れた。

「いわば愚連隊上がりの男だよ。よその組から移ってきたようだが、どの組かはまだ定かじゃない。といっても、そんなに大きな組じゃないだろう。ヒトミがかつて属していた組のメンバーは、大半がある巨大組織に殺されたという噂《うわさ》もある。連中は新しい子分が必要なんだよ。でもって今回、あれこれ策を講じてじいさんの組を乗っとることにした」

レノはちらりとジリーのほうに目を向けた。かけ違えていたシャツのボタンを直した彼女は、部屋の隅に移動し、床の上にあぐらをかいて座っている。その顔には表情らしき表情はなく、ふたりの取っ組みあいが終わってからはほとんど無言だった。できればタカシがここから救いだすまでそうしてくれているとありがたいのだけれど。

「ジリーをいますぐ安全な場所に」とレノは言った。「俺はここに残って、なんとかしてじいさんに近づく道を探す」てっきりジリーから反論の言葉が返ってくるかと思ったが、彼女はなにも言わなかった。

タカシは首を振った。「俺たちだけでどうにかなることじゃない。親分が人質になっているとあればなおさらだ。それに、絶対に連中に見つからないような安全な場所はいまのところ思いつかない。援護を求めに行っているあいだ、彼女はおまえとここに残るんだ。何度も彼女の命を救ったんだろう？　彼女の安全はおまえにかかっている。もちろん、手を出すのは問題外だがな」

「さっきから言ってるだろう、もう二度と彼女には触れないって」レノは感情のない冷たい口調で言い放った。「俺は愛とか絆《きずな》とか、そういうものを信じちゃいない。それはあんたも知ってるはずだ。飽きっぽい俺は根っからの新しいもの好きなんだ。それは彼女にも言ってある。一度関係を持った相手とまた関係を持つような性格じゃないってね」レノはいったい誰に向かってこんなことを言っているのかわからなかった。タカシか、ジリーか——それとも自分にそう言いきかせて納得しようとしているのかもしれない。

タカシは目を細めた。レノはまた取っ組みあいになる覚悟を決めたが、結局タカシはこくりとうなずくばかりだった。「おまえのことに関しては、後日サマーに対処させる。とにかくここでおとなしくしていろ。俺はそのあいだに、得られるかぎりの情報を得る。連中は俺を捕まえるまで、おまえたちに手は出さないだろう。しばらくはふたりとも無事ということだ。もちろん、なにかあったらおまえが命をなげうってでもジリーを守れ」

「自分の命をなげうって助けるには、彼女はかなり文句の多い性格でね」レノはふたたびジリーのほうに目をやったが、やはり反応らしい反応はなく、彼女はただ無言でその場所に座っていた。

きっと無視を決めこんでいるのだろう。するとタカシが部屋の隅に向かい、彼女のわきにひざまずいて、その手を取った。そんな光景を目の当たりにするのは複雑な心境だった。だいたい手を握る必要がどこにあるだろう。彼女を守るのは俺の使命であって、二度と近づくなと言われたところで、そんな警告はなんの意味も持たない。たとえ義理の兄であっても、誰かがジリーに触れるのは許せなかった。なぜそんなふうに感じるのかは、あとでいくらでも考えられる。いまは冷静になることが先決だった。

「ジリー、だいじょうぶかい?」とタカシは言った。「こいつといっしょに残していくのは気がかりだが、そうする以外に方法がないんだ。きみの命はきっとこいつが守ってくれる」義理の妹に話しかけるその声は、腹立たしいくらい穏やかだった。ジリーにやさしくするのはタカシではなく、この俺なのだ。憎たらしくてやさしくする気も起こらないのはべつとして。

「わかってるわ、タカシ」ジリーは落ち着いた声で答えたが、無理に自分を取りつくろっているのはタカシも承知していた。「レノは危険から人を守るのが得意なようだし。それにあなたの協力が加われば、わたしたちはきっと助かる。さあ、早く行って」

タカシはその言葉には納得していない様子だった。彼女の場合、分別のある穏やかな口調は感情を爆発させる寸前の兆候にすぎない。

「あるいは先にきみをアメリカ大使館に――」

「その必要はないわ」とジリーは言った。「もう何日もこの人といっしょにいる状況を我慢してるの。あと一日や二日くらいなんでもないわ。それに、この人はもうわたしには触れないって言ってるんだし」ジリーはそう言ってこちらに目を向けた。いつもの温かみのある茶色の瞳にはなんの表情もない。ジリーはタカシに向きなおり、自分にはけっして見せたことのない笑顔を作った。「わたしたちはだいじょうぶ」

タカシは立ちあがった。「約束するよ、ジリー。手厳しいサマーにがつんと言われたら、さすがのレノも自分の人生を否定されたようになって、生まれてこなければよかったと後悔するさ」

ジリーは笑い声をあげた。それが偽りの笑いであることは、タカシは知るよしもないだろう。彼女のことは自分がいちばんよく知っているのだ。

「きっとそうね」とジリーは言った。「その場に居合わせてじっくり見物したいのは山々だけど、ここから脱出できたらすぐにロサンゼルスに戻らないと。学校の授業もそろそろ始まるし。お楽しみはあなた方が姉さんといっしょにアメリカに来るときまで取っておくわ」

それはここ数日のあいだにはじめて耳にした吉報と言ってもよかった。ジリーは自分からこの関係に距離を置こうとしている。彼女が太平洋を隔てた地球の反対側に行ってしまえば、もう重荷に感じることもない。そもそもジリー自身、一夜かぎりの関係を持ったのはこれが最初というわけでもないだろう。

しかし彼女がバージンだったということを考えれば……。完全なバージンというわけじゃないわ、と彼女は言っていたけれど、それがどういう意味なのかはわからなかった。たぶん、挿入にはいたらなかったということなのだろう。

「できるかぎり早く戻る。二十四時間以内に」タカシはジリーに向かって言った。「無事ここから脱出できなければ世界も救えない」

「外に出る途中で連中に捕まったら？」とレノは言った。

その言葉にタカシが浮かべた表情はそれまでの険しさとは違って、余裕さえ感じさせるものだった。「レノ、俺は絶対に捕まらない。おまえはとにかく彼女を守るんだ。ジリーになにかあったらただじゃすまないぞ」

タカシはそう言うと、それまでの取っ組みあいが嘘《うそ》であったかのようにぎゅっと抱きしめ、その場をあとにした。

「くそっ」とレノはつぶやいた。「タカシは俺たちがここで死ぬと思ってるんだ。よっぽどのことがないかぎり、あんなふうに俺を抱きしめたりしないからな」

ジリーはなにも言わず、両膝を胸元に引きよせて、宙を見つめるようにして床に座っていた。レノは一瞬、あせりを覚えた。もしかして男の頭を吹き飛ばしたときのショックがまたよみがえったのではないだろうか。

とはいえ、前回のようなやり方で正気を取り戻させられるなら、それほどあせりを覚える必要もないのかもしれない。

いずれにしろ、ふたたびショック状態におちいったとは考えられなかった。だいたいいままでタカシと普通に会話をしていたのだ。関係を持った男にもうなんの興味もないと言われるたびにショック状態におちいっていたら、それこそ身がもたない。

「そこにずっと座って、俺のことを無視するつもりか」いらだちが声に表れないようにレノは言った。これまでの人生、女を怒らせて無視を決めこまれた経験は何度もある。そんな反応にはもう免疫ができていた。

ジリーからは相変わらずなんの反応もない。「まあ、俺としては黙っていてくれたほうが助かるけどね」レノは簡易ベッドの上に脚を伸ばした。数時間前にそこでなにをしていたのかは、なるべく考えないようにして。「タカシがその言葉どおり助けを連れてやってくるかどうかは五分五分だ。そのあいだ、連中に殺されるのをただ待っているつもりはない」

ジリーはまばたきすらしなかった。

「タカシがこの場所から脱出できるなら、俺にだってできるはずだ」レノはかまわず続けた。「現に、鍵をこじ開けるのはタカシよりもうまい」無視されることほど腹立たしいことはなかった。しかし、その状況に感情をかき乱されないだけの自制心はある。そもそもジリーとこんなことに巻きこまれるはめになったのは、感情が原因だった。

「まあ、二、三時間ってところだな。タカシが脱出に失敗すれば、連中は俺たちのところにやってくるだろう。必要な獲物を得た連中が、俺たちを放っておくはずがない」レノは頭上の裸電球に目をやった。「俺はしばらくのあいだ眠る。なにかあれば起こしてくれ」

彼女が座っているほうから音が聞こえたのは意外だった。頑固なジリーなら、もっと長い時間、なんの反応もせずにむっつりしていると思っていたのに。といっても、彼女は言葉を発したわけではなく、人をばかにするようにたんに鼻を鳴らしただけだった。

レノは頭を上げたが、向こうは相変わらず視線を合わせようとはしない。「いいか、俺たちがこうしてここにいるのはきみのせいなんだ。きみがなんの考えもなしに逃げなければ、俺だって追いかける必要もなかった。いまごろあのホテルの部屋でのんびりしていられたものを。そのあいだに俺も、いったいなにが起きているのか、いろいろ考えることができた」

ジリーはなにも言わなかった。

「途中で言葉をさえぎられることなくきみと話せるのも、たまにはいいもんだな。とにかく心配なのは祖父だ。祖父はどこまでヒトミのたくらみを承知しているのか。いや、この状況では、まだ生きているのかもわからない。だが、祖父は簡単に殺されるような男じゃない。それにタカシはべつとして、俺の唯一の家族でもある。万が一なにかあれば、虫の知らせのようなものを感じるはずだ」

最後の言葉は少し感傷的すぎるような気がしたが、相手が無視している以上、そんなことを気にする必要もなかった。

「いいか、万一きみを守るか、祖父を守るかの選択に迫られたら、俺は迷わず後者を選ぶ。あとはもうきみ次第だ。ヒトミがきみを拷問するという状況になったら、面倒なことはせずにひと思いに片づけろと言え。まあ、アズキが復讐《ふくしゅう》に燃えて病院から出てきたら話はべつだ。あいつは俺に対しては歯が立たないのを知っている。だが、きみの姿を目にすれば迷わず引き金を引いて、頭を吹き飛ばすだろう。すまない、べつに思いださせるつもりはないが」

謝るまでもなくあえて口にした言葉だったが、ジリーはそれでも反応を示さなかった。ジリーは胸に引きよせた膝の上に頭をあずけた。その姿はとても色っぽかった。

いい、いい、いい加減にしろ、レノ！　レノは自分に言いきかせた。彼女に対してはもうなんの興味もないと本人に思い知らせたんだ。いまさら自分が興奮してどうする？

いつも冷静沈着な自分が、今回に限っては下半身で物事を考えているのは皮肉だった。ほかにいろいろ集中すべきことがあるのに、自分はいまだに彼女に対して欲求を感じている。この狭い簡易ベッドの上でふたたび体を重ね、互いの鼓動が響きあうくらい強く抱きしめたいと。

無駄とわかっていても試みるだけの価値はあった。「なあ、ずっと床の上に座ってたんじゃ体が痛くなるだろう。狭いベッドだが、もうひとり横になれるだけのスペースはあるぞ」

ジリーはあざけるようにふたたび鼻を鳴らして笑った。いい兆候だ。相手がそうして反抗的な態度を示しているかぎり、心配することはない。どうやってこの部屋から脱出し、祖父を見つけだすか、いまはその方法を考える必要があった。そう、みんなそろってひと思いに片づけたほうが賢明だと、ヒトミが心変わりをする前に。

ヒトミがためらっている理由は明らかだった。たしかに組の内部は分裂しはじめているが、現在の親分を尊敬している子分も相当数いる。しかし、ヒトミがそんな迷いを抱いているのもそう長くはないはずだった。だいいちそんな迷いは、必ずしも勝手気ままな孫や邪魔者でしかない外人には当てはまらない。

このままタカシが戻ってくるのを待つのもひとつの案だった。タカシはやると決めたことは必ずやってのける。おそらくおとなしく待っていれば、やがてタカシが現れて、救いの手を差しのべてくれるだろう。実際、この状況ではタカシを信頼してじっと待っているのが賢明だった。単独で行動に出れば、ジリーをまた危険にさらすことになる。数時間前にこの簡易ベッドの上で起きたことなど考えず、疲労のたまった体を休めることに集中していれば、やがて自由の身となってまた好き勝手なことができるだろう。

レノはちらりとジリーのほうに目をやった。一瞬、泣いているのかと思ったが、そうではないらしい。不気味なまでに落ち着いている穏やかな表情は、いっそう不安をかき立てた。あんなふうにきっぱり拒絶されて、快く思っているはずがない。無視されるだけですめばまだ幸いだった。

きっとジリーはそれ以上の仕打ちを考えているに違いない。そんな気の滅入《めい》るような思いを、レノはどうしても振り払えなかった。

17

コンクリートの床は驚くほど心地よかった。いまは針のむしろに座っていたいくらいだけれど、あいにくこの部屋にそんなものはない。血が出て気を失うまで壁に頭を叩《たた》きつけるという手もあるけれど、あの男が用意したシルクの服にはある種の愛着がわいていて、無下に台なしにはしたくなかった。もしこの危機を切りぬけられたら、ロサンゼルスに持って帰って、クリーニングに出したあと、普段着として着ることにしよう。そもそも誰が用意した服なのか、そんな些細《ささい》なことは関係ない。

この男は知っていた。わたしが恋心を寄せていることを、この男は最初から知っていたのだ。どうしてサマーはそれをこの男に？　だいたいどうしてサマーが知ってるのよ。自分で認めるのも恥ずかしいというのに、姉のサマーがわたしの愚かな妄想に気づいていたなんて。たしかにときおりレノについてそれとなく質問をしたのは事実だった。正直に言って、サマーのデジタルカメラから何枚か写真をコピーしたこともある。大半は日本やカリフォルニアの風景、それにハンサムな夫との写真だったけれど、なかには数枚レノの写真も入っていた。それを自分のコンピュータにアップロードしたところで、いったいなんの問題があるの？

しかも、レノに言うなんて。だいたい太平洋を隔てたふたりがどうやって恋人として結ばれるというのよ。完璧《かんぺき》な恋人を見つけたらすぐに忘れてしまうようなたんなる妄想だったというのに。たしかに今回日本に来るにあたって、レノに再会したいという気持ちがなかったと言えば嘘《うそ》になる。でも二年ほど前にはじめて会った男にいまも恋心を抱いているなんて、どうしてサマーにはわかったのだろう。

結局、知らなかったのはわたしだけだった。そして経験の浅いうぶなわたしが熱い思いを寄せているのを最初から知りつつ、レノはわたしに接しつづけてきたのだ。必死にいやがるふりをするわたしを見て、当の本人は腹を抱えて笑いだしたい気分だったに違いない。

でも実際、レノにはいやな思いをさせられた。レノは嫌味な気どり屋で、人間らしい感情なんて石鹸《せっけん》皿に収まる程度しかない。もし自分に超能力があったら、簡易ベッドに横になっているあの男を、長すぎてはみだしている脚だけ残してかき消してしまいたいくらいだった。

レノに対するばかばかしい思いはもう消えてなくなっている。いったいいつ消えたのか、いまとなってはわからない。最初に気絶させられたときかもしれないし、雪山で車から押しだされたときかもしれない。カプセルホテルに連れこまれて、あの男の手で屈辱を味わったときかもしれない。

もちろんそんな思いのかけらは、とうとうセックスをすることになったときまで残っていたかもしれない。いずれにしても、翌朝の凍るように冷たい拒絶は、妄想から目を覚ますには充分だった。

なのに、この簡易ベッドの上でまた同じ行為をくりかえすなんて。レノは最初から最後まで知っていたなんて。

いまやあるのは怒りだけだった。そこには迷いもなければ、ためらいもない。この屈辱的な拒絶から立ちなおるのは不可能だった。

ジリーは目を閉じ、天井のコンクリートのかたまりが突然、簡易ベッドの上に落ち、そこに横たわるレノを虫のようにつぶす光景を想像した。それよりも、逃げ場のないところにあの男を立たせ、自分が運転する車で轢《ひ》いてしまえば、いっそうすっきりするかもしれない。

でも、そんなことをしてもなんにもならないことはわかっていた。たしかにわたしは利用され、屈辱を味わい、そのあげくに拒絶された。こんなろくでもない男に勝手な妄想を抱いていたのも事実だった。でもそれはもう終わったことであって、なにをしたところで取り返しがつくものでもない。べつになんでもないことのように平気で残酷な行為をやってのけるこの男のやり方は、もう痛いくらいわかっている。でも理解できないのは、どうしてそんな屈辱を与えてまで自分を嫌いにさせようとしたかだった。経験豊富なこの男なら、もっとスムーズなやり方だってあったろうに。

ジリーは床を押すようにして立ちあがった。こちらが動いた音は聞こえたはずだけれど、レノは簡易ベッドの上に寝そべったまま、くつろいだふりをしている。近くまで行くとこちらに顔を向けたものの、その表情は例によって冷たく憮然《ぶぜん》としていた。

「偽物のバッグで俺《おれ》を叩き殺すつもりか？」とレノは言った。

魅力的な提案だけれど、あいにく間に合わせの武器はいまこの手になかった。「どうしてわたしのことを怖がるの？」ジリーは感情を抑え、落ち着き払った声で訊《き》いた。

「きみのことを怖がってるだって？　俺は誰のことも怖がってはいない」

「いいえ、怖がってるわ。わたしに近づくたびに急に背を向けて、わざと嫌味なことを口にして。わたしがあなたになにをするというの？　あなたに執着して自由を奪うとでも？　あなたは一度関係を持った女をみんなそうやって拒絶するの？」

レノはうんざりしたようにこちらを見つめている。「俺はきみと関係など持っていない。都合よくその場に居合わせた、一夜かぎりの相手さ。まあ、たしかにそそられはしたけどな」レノはベッドに片肘を突き、からかうような目でこちらを見た。「そもそも俺が我慢して手を出していなければ、こんな会話をする必要もなかった。でも、忘れてもらっちゃ困る。求めてきたのはきみのほうだ。あいにく俺はそんな求めをはねつけるタイプじゃないんでね」

「じゃあ、きのうの夜は？」

「退屈だったんだよ」

いまここにナイフがあれば心臓をひと突きしているのに、とジリーは思った。「あなたを殺そうとしていた男を銃で撃ったことがいまになって悔やまれるわ。あんなことしなければ、あなたの顔を二度と見ずにすんだし、悪夢のようなトラウマに悩まされることもなかった」

「だが、ジリー、ああしなければきみも死んでいた」

「もしかしたらふたりともあのとき死んでしまったほうがよかったのかもしれない」

「俺になにを求めてる？」とレノは言った。「断っておくが、それがなんであるにしろ、俺はきみの求めには応《こた》えられない」

ジリーは無言のままレノを見下ろした。ベッドの上に横たわる背の高い体。白いシャツのボタンは外れていた。なめらかな金色の肌には無数のあざやすり傷ができている。そのひとつひとつがいまも痛みにうずいていることをジリーは願った。

「謝ってと言おうとしたけど、考えてみれば、そんなことでわたしの怒りは収まらないわ。とにかくもうわたしに近づかないで。姉の結婚によって身内にはなったけれど、お互い努力すれば、もう二度とこんなふうにして同じ部屋に閉じこめられるはめにはならないはずよ」

徐々に顔に広がったレノの微笑《ほほえ》みは皮肉とあきらめに満ちていた。「ジリー、まずひとつに、ここから抜けだせるかどうかはまだわからない。だが、約束しよう。もしお互い生きてここを出られたら、俺は二度ときみに近づかない。それで満足か？」

「ええ」ジリーは冷たく言い放った。「じゃあ、ベッドから下りて。わたしは少し眠りたいの。最初にこのベッドにいたのはわたしよ。わたしに権利があるわ」

レノの口からもれた静かな笑い声は、例によって腹立たしいほど魅惑的だった。英語にしろ日本語にしろ、レノの低い声はいつも温かく空気を震わせる。それが悔しかった。そんなレノが立ちあがるのを見て、ジリーは体が触れあわないようにあとずさった。そんな行為がレノにしてみればおかしかったらしい。この場で蹴《け》り飛ばしてやったらどうなるだろう、とジリーは思った。

でも、答えは考えなくてもわかっている。その点に関しては、すでにレノに何度も警告されているのだ。また殴るようなことをすれば、たとえ相手が女だろうと必ず殴りかえすと。それに蹴ったりすれば、またこの男と体が触れあうはめになる。言葉どおりの乱暴なまねはしないにしても、どんな形でも体が触れあうのだけは避けたかった。

「ありがとう」ジリーは感情を殺した声でそっけなく言い、ベッドに横になって、すっかりくつろいでいるように装った。

レノの体温の残るベッドは温かかった。その熱はまるでそこに横たわる者を抱擁するかのように、全身を包みこんでいる。どうしてこんなに意識してしまうのだろう。目を閉じてなにも考えまいとするのだけれど、すべて逆効果だった。

気づくとレノがベッドのわきに立っていて、また体に触れられるのではないかと、ジリーは身をこわばらせた。なんだってまたベッドに寝かせてなんて言ってしまったのだろう。見方によっては、自分から誘っているようなものじゃない。それとも心の底では、またこの男と結ばれたいと思っているのだろうか。

「これを」とレノは言い、ジリーの脚の下からなにかを引っぱりだした。連中が残していった薄手の毛布で、いままでレノが体にかけていたものだった。ジリーは手が触れあわないように気をつけながらそれを受けとった。毛布はセックスのにおいがした。アーモンドの香りのついた石鹸に加えて、レノのにおいも残っている。

毛布なんていらないわと投げかえしたい気持ちはあるけれど、そんなことをすれば、こちらが必要以上に意識していることを認めることになる。いまはただここに横になって眠り、義理の兄が助けに来てくれるのを待つ、その行為だけに集中するべきだった。

物音がしてはっと目覚めたのは、なかなか寝つけないなか、ようやく眠りに引きこまれようとしていたときだった。すでにその音に気づいていたレノは、がらりと表情を険しくして身構えている。

「どうしたの？」眠気の残る声で尋ねると、ドアの外でまた物音がした。

「きっとこれ以上待っていても無駄だと判断したんだろう」レノは低い声で言い、ジリーの手を取って、ベッドから下りるようにと引っぱった。「きみは俺のうしろにいろ」

ばたんとものすごい勢いでドアが開き、ヤクザの組員が四人、部屋に入ってきた。ジリーはみぞおちのあたりに重いしこりのようなものを感じた。よく見ると四人はまだ若く、いわゆるチンピラと呼ばれる、格下の組員だった。ヒトミのように最低限の礼儀をわきまえる男とはわけが違う。

四人が日本語で会話をしていることに気づいたのは、一分ほどしてからのことだった。突然部屋に入ってきた男たちはみな奇妙なしゃべり方をして、日本語の集中コースでも学んだことのない聞き慣れない言葉を連発している。レノもまた男たちに合わせるようなしゃべり方をしていて、だいたいの意味がつかめるまでにはかなり時間がかかった。

四人のなかでいちばん年上らしき男は、黒髪をオールバックにして、いかにも不機嫌そうな表情をしている。たぶん、四人のなかではその男がリーダーなのだろう。幹部の指示を代弁するように、男は言った。「その女を連れて行く。ヒトミさんの命令だ。もうなんの役にも立たないと判断したんだろう。親分、つまりあんたのじいさんは、その場しのぎのバリケードを築いて、自分の部屋に閉じこもってる。とにかく、この女を殺せとの命令だ。そして死体をあんたのじいさんに見せて、俺たちが本気であることを、無駄な抵抗をやめないかぎり最後までとことんやることを、証明してやるんだ。死体はそのあとで適当に片づけるさ」

「それはどうかと思うな」レノはとくに声を荒らげるでもなく言った。その口調だけ聞いていれば、まるで魚の調理の仕方を話しあっているかのようにも聞こえる。「アメリカという国は、自分たちの国の人間が異国で問題に巻きこまれた場合、怒りをあらわにしてうるさいことを言ってくる。とくにこの女はまだ若くて、裕福な家庭の出だ。この女の写真や名前は世界じゅうの新聞に載るだろう。そうなれば警察も、行方不明になった彼女の行方を血眼になって捜すことになる」

「死体の片づけ方くらい承知してますよ、ヒロマサさん」べつの若い男がせせら笑うように口をはさんだ。

「警察は彼女を見つけるまで捜査の手をゆるめないぞ」とレノは言った。「場合によっては見て見ぬふりをする警察は、上からの圧力がかかれば本気になって動きだす。そうなれば、捜査の矛先はいずれヒトミや組に向けられることになる」

「ヒトミさんの命令は絶対だ。外人の無惨な死体を目にすれば、あんたのじいさんもさすがに負けを認めるだろう」すると男がふたり、おもむろにこちらに向かって歩きはじめた。

レノはジリーの腕をつかみ、自分の背後に隠れさせた。

「彼女には手を出させない」とレノは言った。「死体が必要なら、俺を殺せ」

「それもひとつの案だな」とリーダーの男が言い、手にした銃を上げた。

「マツモト！」と突然険しい声がして、その方向に視線を向けると、部屋の戸口にヒトミが立っていた。「なにをぐずぐずしている？」

「いや、ちょっと手こずってまして。この女のかわりに自分を殺せと、ヒロマサさんが」

その口調には愚かな申し出に対する軽蔑《けいべつ》の思いが満ちていた。

ヒトミはレノのほうを見て首を振った。「ヒロマサさん、どうやらあんたは日本を離れているあいだにすっかり外人に感化されたようだな」

「この女を殺すつもりなら、まずは俺を倒してからにしろ」

「ずいぶんロマンティックだな」ヒトミはため息をついた。「それもあんたがアメリカ人の母親から譲り受けた汚れた血のせいだろう。では、互いに歩みよってこうしようじゃないか。あんたのじいさんにはまだ何人か護衛がついていて、俺たちの侵入を食いとめている。バリケードをやぶろうとして、俺たちはすでに七人、仲間を失った。ドアの前に女の死体を置いて、つぎはかわいい孫の番だと脅そうとしたが、俺も融通のきく男だ。ヒロマサさん、あんたが女を連れて行って、ドアを開けるように言うんだ」

「それで？」

「そのあとは、ご立派なあんたのじいさんと将来についてじかに話しあう。いまのやり方ではもう古すぎて、組は機能しない。もう時代は変わったんだ。しこたま稼げる方法があるっていうのに、古いやり方にこだわって、子分たちに我慢を強いている。親分もそろそろ潮時なんだよ。みずから座を退いて、新しい組織を築きあげる必要がある」

「でもってその新しい組織をあんたが仕切ろうってわけか」とレノは言った。「じいさんが首を縦に振るとは思えないね」

「あいにくだが、親分にはもう選択の余地は残されていないんだよ。それはこの状況を見れば一目瞭然《りょうぜん》なはずだ。ヒロマサさん、すべてはあんた次第だ。あえて血を見るやり方でいくか、そんな無駄なことはせずに話しあいで解決するか。あんたの決断によっては、その外人の命が助かる可能性もある。さもないと、ふたりそろって死ぬことになるぞ」

「タカシはどうする？　あんたはタカシも捕まえる予定じゃなかったのか」

ヒトミは冷たい笑みを浮かべた。「あの男はすでに捕まえたよ、ヒロマサさん。この敷地の外にいるのを俺の子分たちが見つけてね。なにを尋ねてもだんまりを決めこんでいるが、あんたらを救いに来ないのはたしかだ」

表には出さなかったものの、レノは全身に戦慄《せんりつ》が駆けめぐるのを感じた。敗北、絶望、疑念——その戦慄の原因は自分でも見当がつかない。

「となれば、こちらに選択肢はないようだな。じいさんのところに行って、ドアを開けさせるよ。そのかわり、この女は逃がしてやってくれ」

「それはあんたが確実にじいさんを説得してからだ」

「その約束が守られるという保証はどこにある？」

「俺たちは仁義の世界に生きている人間だ。そうだろう？」ヒトミは大げさに腕を広げて言った。「快楽を得るための殺しはしない。そこに大義があればべつだがな。外人を殺してもなんの得にもならないのであれば、後始末の手間が増えるだけだ。あんたがじいさんを説得すれば、約束どおりこの女は解放する」

レノはそんな嘘を真に受けるような男ではなかった。

「わかった」とレノは言った。「その前に、まずはふたりきりにさせてくれ。いまの状況を英語でこの女に説明する必要がある。この女は感情的になるとなにをしでかすかわからない。俺の言うとおりに従えと言ってきかせるよ。せっかく解放の約束を取りつけたのに、へたなまねをして撃たれたらたまらないからな」

「同感だ」と言ってヒトミが軽く頭を下げると、レノもまた頭を下げた。

ジリーはその場で叫びだしたかった。仁義だの殺しだの、ふたりは日常ではめったに耳にしない言葉を使って話をしている。その上、お辞儀をしあうなんて、この人たちはどういう世界に生きているというの？

「五分やる。説得にそれ以上かかるようなら、この場で女を殺す」ヒトミはそう言うと、子分たちを引きつれて部屋の外に出た。ドアの鍵《かぎ》は開いたままになっている。レノはジリーのほうに向きなおり、両腕をつかんで、英語で説明を始めた。

「やっかいなことになっている。タカシは連中に捕まった。ヒトミは俺が祖父のところに行って、部屋のドアを開けるよう説得しろと言っている。親分とじかに話して将来のことを相談したいようだが、手荒なまねをしない保証はない。もうなんの価値もなくなったきみも解放すると言っているが、あの男の言葉は信じるに値しない。俺が合図をしたら、すぐに床に伏せろ。そしてそのまま転がって、いちばん近くにある隅に行くんだ」

「床に伏せるって言ったって――」

「俺の説明は理解したはずだ。とにかく言うとおりにするんだ。最初はきみを餌《えさ》にしろと連中を説得しようとしたが、あいにく却下されてね」レノはきざな作り笑いを浮かべた。

「きみに暴行を加えて祖父の部屋の前に置き去りにすれば、祖父も交渉に応じるほかないと思ったんだよ。だが、連中はどうしても俺に説得してもらいたいらしい」

ジリーはじっとレノを見つめ、やがて日本語で言った。「レノ、もう嘘はやめて。いまの会話の内容はわたしだってだいたい理解できたわ」

ときに傲慢《ごうまん》すぎるように見えるレノの態度は、その言葉で崩れ去ったように見えた。

「きみの日本語は、いまの会話を理解できるほどうまくはない」

「でも、わたしのかわりに命をなげうとうとしていることくらいわかるわ。どうしてなの？」

「これ以上、俺の人生を複雑にしないでくれ、ジリー。これは家族の名誉の問題なんだ。

連中はタカシを捕まえたと言っている。それに、今回は祖父の命もかかってるんだ……」

「連中の言葉を信じるの？　ほんとうにタカシが捕まったと？」

「完全に信じているわけじゃない。だが、たとえ捕まっていなくても、救いに来られるかどうかわからない者を当てにはできない。ここは俺の決断次第なんだ。やっかいな質問でこれ以上、俺の頭を混乱させないでくれ」

すべてが腑《ふ》に落ちたのはそのときだった。こんな簡単なことがこれまで理解できなかったなんて。レノはわたしのことを大切に思っている。だからこそひどいことを言ったりしたりして、徹底して距離を置くようなまねをしてきたのだ。でも、本音の部分でわたしのことを大切に思っているのは間違いない。たとえ本人がそれを認めようと認めまいと。

「なにをにやにやしてるんだ」レノは憤慨したように言った。「お互いあと数時間の命かもしれないんだぞ」

「そうね」ジリーはそう言って身を乗りだし、レノの美しい唇に軽くキスをした。「でも、あなたはわたしを愛している」

「なにをばかなことを……」

「レノ、わたしたちは死ぬかもしれないのよ。偽りを口にしたまま命を落としてもかまわないの？　あなたはわたしのことを大切に思っている。でも、状況からしてそれは許されないことだと、その気持ちを懸命に否定してもいる。ちょっと考えればわかりそうなことにこれまで気づかなかったわたしもばかだったわ。あなたはわたしを愛している」

「突然なにを言いだすかと思えば……」レノは怒りをあらわにして言った。「まあ、無理もない。きみはこの手の世界に慣れていないんだからな。なんとか生き残ることができて、無事アメリカに戻ったら、たったいま口にしたことがどれほどばかげているか、自分でも恥ずかしく思うさ」

「でも、もし生き残ることができなかったら？」ジリーは訊いた。胸の内は驚くほど落ち着いて、幸せに満ちていた。

「そのときは、俺に愛されていると信じたまま死ぬまでだ。いいか、長話をしている場合じゃない。頭を下げて俺についてこい」レノは顔を背けて手を取り、ドアのほうに向かった。そして戸口の付近で急に立ちどまり、うしろを振りかえった。

「俺はきみを愛してはいない」とレノは言い、腕のなかに引きよせ、いきなり口づけをした。それは情熱や切望の渦巻く、荒々しくもやさしい口づけだった。「愛してなど」

「ええ、そうね。あなたはわたしなんて愛していない」ジリーは満ち足りた思いでつぶやき、レノに続いてドアの外に出た。手に手を取り、獣たちのねぐらに向かって。

18

ヒトミが率いる組員たちが辛抱強く廊下で待っていたのは意外だった。時間の感覚は完全に失われていて、今日が何日なのか、いまが何時なのかもわからない。古い倉庫のような屋敷の廊下にそのヒントになるようなものはない。たぶん、ヤクザというのは普通の人たちとは活動の時間も違うのだろう。気分的には漆黒の真夜中か、雨降りの暗い夜明けのようだった。世界のどこかで人が殺され、どこかで赤ん坊が生まれる時間。ここにいる人間を見渡すかぎり、妊娠中の者はひとりもいない。

暗い廊下を重い足どりで進むあいだも、レノはずっと手を握りつづけていた。レノが手を握ってくれているかぎり、わたしたちは死ぬことはない。ジリーはそう言いきかせた。なにかが起きるときは、レノが手を放したときだと。

レノの祖父にあたる親分の部屋はいちばん上の階にあった。てっきり最初に会った部屋に連れていかれると思っていたのだけれど、黒い漆塗りの扉は長い絨毯《じゅうたん》と玉座のあった部屋のとは違うものだった。

扉の前には銃を持ったふたりの男が立っていた。年齢はだいぶ上のように見える。ヒトミが近づくとさっと行く手をふさぎ、深々と頭を下げた。「親分は誰とも会わないと言っている」

「いや、わたしなら会う。かわいい孫とその恋人の外人を連れてきたと伝えてもらおう。それでも面会を拒否するというのであれば、ふたりの喉をこの場でかき切ると」

ヒトミの脅しを耳にした護衛の男はまばたきすらしなかった。よく見ると相当年をとっている男で、この人がレノの祖父であっても不思議ではない。もうひとりの男もけっして若いとは言えなかった。それとは対照的に、ヒトミが率いる男たちは全員、二十代か三十代くらいに見える。ヒトミという男自身、まだ四十代というところだろう。年配の組員はポケットから携帯電話を取りだしたが、驚いたことにその電話には小さなお守りのようなものがいくつもぶら下がっていて、まるで日本でよく見かける女の子の携帯のようだった。年配の組員はメールを打ちおえると、両腕を組んで返信を待った。

ヒトミは落ち着き払った顔のまま、その場に立っていた。かたわらにいるやせた若い男は、異様なほど大きなナイフで爪を掃除している。そのナイフでわたしたちの喉をかき切ろうというのだろうか。ジリーはナイフの刃が充分に鋭く、すべてが一瞬にして終わることを願った。

たぶん、怖《お》じ気《け》づきはじめたことを察したのだろう。レノは握る手にぎゅっと力を込めた。けれども、ある意味で逆効果だった。柄にもなくレノがそんなやさしい面を見せるなんて、わたしたちはほんとうにここで殺されるに違いない。あとはもう自分が先に殺されるのを願うばかりだった。レノが殺される姿などけっして見たくない。コンクリートの床の上で、燃えるような赤い髪が血と交ざりあうところなんて。

年配の組員は携帯電話を手に取り、画面に向かって目を細め、近づけたり遠ざけたりしている。ヒトミの忍耐が限界に近づきつつあるらしいのは、靴で床をこつこつ鳴らしているそぶりからもうかがえる。年配の組員はポケットに手を突っこみ、鼈甲《べっこう》縁の眼鏡を取りだして、鼻の上にかけた。そしてふたたび眼鏡を外すと、今度はポケットからハンカチを取りだして、眼鏡のレンズを拭《ふ》きはじめた。ジリーは握りあう手を通してかすかな震えをレノから感じとったような気がした。こんな状況でなければ、笑いだしたくてこらえているのだと勘違いしたかもしれない。

年配の組員はようやく画面の文字を読めるようになったらしい。「親分がお会いになるそうだ」そう言って、背後にある扉を開けた。「さあ、こっちに」

やせぎすの若い男は、〝おまえたちが先に行け〟とでも言うように、ナイフを振りまわした。たぶん、盾として使うつもりなのだろう。レノやわたしが前にいれば、へたにヒトミを撃つことはできない。

倉庫のような建物にこんな豪華なスイートルームがあるなんて誰が想像したろう。部屋に敷きつめられた絨毯はかなりの厚さだけれど、気づくと誰もが靴を脱いでいる。急いでスニーカーを脱ぐと、純白の絨毯に爪先が埋まった。こんな部屋で流血騒ぎになったら染みを取るどころの話ではなくなるだろう。

家具類は基本的に白い革で統一され、アクセントに黒が使われていた。現代風の抽象画が何枚か壁に飾られている。部屋の奥の壁には少なくとも六人、組員らしき黒いスーツ姿の男が並んで立っているが、みんな年配で、両手を体の前で握って直立している。この男たちの手の指を足したら全部で何本になるだろうと、ジリーはぼんやりと思った。

親分はその中央に座っていた。レノの祖父は三日、あるいは四日前に会ったときよりもさらに縮んでしまったように見える。その顔に刻まれた何本ものしわは、部屋に入ってきた者たちを観察するなかでいっそう深くなっていた。親分の背後、部屋の空気に注意を払って立っているのは、巨漢のコバヤシだった。

ヒトミは前に進みでると、親分に向かって深々とお辞儀をした。その地位を奪おうとしている者でなければ、かなり謙虚でへりくだったお辞儀に見えたに違いない。

「親分」とヒトミは言った。「お互い、話しあわなければならないことがいろいろあるようです」

「それはおまえの考えだろう、ヒトミ。わしのほうは、おまえのような仁義に欠けた安っぽいごろつきと話すことはなにひとつない」

ヒトミは頭を上げてまっすぐ立った。その顔にはなんの感情も浮かんでいない。「親分、あなたはこの件に関して選択の余地はないんですよ。我々には話しあうことがいろいろある。断るというのであれば、こちらとしても手荒な手段に訴える以外にない。かわいい孫が目の前で殺されるのは見たくないでしょう」

「選択の余地がないのであれば、しかとこの目で見届けるまでだ。潔く生き、潔く死ぬ。ヒロマサにはそう子どものころから教えてある。おまえには理解できない考えだろうがな」日本語でそう答える老いた親分の声はしわがれ、もう力も感じられなかった。

「あんたはもう過去の人だ」とヒトミは言った。目上の者に対するていねいな口調はもうそこにはなかった。「あんたの子分たちは、そんなやり方にうんざりしてるんだよ。せっかく大儲《おおもう》けする機会があるっていうのに、あんたは頑固に昔のやり方にこだわっている。子分たちだって金持ちになって家族を喜ばせたいんだ。あんたは時代遅れのやり方に固執することによって、子分たちを裏切っている」

「麻薬取引には手を出さないというわしの信念が、そんなに時代遅れか、ヒトミ。なんの罪もない人間を脅したり殺したりすることこそ、先代から受け継いできたこの組への裏切りだと思わんのか。わしの組は昔から、縄張りの庶民の保護を第一の目的として活動してきた。それをいまさら変えるつもりはない」

「そんなロビン・フッドのようなたわごとが、もう時代に合わないって言ってるんだ」がらりと荒々しくなったヒトミの口調に、レノは緊張が高まった。「ヤクザが庶民を守っていた時代はもうとっくの昔に終わってるんだ。いまではその力は、ほかの組や愚連隊に取って代わられている。博打《ばくち》で小銭を稼ぐなんて、大昔の話だ。世界は変わった。ヤクザもそれに応じて変わらなきゃならない」

「わしは変わってはいない」親分は威厳と共に言った。「そしてこれからも変わるつもりはない。わしの子分たちも同じ思いでいる」

「子分たちってのは、まだあんたの御託に耳を傾けてる年寄りどもってことですか。若い連中はもうわたしの側についている。今後は、組の運営はわたしたちが仕切らせてもらう。お世話になった親分や兄貴たちは悪いようにはしませんよ。だが、今後は組の運営の仕方に関して、あんたにはいっさい口を出させない」

年老いた親分は動じている様子もなかった。「わしの孫やそこにいる女はどうする？ タカシはどうするつもりだ」

「彼らには選択の余地を与えます。わたしの子分になって忠誠の誓いをするか、でなければ、ひと思いに始末するまで」

「ファック・ユー」レノは英語で声をあげた。いまや世界のどこでも意味のわかるその言葉を耳にしたヒトミは、振りかえって冷たいまなざしを向けた。

「落ち着け、ヒロマサ」親分は穏やかな声で言った。「今日はヒトミに主導権があるようだからな」

「この男の言葉をそのまま真に受けるつもりですか？　たとえ俺《おれ》がこの男に忠誠を誓ったって、結局そんな誓いはなんの意味もない。機会があれば俺たちを始末するつもりに決まってる」

「そんなにわたしが信用できないか」ヒトミは悲しげな声でつぶやいた。「ただ、問題はこの女だ」

「べつに解放してもかまわないだろう」親分は抑制のきいた穏やかな声で言った。「逃がしたところで、おまえに不都合が出るようなことはない。そもそもおまえが日本語で言っていることなど、なにひとつ理解してはいないんだ。たとえ誰か話を聞いてくれる者がいたとしても、ばかげた話だと軽く受け流されるさ。車でアメリカ大使館の前にでも行って放《ほう》りだせば、やっかい払いできるだろう」

「あんたの孫も同じようなことを提案したよ。だが、わたしは細かいことにこだわるタイプでね。危険を招く可能性のあるものは、たとえどんなに些末《さまつ》なことであっても、片づけるに越したことはない。まあ、あっという間に終わらせるようにはしますよ。ナイフの扱いに関しては、ミヤビの右に出る者はいないことですし」

　ナイフを手にした男は顔を上げ、にやりとよこしまな笑みを浮かべた。ジリーはレノのうしろに隠れ、背中にしがみつくように体を押しつけた。いまはそのぬくもりを、その力強さを感じていたかった。どう考えてもこの状況から抜けだせるはずがない。世間知らずの愚かな娘の行動に、母親は悲しむどころか、怒りさえ覚えるに違いない。

「コバヤシさん」とヒトミが言うと、巨漢のボディーガードは部屋の中央に移動した。

「いまこそ新しい組織への忠誠を、身をもって示すときだ。ミヤビがこの外人を始末するあいだ、ヒロマサを押さえていてもらおう。もし暴れて仕方ないようなら、迷わず殺せ」

ジリーはレノの祖父が止めるのを待ったが、老人はなにも言わず、両手を合わせて頭を垂れた。レノは握る手に一瞬力を込めて放したかと思うと、今度は両腕を体に回してぎゅっと抱きしめた。

「彼女に指一本でも触れたら命はないぞ」レノは怒鳴った。

「笑わせるな、どうやって我々に抵抗するつもりだ。おまえには武器もなにもない。数の上だってこっちが勝っている。ミヤビ、コバヤシ、さあ、早いところ片づけてしまえ。もちろん、親分がなにか言うことがあれば話はべつだが」

レノの背中に隠れるようにして立つジリーには、ほとんど前は見えなかったが、老人は無言のままかすかにうなずいた。ナイフを手にしたミヤビは、コバヤシと共にこちらに近づきはじめている。ああ、ほんとうにもうこれで終わりなんだわ、とジリーは思った。

その直後だった。レノに力強く押しだされたつぎの瞬間には、自分は待ち受けていたコバヤシの腕のなかにいた。レノはその姿がかすむようなすばやい動きで飛びだし、ミヤビの腕を蹴《け》ってナイフを落とさせ、側頭部にまた蹴りを入れた。ミヤビが骨が砕けたように床に倒れると、レノはすかさずナイフを拾いあげ、ヒトミの体をつかんで喉にナイフを当てた。一瞬のできごとにその場にいた組員は誰ひとり動くことができなかった。

怒号のように発せられる言葉は理解できなかったが、その内容は想像するまでもない。

〝一歩でも近づけば、ヒトミの喉をかき切る〟

コバヤシはつかんでいたジリーの体を放すと、そのまま親分のもとに戻り、従順な子分らしく頭を下げた。

「ヒトミ、シノダの血を引く者をあなどってもらっては困る」老人は静かながらも、どすのきいた声で言った。「わしらは脅しにはけっして屈しない。名誉が傷つけられ、身内の女が人質に取られようものならなおさらのこと」

その言葉の内容はジリーにも充分に理解できた。レノならせっかく捕らえたヒトミを押しやって、この女は俺の女じゃないとみんなの前で言いかねないと思ったが、さすがにその場を動くことはなく、怒りの仮面をかぶったまま心の内を隠していた。ヒトミの首からはゆっくりと血が流れはじめ、いかにも高そうなシャツに染みこんでいる。

「親分、わたしを殺したところでなんにもなりませんよ」ヒトミは冷ややかな声で言った。「わたしに続く者はこれからもどんどん出てくる。あんたの時代は終わったんだ。何度も言うように、世界は変わった。あんたの居場所はもうどこにもないんだよ。ヒロマサがわたしを殺せば、わたしの子分たちがいっせいに発砲して、あんたをふくめてこの部屋にいる全員をぶっ殺す……」

するとレノの祖父が片手を上げるのがジリーの視界に入った。親分の地位にある人間の指が、やはり何本か欠けているのは意外だった。まるで他人事《ひとごと》のようにその手が下がるのを眺めていると、部屋のなかは突然銃声と煙に包まれ、あちこちで血が飛び散るのが見えた。あまりの急激な展開に脳は事態を把握しきれずにいる。一方で、動きという動きはまるでスローモーションのように、まぶたの裏に刻まれていた。

レノがヒトミの喉を深く切り裂いてその場から飛びはねると、親分の子分たちもいっせいに攻撃を開始した。

ジリーは誰かに急に押されたかと思うと、つぎの瞬間には両腕で頭を抱え、分厚い白い絨毯の上にうつ伏せになっていた。部屋のなかには死のにおいや邪悪な空気が満ち満ちている。ジリーはいまにも窒息しそうだった。大声で叫んでいるはずなのだけれど、そんな悲鳴も周囲の音に完全にかき消されている。

すると突然銃声がやんで、部屋のなかは不気味なまでの静寂に包まれた。上に覆いかぶさっていた誰かが立ちあがっても、ジリーはけっしてその場を動かなかった。銃撃戦のあとの光景など、誰が見たいと思うだろう。離れたところからレノの声がして、親分である祖父に日本語でなにかを叫んでいた。

このままうつ伏せになっていれば、なにも見ずにすむ。銃声はすべてやんでいるし、誰かが自分に銃口を向けている気配もなかった。このままうつ伏せになって動かずにいれば……。

「さあ、起きて」とタカシの声がし、ジリーは驚いて顔を上げた。「早いところここから抜けださないと」

部屋のなかはまるで『ハムレット』の舞台のようだった。いたるところに死体が転がっていて、純白の絨毯のあちこちに血の海が広がっている。タカシに体を起こしてもらったジリーは、まっ先にレノの姿を捜した。

火薬のにおいが立ちこめる部屋のなか、レノは祖父のかたわらにひざまずいていた。レノの祖父は白い革のソファに横になり、その手をボディーガードのコバヤシが握りしめている。コバヤシの大きな顔は涙に濡《ぬ》れていた。レノの祖父が着ている高級なスーツには赤黒い染みが広がっている。その表情は意外にも穏やかだった。レノは身を乗りだして、祖父が口にする言葉のひとつひとつにうなずきながら、静かに答えを返していた。

「ジリー、一刻も早くここから抜けだす必要がある」タカシはじれったそうにくりかえした。「ヒトミのほかの子分がこっちに向かっている最中だ。エレベーターは使えないようにしたが、階段を上がってくるのにそう時間はかからないだろう」

「でも、レノが……」

レノもその声を耳にしたに違いない。さっとこちらに向きなおって、瞳の奥をのぞきこんだ。そこにあるのはまるで死の番人のような、見慣れぬ男の顔だった。

「彼女を連れてってくれ」とレノは言った。

タカシは片腕をつかむと、強引に部屋から連れだすかわりに、いまにも息を引きとろうとしている老人のそばへと導き、深く頭を下げた。ジリーもまた、目をうるませながらも同じように頭を下げた。

老人はかすかに微笑《ほほえ》んでなにかをつぶやいたが、その声はあまりに小さすぎて、ジリーには聞きとることも、理解することもできなかった。するとタカシはふたたび腕を取り、さあ、行こうとうながした。めったに感情を表に出さない義理の兄の顔も、涙に濡れている。

そのあとはもう考えるのも、泣くのも、息をするのもままならなかった。ジリーは無理やりタカシに引っぱられるまま、部屋の奥に向かい、薄暗い廊下へと出た。

あえて刃向かって時間を無駄にするつもりはなかった。建物のなかにはガソリンのようなにおいや、それ以外にも化学薬品のようなにおいが漂いはじめている。これからなにかが起きようとしているのは訊《き》くまでもない。それに鉄人のように力強いタカシの手を振り払うのは不可能だった。ジリーはいつ終わるとも知れない階段を下りつづけ、夜明けの光が広がりはじめた外に飛びだして、汚れて固まった雪の上に倒れこんだ。

「レノを……」いまはその名をつぶやくのが精いっぱいだった。「レノを置いてくるなんて!」

「きみにもしものことがあったら俺はサマーに殺される」とタカシは言った。あれだけ走っても息ひとつ乱れていない。「それに、レノなら自分の力で窮地を乗りこえられる。さあ、走りつづけるんだ。この建物はもうじき爆発する。いたるところに設置した爆弾をレノの祖父が作動させたんだ」

「どうして?」

「ヒトミに従った裏切り者たちをひとり残らず道連れにするためさ。祖父の子分たちも親分と共に死ねて光栄だと思っている」

「でもレノが!」ジリーは大急ぎで立ちあがり、建物のほうに戻ろうとしたが、簡単にタカシに引き戻された。

「レノは自分の力で窮地を乗りこえられる」とタカシはくりかえした。「きみはできるだけ遠くに逃げなければならない。建物の近くにいれば、あとであれこれ質問されることになるだろう」

「お願い、タカシ」強引に引きずられながらもジリーは懇願した。「もう一度戻って、レノの無事を確かめて」

「きみはすべてを忘れるんだ。ここ数日間の悪夢は現実の生活とはなんの関係もない」建物の近くにある通りには灰色の小さな車が停《と》まっていて、有無を言わさず助手席に押しこまれた。タカシが買った車なのか、どこかで盗んだ車なのかは見当もつかない。いまは倉庫のような建物のいちばん上の階から、煙が渦を巻いて出ているのが見えるばかりだった。

爆発が起きたのは、車が走りだして三ブロックほど離れたときだった。爆風に煽《あお》られるようにして、道路の上で車が横滑りした。通りにはほかに車はない。タカシはけっしてスピードをゆるめず、険しい顔つきでハンドルを握りつづけている。

「このまま走り去るなんてできないわ！」ジリーはかまわず大声をあげた。

「いや、できる」対向車線からやってきた消防車とすれ違っても、タカシはまばたきひとつしなかった。その表情は石のように固まっている。先ほどの涙を目にしていなければ、氷のように冷たい心の持ち主だと思ったに違いない。

「レノは死んでしまうかもしれない」そう口にするものの、もう声にもならなかった。

「あいつはそう簡単に死ぬ男じゃないさ。これまでだって何度も窮地を乗りこえてきた」

「レノのおじいさんは？」

「もう息を引きとったよ」タカシは例によって感情のない口調で言った。

「でも、あのときおじいさんはわたしに向かってなんて言ったの？　いったいレノとなにを話していたの？」

「それは俺も聞きとれなかった」とタカシは答えたが、ジリーは信じなかった。「もう終わったことだ。いまさら考えても仕方ない。今度からは姉さんの忠告をよく聞くことだな。あれだけ日本には来るなと言われていたのに、それを無視するなんて」

ジリーは座席にもたれて目を閉じた。頑固な義理の兄の首を絞めてやりたいのは山々だけれど、いまの自分はあまりに無力だった。わたしはこれから言われるがままアメリカ行きの便に乗せられるのだろう。体じゅうにあざができるような血なまぐさい経験もしたけれど、いずれはそんなことも記憶の底に沈んでしまうのかもしれない。そう、レノの思い出と共に。そしてわたしは何事もなかったかのように人生を歩んでいくのだ。

普段はめったにやらないことだけれど、いまはただ一心に神様に祈る以外、ほかにできることはなかった。


レノは祖父の目を閉じ、一歩あとずさった。コバヤシはいまも親分の亡骸《なきがら》を抱いたまま、大きな胸を揺らしてむせび泣いている。「コバヤシさん、行きましょう」とレノは言った。「祖父だってあなたには死んでほしくないはずです。裏切り者たちといっしょに命を落とすなんて、それこそ犬死にのようなもんですよ」

「わたしの場所はここ以外にないんです」コバヤシは威厳に満ちた声で言った。「わたしはずっと、親分に仕えてきました。亡くなったからといってそばを離れるわけにはいきません」

レノはうなずいた。もう時間がない。祖父の言葉はいまだに頭のなかに、いや、心のなかに響いていた。「コバヤシさん、祖父にとってはこれ以上の死に方はありません。みごとな死に様ですよ。でも、きっとあなたには先に進んでほしいと思っているはずです。あなたにはこの世界でまだまだやることがたくさんある」

コバヤシはそれでもなにも言わなかった。相撲の世界を離れて以来、コバヤシの人生は文字どおり祖父と共にあった。祖父なきあとには、実際なにも残されていないのだろう。もし祖父といっしょに自分も死ぬというのであれば、その決断を尊重する以外ない。

説得をあきらめたレノは、気持ちを切りかえて機敏に動きはじめた。体じゅうにヒトミの血がべったりついている。実際に人を殺すところをジリーに見られたのが、唯一悔やまれることだった。しかし、これで彼女も区切りがつくだろう。レノは安堵《あんど》のため息をもらした。もしタカシが予定どおりの行動を取れば、もう二度と彼女と顔を合わせることはない。すべてがここで終わり、すべてがここから始まる。

レノは一階の窓から外に飛びだす直前、爆弾のタイマーを作動させた。建物はもうじきこっぱみじんに砕け散り、逃げ場を失ったヒトミの子分たちも、ひとり残らず巻きぞえになる。組員たちはみな死に、古い組織も消えてなくなる。だが、その名声だけは、今後も損なわれることなく語りつがれるだろう。冷酷無比の世界にあって、たとえ時代錯誤と冷やかされようと、自分たちのやり方を徹底してつらぬいた祖父やその子分たち。

爆発は敷地の外壁を越えた瞬間に起きた。レノは一度もうしろを振りかえらなかった。ジリーとタカシはもう遠く離れたところに行っているに違いない。あとは砕け散った人生のかけらをかき集め、新たなスタートを切るのみ。

外ではふたたびちらほらと雪が降りはじめ、溶けかけて汚れた雪を覆っていた。レノはちらつく雪のなかを歩きつづけた。ひとけのない歩道の上で、カウボーイブーツがさくさく音をたてている。そしてレノは暁の光のなかに姿を消した。

19

「いい加減もう忘れなさい」リアン・ロヴィッツは手に負えない娘のわきに立ち、いらだちをあらわにして言った。「そんなふうにふさぎこんで、何週間が経《た》ったと思ってるの？見ているこっちのほうが気が滅入《めい》るわ。わたしはね、家のなかが暗くなるのはいやなの。それはあなたも知ってるでしょう。それに、新しい学期は先週始まったのよ。ようやく家の外に出て学校に向かうかと思えば、すぐに引きかえしてベッドに潜りこむなんて。とにかくしゃんとしなさい」

ジリーは顔を上げた。新鮮な空気を吸おうと重い体を引きずるようにして庭に出てきたのはつい先ほどのこと。ハート形プールのわきにあるデッキチェアに横になっているものの、日光浴をする気はとくになく、ゆったりとしたジーンズにだぶだぶのTシャツで体を覆い、その上、サングラスをかけて外の世界を遮断していた。新鮮な空気といっても、ロサンゼルスの空気はさほど新鮮ではない。プールサイドに横になるなりまず漂ってきたのはスモッグのにおいで、つぎにここ数日間、近隣の住人を悩ませている山火事のにおいが鼻をつく。不安をともなう、ぬぐいきれない記憶のように、そのにおいはいつまでも鼻のまわりにまとわりついていた。

　母親のリアンは言うまでもなく、大胆に肌を露出したビキニ姿だった。普通の人ならよほどの勇気や自信がないと身につけられない派手なビキニは、黄金色に日焼けした彫像のような彼女の体にぴったり合っている。ジリーはかすかに頭を傾け、母親の姿をあらためて観察した。リアンが実際に何歳なのかは、正直なところ見当もつかなかった。嘘《うそ》をつくのが癖のようになっているリアンは、たぶん自分の年など忘れてしまっているのだろう。世界でも指折りの形成外科医のおかげで、彼女の美貌《びぼう》は完璧《かんぺき》に保たれている。

「いい加減忘れなさいって、なにをよ」ジリーは感情の欠けた声で聞きかえした。「わたしはいつものわたしよ。今回の学期は休もうかと考えていたの。メソポタミアの考古学を熱心に研究する気分になれなくて」

　リアンは大げさに肩をすくめた。「たしかにそんなものを研究する人の気持ちは理解できないわね。もちろん、家にいるのはかまわないわ。だけど、それならそれでもっと明るくふるまってよ」

「どうして？」

「どうしてって、わたしはいつも幸せそうにしている人たちに囲まれていたいの。わたしはね、周囲にいる人の気分に敏感に反応してしまうの。毎日むっつり不幸せそうな顔をされたら、こっちだって気が重くなるわ」リアンはそう言って手にしたペリエをすすった。「ジリー、ちょっとはまわりに気をつかってくれないと。わたしの性格はあなたも承知してるでしょ」

「ええ、充分に承知してるわ」ジリーは気のない返事をした。

「薬でものんだらどう？」リアンはわきにあるデッキチェアに腰を下ろした。身長百六十センチの母親は完璧なプロポーションをしている。一方の自分は十二歳のころからぐんぐん背が伸びはじめ、やがて母親を見下ろすくらいまで成長したのだけれど、以来、彼女のわきにいるだけで自分が巨人のように思えて仕方なかった。「精神安定剤とか、抗鬱剤《こううつざい》とか、いろいろあるでしょう。メデリン先生に頼んですぐに処方してもらうわ」母親は完璧な鼻のまわりにしわを寄せた。たぶん、美しい顔のなかでいじっていないのはそのあたりくらいだろう。「それからダイエット用の薬もね。効果てきめんって評判なの」

「わたしは太ってないわ」とジリーはすかさず答えたものの、そんなことを言われても怒りもわいてこなかった。

「いくらお金があってもまだ欲しいと思うように、いくら脂肪を減らしてもまだ減らしたいと思うのが普通よ」リアンは娘の言葉を受け流して続けた。「四号サイズの服を着てみたいと思わない？」

「わたしの身長は百八十近くあるのよ。やせすぎてかかしのように見えるのはごめんだわ」けれども考えてみれば、それも悪くない考えだった。どうせ最近は、夜にベン&ジェリーのアイスを食べるくらいの食欲しかない。いっそのことなにも食べずにいれば、そのうち骨と皮だけのやせぎすの女になるに違いない。もちろん、そんな姿になったら彼はきっと残念に思うだろうけれど。

といっても、べつにあの男のことを思い浮かべているわけではなかった。いったい誰を指して〝彼〟と言っているのかは、正直なところ自分にもわからない。ただただ疲労感に圧倒されて、まともに思考することもできなかった。その上、今日の母親はいつになく口うるさくなって、余計なおせっかいを焼きはじめている。

「でも、もうちょっとやせたほうが服だって似合うのに」

「服についてなにか言えるの？　服なんてろくに着ていないくせに」ジリーはつぶやくように言った。

母親は娘の言葉に傷ついたように一瞬黙ったが、相手に好き勝手なことを言わせたまま折れる性格ではなかった。「あなたはサマーと長い時間を過ごしすぎたようね。サマーは昔から感情を表現するのが苦手なタイプだったわ。その証拠に、日本から戻って以来、あなたまでいつも不幸せそうな顔をして。そもそもどうして日本になんて行きたがったの？　サマーが結婚してあの国に移り住んだのはまだ納得できるにしても、聡明《そうめい》なあなたがいったいどうして？　もっと分別のある子かと思っていたわ」

「サマーは美術史で博士号を取ったのよ。この家族で明晰《めいせき》な頭脳に恵まれたのはなにもわたしだけじゃないわ」

「たしかにそうね。でも、サマーはほかの人たちと同じだけの時間を費やして、ようやく博士号を取ったのよ。それに第一志望だったハーヴァードには入れなくて、結局スタンフォードで我慢しなくちゃならなかった」

ジリーは言いかえそうと開きかけた口をふたたび閉じた。いまは不毛な議論をするエネルギーもない。

「とにかく、メデリン先生のところに予約を入れるわ。それからわたしがお世話になってる栄養士、占星術師、それからエステティシャンにもね」

ジリーはなにも答えなかった。浜辺に打ちよせる波のような母親の助言は留《とど》まるところを知らない。無視してだんまりを決めこんでいれば、そのうち業を煮やして、引き潮のようにどこかに行ってしまうだろう。

けれども今日の母親は違った。相変わらず隣にあるデッキチェアに腰を下ろし、こちらの顔をじっと見つめている。「サマーから聞いたわ。あなた、恋をしたんですって?」

「そんなこと言うなんて、サマーはどうかしてるわ。きっと妊娠中でホルモンのバランスが悪いのよ」

リアンは肩をすくめた。「思いださせないで。この年でおばあさんになるのはごめんないつもなら簡単に話をそらすことができるのだけれど、今日は言葉を発するのもおっくうだった。普段の母親なら相手のことになど興味も示さず、自分の問題ばかりべらべらしゃべりつづけるのに。どうやらこの場から去るほか手はなさそうだった。

「ちょっと外に出てくる」ジリーはそう言うと、デッキチェアを押すようにして立ちあがった。

母親はぱっと表情を輝かせた。「そうよ、そうこなくちゃ。街に出れば気分も変わるわ。ショッピングにでも行くの？」

「ええ」

「どこ？　わたしもいっしょに行こうかしら」

「リトル・トーキョー」

母親はがらりと表情を一転させ、顔をしかめた。「正直言って、日本人はわたしの人生において問題の種でしかないの。サマーの子守り役だった日本人は、わたしの子育ての仕方にいちいち文句をつけて。数年前にひどい目にあわされたカルト教団のリーダーも日本人だったわ。あげくにサマーはドラキュラのように冷たい心を持つ日本人のハーフと結婚して、東京から戻ったあなたは、まるで飼い犬を誰かに食べられてしまったみたいに四六時中ふさぎこんでるじゃない。日本人は犬も食べるって噂《うわさ》よ」

「ねえ、それよりいっしょにフランスに行かない？　パリでショッピング三昧《ざんまい》というのはどう？」

「いやよ、そんなの」

「だったらどうしてリトル・トーキョーなんか行くの？　憂鬱でふさぎこんでいるっていうのに、わざわざダウンタウンに足を運ぶなんて。そんなところに行ってもいい気分転換にはならないわよ。ビヴァリーヒルズではけっして手に入らなくて、そこに行かなきゃないものなんてないでしょうに」

　これ以上母親の相手をするのは限界だった。「ハローキティのバイブレーターを買いに行くの」とジリーは言った。

　リアンは悲鳴のような声をあげた。いまの言葉をあたかも聞かなかったかのように、両耳をふさいで大声で歌いはじめても無理はない。抜群のプロポーションを誇らしげにさらしているわりには、母親はその手の話題を恥ずかしがり、とくに娘たちのセックスライフに関しては知りたくもないようだった。あるいはそんな話題を口にするようになった娘たちの成長ぶりを目の当たりにすると、余計に自分が確実に年を取っていることを再認識してしまうのかもしれない。もちろんジリーはこの先、一生セックスとは無縁の人生を送ろうと思っていたけれど。

「冗談よ。ちょっと食料品店に行くだけ」

「どうしてまた？　うちにはコックがいるじゃない」

「たこが食べたいの」

母親を黙らせるにはそれで充分だった。ジリーは背中に母親の視線を感じながらガレージに向かったが、一度もうしろを振りかえらなかった。南カリフォルニアのまぶしい日の光を浴びていても、心や体は氷のように冷たい。けれどもいまは誰にもこの氷の壁をやぶらせるつもりはなかった。

車を運転して街に出かけるのはたしかにいい気分転換になって、余計なことを考えずにすんだけれど、リトル・トーキョーに到着するなり自分が大きな間違いを犯したことに気づいた。どこを見渡しても、炎のように赤い髪や、血の涙の入れ墨は目に入ってこなかった。街角に目をやっても、革製の服に身を包んだ背の高い男がいるわけでもない。この場所には自分が求めているものはなにひとつなかった。

ジリーはサマーのお気に入りのレストランを見つけ、親子丼《どん》と味噌《みそ》汁を注文した。母親の言い分もある意味で筋が通っている。いい加減この状態を抜けだし、自分を取り戻す必要があった。自分の殻に閉じこもってふさぎこんでいても、物事はけっしていい方向には向かわない。現に、ベン&ジェリーのアイスだってなんの助けにもなっていなかった。

食事を終えてレストランを出たジリーは、オータニ・ホテルやゼン・ガーデンの前を通りすぎたが、この界隈《かいわい》をふらふらしていても東京にいる気分にはならなかった。ここにはあの街独特のざわめきや活気がない。言うまでもなくレノの姿もなかった。

いったいわたしはなにを探しているのだろう。もういい加減、前に進む必要がある。過去のあれこれは忘れ、苦い経験を乗りこえて、学校に戻って新しい人生を送る必要がある。

ジリーは当時のものを再現したという火の見やぐらのレプリカを見上げた。サマーとはよくリトル・トーキョーに来て遊んだものだけれど、いまでは目にするなにもかもが違って見える。将来、たくさんの時が過ぎたらもう一度日本に行って、東京以外の街も訪れ、いろいろなものを見てまわる必要があるだろう。今回の旅で強く記憶に残っているのは、街のざわめき、ネオンの光、血、そしてセックスだけだった。

当然、それ以外にも日本には体験すべきものがいろいろある。その気になれば、禅のような静けさにも触れられるはずだった。

いつのまにかあたりは暗くなり、夕方のラッシュアワーの時間になっていた。たぶん、家に帰るには相当時間がかかるだろう。ジリーは人でごった返す交差点に立ち、信号が青に変わるのを待った。背後から誰かに強く押されたのはそのときだった。ジリーは完全にバランスを失い、車の行き交う車道へと倒れこんだ。

叫び声があがるなか、いくつものヘッドライトが目の前を通りすぎ、急ブレーキを踏む音やクラクションが鳴る音が響きわたった。大急ぎで立ちあがろうとしていると、誰かが手を伸ばしてきて、歩道へと引きずり戻してくれた。ひょっとしてレノかもしれないと、期待まじりにジリーは顔を上げた。

「ぼうっとしていないで気をつけないと」と疲れた顔をした男が言った。「もう少しで命を落とすところだった」

「ありがとう」ジリーはなかば反射的に答え、立ちあがった。信号は青に変わり、歩行者たちは交差点を渡りはじめている。いったい何事かと、好奇心でこちらに視線をよこす者も何人かいた。ジリーは人の流れに従い、駐車場に向かった。両手や両膝は倒れたときに路面についてすり傷ができている。

たったいま起きたできごとに対する反応が出はじめたのは車に戻ってからだった。運転席にもたれたジリーは震えが止まらず、目を閉じて、何度も深呼吸をくりかえした。

背中から強く押されたような感覚はいまでも残っていた。でも、あの人ごみのなかでそんなことがあり得るだろうか。いわゆる外傷性ストレス障害《PTSD》で被害妄想を抱いているのかもしれないし、もしかしたら無意識のうちに自分で道路に飛びだした可能性も否定できない。

いや、間違ってもそれはない。レノとの一件はもう過去のものとして完全に整理をつけているし、傷心したくらいで道路にふらりと飛びだすような哀れな女でもない。わたしはもう新しい人生を歩みはじめているのだ。

ジリーは夕暮れの通りに出て、ハリウッドヒルズへと向かった。もしかしたら母親の言うとおりなのかもしれない。いまの自分に必要なのはパリのような場所。パリならあちこちに目を走らせてレノの姿を捜したり、ひょっとしたらレノがひそかに見ているかもしれないと、その視線を想像したりすることもないだろう。

ジリーは頬を伝う涙をぬぐいながらスピードを上げた。なにか問題があったからといって泣くのは自分らしくなかった。どんな状況でもつねに冷静で、けっして動じることなく、事実を事実として受け入れるのが本来の自分なのに。周囲に甘やかされて育った人間を母親に持てば、家族の誰かが大人の役割を引き受けてしっかりしなければならない。サマーがいない状況では、その役割はおのずと自分が引き受けなければならなかった。

パリなんてどうかという母親の提案は、その場で思いついた冗談の可能性がある。それならそれでピーターやジュヌヴィエーヴに会いにイギリスに行くという手もある。ウィルトシャーの田舎は心を癒《いや》すのにはうってつけの場所だった。たいへんな経験をした姉のサマーだってあそこで心の平静を取り戻したのだし、自分だって同じように人生に折りあいをつけられるかもしれない。

けれども、姉の場合はハッピーエンディングだった。最後にはタカシが彼女を迎えに来て、ふたりはその後の幸福をつかみとった。でも、わたしの場合は違う。レノがわたしを追って現れるわけがないのだし、ハッピーエンディングなど待ち受けているはずがない。

そのトラックはどこからともなく飛びだしてきた。そして自分が運転する小型のホンダに激突し、道路の端へ、陸橋の端へと押しやった。反射的に急ブレーキを踏み、なんとかハンドルでコントロールしようとしたが、車自体はもう制御不能だった。ああ、無事にアメリカに戻ったと思えば事故にあって命を落とすなんて。わたしは高架道路から下を走るハイウェイに落下し、炎上する車のなかで人生を終えるんだわ……。その瞬間だった。突然エアバッグが膨らみ、横滑りしていた車は道路の側壁にぶつかって停止した。そしてすべてが漆黒の闇《やみ》に包まれ、ジリーはその場で意識を失った。

レノにとって、その決断は深く考慮するまでもないことだった。組自体の解体やアジト爆破の後始末には相当の労力と時間がかかる。タカシとふたりでロサンゼルスに飛ぶのは不可能だった。だいいちタカシの妻は妊娠している。義理の妹の身の安全を確保するのは家族の名誉を問われる問題だった。いま動ける人間は自分しかいない。

もちろん、ジリーに会えることをうれしいとは思っていなかった。ジリー・ロヴィッツとの苦い思い出が消えるには時間と距離が必要だが、たとえ時間と距離を置いてもひと筋縄ではいかなさそうだった。

実際、ジリーの存在は振り払っても振り払っても頭の片隅にあった。過度のストレスをセックスで発散させるため、何度か昔つきあった相手に会いに行ったこともあったが、結局はなにもせず、ひとりで家に帰ってきた。ジリーの姿はつねにまぶたの裏にあった。ジリーの感触は、この体が忘れずに覚えていた。

今回ロサンゼルスに向かうのも、過剰に反応しすぎなのではないかという疑念もあった。たとえ誰かが生き残ったとしても、どうしてジリーを狙《ねら》う必要があるだろう。標的になるのはタカシか自分であるはずなのに。タカシが得た情報はきっとなにかの間違いだろう。たとえそれがピーター・マドセンからじかに得たものだとしても。

ピーターの情報筋によれば、現在誰かがロヴィッツ邸を見張っていて、ジリーが外出した際も彼女のあとをつけていったという。ただ、その者が誰であれ、彼女の父親を狙っているという可能性もある。ジリーの父親は金融取引を専門にしているらしいが、投資家であるラルフ・ロヴィッツが行う取引は必ずしも合法とは言えず、結局は中世の追いはぎ貴族のような存在であるらしい。それとも、標的にされているのはあの能天気な母親のほうだろうか。数年前、カルト教団に洗脳されて自分の娘たちの命を危険にさらしたという過去もある。そんなロヴィッツ夫妻には、何人敵がいてもおかしくない。だが実際に狙われているのがジリーだとすれば、その理由はなんなのだろう。今回の問題に関しても、ジリーは運悪くその場に居合わせただけであって、組員は祖父をふくめてみんな死に、組自体もすでに解体している。あるいは未練のある昔のボーイフレンドがまた現れたのかもしれないが、ジリーにそんなボーイフレンドはいないはずだった。それほどの経験がないのは、たった一度のキスでわかる。

疑問はほかにもあった。なぜジリーはハリウッドヒルズの家にこもったまま、外に出ようとしないのだろう。すでに学校も始まったことだし、新たな人生を送りはじめてもおかしくないというのに。彼女は過去を引きずってふさぎこむような性格ではないはずだった。こちらが求めに応じられないことははっきりさせてあるし、それについてジリーはなにを言うでもなくアメリカに戻った。ジリー・ロヴィッツはきわめて現実的な女性だった。自分のことなんてとっくに忘れて、新しい人生を歩みはじめているに違いない。いまだに彼女のことを頭から振り払えずにいる自分と違って。

とはいえ、こちらとしてもその事実を重大な問題として深刻に考えているわけではなかった。彼女がやっかいな存在であることは最初からわかっていたし、一定の距離を保つようつねに気を配ってきた。たしかにその決意は何度か揺らぎ、彼女を相手に多少の快楽を味わったが、だからといってなんだというのだろう。すべては終わったのだ。なにもかも過去のできごととしてけりはついている。

しかし、もし誰かがまだジリーのあとをつけ狙っているとしたら？　いずれにしろ、彼女に危険が迫っていないか確認する必要はある。あの惨状を生きのび、その上ジリーを殺したいと思っている者などいないだろうが、実際にこの目で確かめるまでは安心できなかった。

太平洋を渡る飛行機のなかでは、神経の高ぶった猫のようにほとんど眠れなかった。ほかのファーストクラスの乗客は、炎のような赤い髪に血の涙の入れ墨というパンク青年とはいっしょの空間を共有したくないようだったが、アテンダントに文句を言うだけの勇気はないようだった。レノは睡眠をとりたいときにはベッドのようにもなるファーストクラス専用の座席に腰を埋《うず》め、きっと無駄な旅になると自分に言いきかせた。ここ二週間――組のアジトが焼けおち、祖父が死んでからは、ろくに睡眠をとっていない。飛行機に乗ったところで熟睡ができるはずもなかった。とにかくジリーの無事を確認したらその足で日本に戻ろう。彼女にも自分がロサンゼルスに来たことを知らせる必要はない。

多角的な投資を行っていた祖父は、南カリフォルニアに多くの不動産を所有していて、泊まるところには困らなかった。超一流ホテル、コンドミニアム、高級住宅街にある邸宅と、選択肢はそれこそいろいろあったが、結局レノは空港のホテルにチェックインし、セダン型の平凡な車をレンタルした。ここロサンゼルスでは祖父の口利きで警察が暗黙のうちに守ってくれるわけではない。派手すぎる格好はなんとか抑え、周囲に溶けこむ必要があった。

日本から着てきた黒いスーツは一見地味に見えるものの、よく見れば千ドルはくだらない上等のシルクのスーツだとわかる。レノはスイートルームの浴室に向かい、鏡に映る自分の姿を長いあいだ見つめた。

「ジリー、きみのためだぞ」とつぶやいたレノは、はさみを手に取り、腰まで届く赤い髪をばさりと切って、大理石の床に落とした。

部屋を出る準備が整うころにはレノは消え、ヒロマサ・シノダが取って代わっていた。血の涙の入れ墨も、レンズの色の濃いありふれたサングラスで隠してある。ファンデーションかコンシーラーでも塗って目立たないようにしようかとも考えたが、そこまでするのはちょっと抵抗があった。サングラスをしているかぎり、ほかの者にこの入れ墨は見えない。それに、昼間でも夜でもサングラスをかけているのは、南カリフォルニアでは珍しくなかった。

レノは新たに黒く染めた髪を首のあたりで縛った。たとえジリーが目にしても、けっして俺《おれ》だと気づかないだろう。これで安心して、いったいなにが起きているのか探ることができる。

部屋をあとにしようとした瞬間、マナーモードにしてある携帯電話が振動した。レノはポケットから電話を取りだし、画面を見つめ、こみあげる怒りに声を荒らげた。

20

体のあちこちに痛みがあった。ジリーは目を開けたくなかった。まぶしすぎる明かりの下、狭いベッドの上に寝かされているらしい。たとえ目を開けなくても、どこにいるのかはわかった。独特のにおいや音からして、病院であることは間違いない。わたしはここで死ぬのかしら。そんなことをぼんやり考えても、とくに悲しいとは思わなかった。激痛に苦しんで死ぬのならべつだけれど、そうでなければ不安といった不安もない。この数週間、数々の窮地に立たされても九死に一生を得てきたけれど、今回ばかりはそうもいかないのかもしれない。なんらかの感情がわき起こっても不思議ではないのに、いまは呼吸をくりかえすので精いっぱいだった。

「ああ、ジリー！」

やれやれ、母さんだわ。ジリーは片目をそっと開けて母親を見た。

母親のリアンはいつものように美しく、デザイナーズブランドのイブニングドレスにダイヤモンドのアクセサリーをつけている。

「ママ」と口を開いたものの、その声はすっかりしわがれていた。「病院に面会に来るのにドレスアップしなくても」

母親はわっと泣き崩れた。といっても、彼女の場合は化粧が崩れるという心配があるので、けっして涙は流さない。それでもその表情からは本気で案じていることが伝わってきた。

「わたしはだいじょうぶよ」と返事をしたものの、ほんとうにだいじょうぶなのかは自分でもわからなかった。

「〝ママ〟なんてここ最近言ったことがないあなたが」母親は泣きじゃくりながら言った。

「心配しないで。たぶん、薬がきいてるのよ」

「もちろん痛み止めの薬からなにから全部打ったわ。あなたは車の事故にあったのよ！」

「それは覚えてる」ジリーはそっけなく言った。「いったい誰がぶつかってきたの？」

「あなたの車にぶつかった車はすぐにその場からいなくなったわ。いわゆる当て逃げというやつね。まわりに人がいて、警察と救急車を呼んでくれたのが不幸中の幸いよ。あなたの車はもう少しで高架下のハイウェイに落ちるところだったの」

　ジリーは体を起こそうとしたが、頭がぐるぐる回りはじめ、ふたたび横になった。「当て逃げね」とジリーはリアンの言葉をくりかえした。対向車線から来る車にぶつかったのならまだ納得ができる。けれども交差点で背中を押されてから三十分も経《た》たないうちに事故にあうのは、けっして偶然とは思えなかった。

でもロサンゼルスに戻ったわたしを誰が狙《ねら》っているというのだろう。悪い人たちはみんな死んだはずじゃないの。

「家に帰りたいわ」ジリーはしばらくして言った。

「もちろん連れて帰るわ。でも、退院は明日よ。病院の人たちに、ひと晩だけ様子を見たいと言われているの。それに、わたしも今夜は絶対に欠席できないチャリティーの催しがあるのよ。明日のほうがなにかと都合がいいわ」

母さんにとってはね。ジリーは心のなかでつぶやき、急に自分がないがしろにされているような気分になった。「いったいわたしはどこが悪いの?」

けれども母親はすでに椅子から立ちあがり、病室から出ようとしていた。「詳しいことはお医者様から聞いて。首をひねって、あちこちをぶつけたらしいわ。病院の人たちは念のため今夜は入院させて様子を見たいって」

「そう」ジリーはぼやくように言った。「車の事故にあったというのにたいした怪我《けが》はないって、ほんとなの? いまも片目しか開けられない状態なのに」

「腫《は》れが引いたらもう一方の目も開くようになるわよ。しばらくしたら個室に移してくれるそうだから、今夜はゆっくり休んで。明日の朝、運転手のジェンキンスを迎えによこすわ」

ジリーはふたたび目を閉じた。どんな薬を打たれたにしろ、意識はまだもうろうとしている。いまはただ眠っていたかった。「おやすみ、母さん」とジリーは言った。

両目を閉じていても、母親がためらっている様子は感じとれた。「ジリー、もしあなたがそうしてほしいなら……」

ジリーは再度目を開け、いましがた耳にした言葉が聞こえなかったふりをした。「なにか言った？」

母親は整形でふっくらさせた唇を噛《か》んだ。「もしあなたがそうしてほしいなら、明日の朝、わたしが迎えに来てもいいのよ。今夜だって、ひとりがいやなら予定をキャンセルしてもかまわないんだし」

「そんな必要ないわ」ジリーがそう言って目を閉じると、母親はやがて病室をあとにした。

それにしてもよほどの薬を使われたに違いない。閉じた目から涙がにじみでて、枕《まくら》を濡《ぬ》らした。母親に関してはもう十二歳のころからなにも期待していない。けれどもとくにここ最近、やけに感傷的になっているのは事実だった。大量の薬はなけなしの自制心も麻《ま》痺《ひ》させているらしい。

サマーがここにいないのも幸いだった。ほんとうにレノとはなにもなかったのよ、と何度も説明したけれど、実際のところを知ったらその日の便に乗ってカリフォルニアに飛んでくるに違いない。わたしのことは姉のサマーがいちばんよく知っている。大好きな姉の胸に顔を埋《うず》めて泣きじゃくりたかったが、そんなことをすればサマーの疑念を確信に変えるだけだった。それに、わたしはレノを思って泣いているわけではない。ただ、泣きたいだけだった。

狭いベッドの上で寝返りを打とうとしたところで、はじめて自分の腕になにかついていることに気づいた。点滴用の針と血圧計のバンド。よく見ると、指先にもなにかがはさまっている。事故にあった哀れな患者の痛みを少しでも抑えようと、病院側もいろいろ対処しているのだろう。あと少しでも薬の量が増えれば、いつ気を失ってもおかしくなかった。

今夜だけ、すべてを忘れてしまおう、とジリーは思った。不安や痛みには明日向きあえばいい。退院後の気分転換に母親がなにを考えているのか想像もつかなかった。たぶん、どこか遠いところに連れていこうとするかもしれない。住み慣れた南カリフォルニアから離れた遠いところに。

でも、明日は迎えが来る前にここから逃げだすつもりだった。今回は戻りたいと思うまで実家に戻るつもりはない。

わたしが行方不明になったらレノはどう思うだろう。といっても、いまはレノがどこにいるのかもわからなかった。こんなふうに憂鬱《ゆううつ》でみじめな思いを抱いているのもレノとは関係ないのだし、わたしがいなくなったことを誰かがレノに伝えるはずもない。姉にはなにもなかったとなんとか納得させているし、たとえタカシは気づいているにしても、ふたりはもう大人なのだからと見て見ぬふりをしているに違いなかった。

そうよ、明日になったらできるだけ遠くに逃げて、すべてに折りあいをつけ、心の平静が得られるまで家には戻るつもりはない。

たとえそんな心境に到達するのに十年、あるいは二十年かかったとしても。

それまではぐっすり眠ろう。誰かが来てもう少し薬を増やしてくれたら、すとんと眠りに落ちられるのだけれど……。


レノはなんとしても医師の白衣や名札を盗むつもりでいたが、その行為は思った以上に簡単だった。誰でも容易にわかるように表示されたロッカー室には誰もおらず、いちいちロッカーに鍵《かぎ》をかける者もいないようだった。腹いせがてら誰かを殴ってでも盗むつもりでいたのであいにくだったが、きっと今夜、人生は自分の味方をしてくれているのだろう。見つけた白衣にはドクター・ヤマダという名札がついている。完璧《かんぺき》だ。レノは聴診器をひっつかみ、真夜中の病院内を歩きはじめた。

すれ違っても振りかえる者もいない。たまたま度数の弱い眼鏡を見つけ、頬骨の涙のタトゥーを目立たないようにするため、それもかけた。少々頭がくらくらするが、それは仕方ない。ドクター・ヤマダに扮《ふん》したレノは誰かの注意を引くこともなく廊下を歩きつづけた。

ようやく彼女の病室を見つけたのは、一時間ほど経ってからだった。ジリーの個室は薄暗い廊下の奥にあったが、夜勤のスタッフもなんの疑問も抱くことなく、レノはすっと病室に入って背後でドアを閉めた。

ひょっとして来るのが遅すぎたのではないか、それだけが心配だった。彼女を殺そうとしている人間が誰であるにしろ、もうこの病室を訪れて仕事を終えているかもしれない。しかし彼女の姿を見るなり、レノは安堵《あんど》のため息をもらした。

ジリーの姿は痛々しかった。頬骨のあたりには何箇所も縫ったあとがあり、白い肌には無数のあざができている。片方の目は腫れあがっていて、あれでは目を開けることもできないだろう。病院のベッドに横たわるジリーは、いつになく小さく見えた。

レノは椅子を手に取り、ドアの取っ手に引っかけた。突然誰かがやってきても、こうしておけば充分な時間が稼げる。ベルトにはさんであった銃を取り、テーブルに置いて、あらためてジリーの姿を見つめた。

片方の目がまばたきと共に開き、こちらを見上げている。だいぶ薬がきいているらしく、その顔もどこかぼんやりとしていた。「誰？」

レノは見かけを変えたのをすっかり忘れていた。「きみの担当医師だよ」と言い、手術用のマスクでもはめてくれればよかったと後悔した。

するとジリーはまるで夢を見ているようににっこりと顔をほころばせた。「あなたはレノね」とうれしそうにつぶやいた。「きっと来てくれると思ってた」

ジリーはなにもわかっていない。それは彼女の動きやろれつのまわらない口調からも判断できた。たとえ明日の朝に思いだしても、きっとモルヒネのせいで夢でも見たんだろうと思うに違いない。レノは衝動や誘惑に身をまかせ、普段だったら絶対にしない行動に出た。

「きみは夢を見てるんだ」レノは穏やかな声で言って、靴を脱いだ。「俺《おれ》はまぼろしにすぎない。朝には俺が来たことなんて覚えてもいないよ」

ジリーは今回ばかりは反論しなかった。あるいは最初からこうすべきだったのかもしれない。日本で逃げまわっているあいだも、薬の力を借りておとなしくさせておくべきだったのかもしれない。するとあざだらけの顔にぽろぽろ涙が伝うのが見えた。

「どこか痛いのかい？」病室に来る前にカルテを確認しておくべきだったが、不審なまねをして危険を冒したくはなかった。

「たいした怪我じゃないわ」ジリーは不満げに言った。「首をひねって、ねんざして、あざができたくらいよ。傷ついているのはここ」と心臓のあたりに手を添えた。

「心臓？」レノは一瞬背筋がぞっとする思いがした。「外傷だけじゃなく、内臓の器官も……」

「心が傷ついてるってことよ」ジリーは哀れを誘う小さな声で言った。涙は相変わらず頬を伝っている。

薬のせいでそんなことを言っているのはわかっているが、レノはあたかも自分の心臓がねじれるかのように、ジリーの胸の内の痛みを感じた。個室の広いベッドに横たわっているジリーは、まるで縮んでしまったように小さく見える。レノは彼女のかたわらに横たわり、あざのある部分に注意しながらその体をそっと腕のなかに引きよせた。

その瞬間ジリーの口からかすれた声がもれたので、一瞬どこか痛むのかと心配したが、やがて彼女は自分のほうから体に寄りそい、肩に顔を埋めて泣きはじめた。「会いたかった」ジリーは唇を肩に押しつけながらくぐもった声でつぶやいた。

「わかってる」レノはそっとジリーの体を抱きしめ、そのか弱さを感じた。高架道路から下に落ちていたらいったいどうなっていたか。そんなことは想像したくもない。身勝手な自分の人生のなかでも大切に思っていた祖父を失い、今度は彼女まで失っていたかもしれないなんて……。

とはいえ、そもそも彼女は自分のものではない。その事実は考えるつもりはなかった。いまは彼女が泣いているあいだ、ただその体を抱きしめてやりたい。彼女が眠っているあいだ、できるだけそばにいて寄りそっていてやりたい。

そして退院してジリーが家に戻ったら、彼女にこんな仕打ちをした人間を殺すつもりだった。

レノは彼女に言った言葉をふと思いだした。もし恋に落ちる危険を感じたら、自分は熱が冷めるまでじっとして時が過ぎ去るのを待つと。ただ今回に関しては、そうするのが遅すぎたらしい。ジリーはほかの女性が呼び覚ませなかった感情を呼び覚まし、自分という存在を構成するすべてを粉々にした。生まれ変わった自分がいま求めるのはジリーだけだった。いまはただこうして彼女を抱きしめ、面倒を見ていたかった。

まさか自分が女ひとりを相手にこんな腑抜《ふぬ》けになるなんて。しかし、こんな思いも一時の過ちとしていずれなくなるのは確実だった。鋼鉄の心を取り戻す力は充分に持っている。自分の人生にけっしてそぐわない相手から身を引く心構えはできていた。

そう、いまの自分に残された仕事は彼女の身の安全を確認することだけ。

今夜はこうしてジリーを腕に抱き、髪をなでながら、額に口づけをするだけで充分だった。

「きのうの夜、わたしに与えてくれた薬が欲しいんだけど」ジリーは明るい声で言った。

運転手のジェンキンスが持ってきた服に身を包んだジリーは、車椅子に腰を埋め、病院をあとにするところだった。熱心な見習い医師《インターン》が退院の書類に必要な情報を書きこんでいる。

「薬？」と彼女は聞きかえした。「まだどこかに痛みが？」

「べつにそういうわけじゃないけど。あの薬のおかげでとってもすてきな夢を見られたものだから」その効果はいまも続いているようだった。レノに抱きしめられた感覚はまだ残っている。レノの大好きなアーモンドの香りの石鹸《せっけん》や、その鼓動すら体に染みつくように名残を留《とど》めている。ここ数週間で、こんな幸せな気持ちになったのははじめてだった。もしそれが薬の効果なら、この場でもらえるだけもらいたかった。

「申し訳ありませんが、夢についてはわたしたちはなにもできません。痛み止めの薬なら処方できますが」

「べつにかまわないわ」ジリーはあきらめたように言った。「まあ、つぎに見る夢は悪夢に決まってるけど。じゃあ、もうこれで行ってもかまわないのね、ドクター……」相手は若い女性であるのに、どういうわけかジリーは〝ドクター・ヤマダ〟と言いそうになった。見るからに北欧系である彼女に、そんな名前は似つかわしくない。ジリーは名札を確認した。「では、ドクター・スエンセン」

「ここ数日は安静にしていてちょうだいね。あなたはたいへんな事故にあったの。頭部に異常がなかっただけでも幸いなのよ」

ジリーは納得がいかなかった。昨夜の幻覚はあまりに現実味を帯びている。とにかくいまは病院をあとにして、ハリウッドヒルズにある門つきの安全な家に戻りたかった。もし運命がまた同じ夢を見させてくれるなら、あるいはきのうの夜以上に性的な要素をふくむ夢を見させてくれるなら、こんなにありがたいことはない。

　ジェンキンスにリムジンの後部座席に乗せてもらいながら、ジリーはふと空を見上げた。体のあちこちにはいまだに痛みが残っている。たいした怪我はなかったとはいえ、気分は最悪だった。一方の目の腫れが治まらず、片目でしか見られないということもある。看護師が着替えを手伝ってくれたあと、一瞬鏡を見たけれど、そこに映った自分の姿は身震いするほど醜かった。考えてみれば、あれが夢であってほっとしているところもある。いまの自分はほうきを逆さまに持って空から落ちた魔女のように見えた。

　それにしても空は不気味なまでに暗い。「今日は雨が降るの、ジェンキンス?」天気予報によれば、ここ数週間、あるいは数カ月雨が降らない状態が続いているらしい。

「山火事ですよ。今年はとくにひどいらしくて。雲のように見えるのは煙です。雨でも降れば少しは違うんでしょうが、予報でも雨はまだまだ先のようですね」

　ジリーはかすかな不安を覚えた。「でも、山火事が起きている場所はかなり離れているんでしょう?」

「避難する必要がある場合は前もって勧告が出るはずです」

　たいして慰めにもならない返答だけれど、実際のところ心配はしていなかった。山火事がハリウッドヒルズまでやってくる可能性はきわめて低い。たしかにときおり感じられる熱風には煙のにおいも混ざっているけれど、太平洋へと吹きおろすサンタアナの風が吹きはじめるにはまだ時期も早かった。

重々しい足どりで実家に戻るころには、すぐにでもその場に倒れこみたい気分だった。玄関ホールで待っている母親の姿を見ても、いっそう憂鬱な気分になるばかり。よく見ると、母親はアルマーニの服に身を包み、服装にぴったり合った荷物も玄関に並んでいた。

「どこかに行くの？」ジリーは内心期待しながら尋ねた。この状況で母親にあれこれ面倒を見られるのはたまったものではない。頼めばきっと大張りきりで世話役を買って出るだろうけれど、いまはひとりで静かにゆっくりと休みたかった。

「ジリー、お父さんとプラハで会う約束をすっかり忘れていたのよ。でも、わたしにいてほしかったら、いまから便をキャンセルしてもかまわないわ。退院直後にあなたをひとりにするなんて、わたしだって気が引けるもの」

じゃあ今回はキャンセルしてもらおうかしら、と頼んだら、母親はどんな反応をするだろうか。その場で思いつくかぎりの言葉を並べ、苦しい言い訳をする姿は容易に想像できる。「わたしはだいじょうぶよ。べつにひとりになるわけじゃないもの。コンスエラやジェンキンスだっているんだし」

「そう？　わたしもあなたがこの時期に家に帰ってくるとは想像していなかったものだから。学校はもう先週から始まっているし、あなたは一度だって学校を休んだことがないでしょ。コンスエラやジェンキンスには、一週間休みを取ってかまわないからと言ってしまったのよ。コンスエラはもう出かけてしまったし、ジェンキンスは奥さんといっしょに旅行する計画があるみたいで。庭師の人たちは何人かいるけれど、はたして英語を話せるかどうか」

母親は言葉の端々に人種差別的な表現を使うけれど、いまはそれについて指摘するつもりはなかった。「だいじょうぶよ、ひとりでなんだってできるわ」ジリーは居間に向かい、ソファにゆっくりと腰を下ろした。空はだいぶ煙に覆われていて、部屋のなかも昼間だというのに心なしか暗い。ジリーはソファのわきにあるランプをつけた。「ダイエットコークとテレビがあるかぎり、わたしはだいじょうぶ」

「まあ、そうね。それにこの家の警備システムは、ロサンゼルスでいちばんしっかりしているものを使っているし。その点に関しては心配はいらないわ。これまでだってなんの問題もなかったんだもの。でも念のため派遣会社に電話を入れて、週が明けたら何人か来てもらうように言ってあるから」

「わたしはだいじょうぶだって。知らない人に家のなかをうろちょろされるのはいやよ」

「わたしのためと思って我慢してちょうだい。あなたがひとりで家にいるかと思うと、ゆっくりプラハの町を楽しめないでしょ」

ジリーは喉の奥からうなり声が出そうになるのをこらえた。「わかったわよ、母さんがそのほうが安心だというなら」

母親は満面の笑みを浮かべた。「出かける前にコンスエラに食事を作っておいてもらったわ。必要ならデリバリーで好きなものを頼んで。月曜にはあなたもひとりじゃなくなるから」

「ひとりでゆっくりテレビを観《み》て、好きなだけ眠っていようと思ってたのに」

母親は相変わらず満面の笑みを浮かべている。「そうそう、もうひとつあったわ。ちょっとしたお願いごとなんだけど」

身勝手な母親の言動には慣れているけれど、さすがに我慢もそろそろ限界に達しつつあった。「なあに」ジリーはため息まじりに言った。

「じつは、『ロサンゼルス・タイムズ』紙の若い記者とインタビューをする約束があったの。ロヴィッツ財団について、いろいろ話を聞きたいっていうのよ。明日の午後に来ることになってるんだけど、あなたも暇をもてあますより、なにかすることがあったほうがいいでしょ」

「いやよ、そんなの……」

「相手は若いアジア人の青年よ。もしかしたらあなたも気に入るかもしれない。プラハから電話でもインタビューに答えることはできるけど、時差があっては時間を合わせるのが面倒で。財団についてはあなたもわたしと同じくらい詳しいんだし、東京であなたをここまでふさぎこませた男が誰にせよ、新しい人と会えば苦い思い出も忘れられるわ」

「母さんが帰ってくるまでインタビューは待てないの？　アジア人の男なんてもうこりご

りよ。それに、べつに東京でなにかあったわけじゃないわ。ただ、いまはちょっと疲れてるの」

母親は長いため息をついた。「もし会ってくれたらわたしも助かるんだけど……」

「インタビューなんていやよ」ジリーは険しい声で言った。「さあ、プラハでもどこでも行って。わたしはひとりになりたいの」

母親は子どもがすねるように唇を突きだし、不満をあらわにした。コラーゲンでふっくらさせた唇だけに、余計に目立っている。母親は裕福な男と結婚した母親は、優秀な形成外科医の手によって、実年齢の半分の若さを保っている。二十五歳年上の男がそのステータスを見せびらかすために後妻に取る女性の典型だった。彼女にとっては四番目の夫となるラルフ・ロヴィッツのことは心から愛しているようで、ジリーにとってはそれが意外だった。当然、お互い外で浮気をしている可能性はあるものの、その点に関してはどちらも目をつむっているらしく、ふたりの関係は意外なほどうまくいっていた。

「どうしてそんなにむきになるのか、わからないわ」リアンはぶつぶつとつぶやいた。

「お願いごとっていっても、たいしたことじゃないのに」

いつもは母親の味方になっているジリーも今回ばかりは無理だった。「どうしてかは自分で考えるのね」とジリーはうんざりしたように言い、目を閉じた。

母親がしばらくその場に立っている気配は感じられたけれど、頑固な性格にかけては娘にかなうはずもなかった。やがて玄関のドアが閉じ、リムジンが長いドライブウェイを進みはじめる音がした。ジリーはようやく目を開け、リモコンを手に取って、『アニマルプラネット』にチャンネルを合わせた。

弱肉強食の世界に野生動物の性の営み。ジリーはふかふかのソファに横になり、求愛のダンスをするとかげたちを眺めた。母親も、レノも、なにもかもうんざり。

いまはひとりでこうして『アニマルプラネット』を観ているだけで幸せだった。

21

山火事はどんどん広がりハリウッドヒルズにも近づいていた。エンターテインメント要素の強いニュース番組、ＫＴＬＡでもその日の天気予報を真剣に伝えていて、いつもの皮肉まじりの陽気さは影を潜めていた。ベッドから起きるころにはもうだいぶ日も高くなっていて、全身の痛みはどういうわけか悪化しているように思えた。この家に自分以外誰もいないなんて、もしかしたら生まれてはじめてかもしれない。母親はつねに誰かしら使用人がいるようにしていたし、とくに娘が家にいる場合はそうだった。けれどもわたしはもう大人なんだし、門にも鍵《かぎ》がかけられているから、セキュリティー面で心配することはなにもない。それに、いまさら誰がわたしを傷つけようとするだろう。

交差点でうしろから押した人間が誰なのかは結局わからずじまいだった。トラックごとぶつかってきて、陸橋から車ごと突き落とそうとした者も、そのまま逃走してしまった。

ジリーは一瞬身震いをした。たぶん、被害妄想なのだろう。それに、この家にいれば安心だった。セキュリティーパネルには緊急時のボタンがあって、ひそかに警察に連絡が行くことになっている。

だいたいこの期に及んでわたしに危険が及ぶ理由がどこにあるだろう。日本で起きたことはすべて片がつき、わたしを追ってくる者もいない。レノの祖父は死に、忠実な子分や裏切り者たちもあの建物の爆破でこっぱみじんとなった。わたしはただの人質だったのであり、アメリカまで追ってきて命を狙《ねら》う価値はない。ただのやっかい者だったわたしは、おそらく爆破による粉塵《ふんじん》が収まる前に、アメリカ行きの便に乗せられたに違いない。心配して飛んできた姉のサマーとは会ったし、ロサンゼルスに戻ってからも何度か電話で話をした。けれども、日本にいる者たちはわたしが存在していたことさえ忘れているだろう。

気分転換にサマーに電話してみようかと思ったけれど、結局またレノについてあれこれ質問されるのがおちだった。姉の台詞《せりふ》はいつも同じ……レノはつきあうにはふさわしくないわ。ましてや恋人になって真剣に交際するなんて。

そんなことは言われるまでもなかった。危険の香りを漂わせる男は魅力に満ちているけれど、わたしのように経験不足で頭でっかちの女にはふさわしくない。

ジリーは母親の寝室にある大理石のシャワー室を使い、熱いお湯が体を伝って流れるのにまかせた。見下ろしても自分の体はひどい状態だった。上半身はあざだらけで、とくにシートベルトをしていたあとはくっきり残っている。大事にはいたらなかった事故も、その瞬間の衝撃の強さは無数のあざが物語っている。少なくとも、この裸を見たのが担当医だけというのがせめてもの幸いだった。

それでも片目の腫《は》れはほとんど引いていて、両目で見られるようになっている。ジリーはゆったりしたカーキのジーンズとTシャツを身につけた。ほかに誰もいないことだし、ブラジャーはあえてしなかった。何人か庭師が外で薔薇《ばら》の手入れをしているものの、気をつかってつけるまでもない。

ジリーはふと、ブラジャーをしていないのを見たときのレノの反応を思いだした。レノのことはどうしても頭から離れずにいる。目に映る誰もがレノに見え、新顔のヒスパニック系の庭師にすらレノの面影を探してしまっていた。といっても、短い黒髪で庭を手入れしているレノなど想像もできない。こんなことなら病院でもっと粘って薬をもらってくればよかったわ、とジリーは思った。たとえ夢であろうとなかろうと、ほんの少しでもレノを忘れるだけでも、有効な治療になる。

母親の寝室の窓は開かなかったが、ジリーは首を伸ばし、煙に覆われた空を見上げた。いくらなんでもハリウッドヒルズまで火が迫ってくることはないだろう。それにジェンキンスが言っていたとおり、避難するような状況になれば前もって勧告が出されるはずだった。この手の事態に慣れているカリフォルニアは、住人を避難させる場合もスムーズに行える。ただ、ほとんど密閉されているようなこの家のなかでも煙のにおいが鼻を突いて、ジリーは一抹の不安を覚えた。

ジリーは裸足《はだし》で一階に下り、キッチンの冷蔵庫に直行した。ベン&ジェリーの〈チャンキー・モンキー〉があれば、そんな不安もかき消えるに違いない。フルーツにバナナ、プロテインにナッツ――ヘルシーといえばヘルシーだ。それにチョコレートをちりばめれば、完璧《かんぺき》な食事になる。ジリーは大きな冷蔵庫を開け、アイスクリームが入った容器を抱え、コンスエラの誇りと喜びである銅のカウンターに向かった。

時刻はすでに午後を回っている。ほぼ半日眠っていたことになるけれど、外は不自然なまでに暗かった。新顔の庭師は場所を移動して、今度はハワイ産の蘭《らん》の手入れをしている。ジリーはアイスクリームをひと口ずつ味わいながら、庭師の仕事を見つめた。目を半分閉じて視界をぼやけさせれば、レノのように見えなくもない。けれどもその庭師の動きには豹《ひょう》のような優雅さはなかったし、あのレノがゆったりした緑色の作業着など着るはずもなかった。だいたいトレードマークである、炎のように燃える赤い髪がない。

ジリーはカウンターを押しやるようにして立ち、食べかけのアイスを持って、映写室に向かった。ほとんどの部屋にはテレビがあり、いつもは窓のある部屋でくつろぐのが普通なのだけれど、どんよりとした空を見ていると余計に気分が滅入《めい》った。それに、あの庭師の姿を眺めていると、レノのことばかり思いだしてしまう。いまは泣ける映画でも観《み》て思う存分涙を流し、気分をすっきりさせたかった。

ジリーはアイスクリームをテーブルの上に置き、ビロードのカバーを張ったリクライニングチェアに座って、父親自慢のＤＶＤプレイヤーで映画を観ようとめぼしい作品を選びはじめた。『タイタニック』や『マグノリアの花たち』には、いま必要としているカタルシス効果があるだろう。自分はただここに座って、泣きたいだけ泣いて、たまっているストレスを発散させればいいのだ。『愛と憎しみの伝説』も悪くない。あるいはあえてアキラ・クロサワの映画を選んで、レノの喉に矢が刺さるところを想像するのもいい。『ゴーストバスターズ』か、『ギャラクシー・クエスト』という手もある。この二本立てなら完璧な治療薬になるだろう。ジリーは食べかけのアイスを手に取り、ＤＶＤの再生ボタンを押した。

たぶん、途中で寝てしまったのだろう。目が覚めるとスクリーンはまっ白で、抱えていたアイスクリームは分厚い紙の容器の底で溶けていた。気づくと、ドアの呼び鈴も鳴っている。

妙だった。警備システムが働いている正門を通らずして、玄関にたどり着くことはできない。夢遊病のように自分で歩いていって正門のドアのロックを解除したとはとうてい思えなかった。

体を起こしたジリーは、思わず溶けたアイスクリームを膝の上にこぼしそうになり、床の上に置いた。そして玄関に向かいながら、頭上の空を覆う煙霧を追い払うように、ひとつひとつ電気をつけていった。

もちろん、玄関の外にいるのが誰なのか確認もせずドアを開けはしない。ジリーはインターホンのボタンを押し、一瞬パニックにおちいった。ビデオカメラに写っているスーツ姿の若い男はレノのように見える。

「はい？」と答える声は心なしか震えた。

「ミス・ロヴィッツですか？『ロサンゼルス・タイムズ』紙のリー・ホプシンと申します。最近訪ねられた日本のことやお父様の財団についてインタビューに応じてくださると、お母様からうかがっていまして」

なんてばかなのだろう。レノがこの家に来るはずがない。カメラに写っている男はもっと若く、顔もふっくらとしている。だいたい髪の色もレノとはまったく違っていた。それにしてもあれだけいやだと言ったのに、インタビューをキャンセルしなかったなんて。

「どうやってなかに？　門には鍵がかかっているはずだけれど」あからさまに不審者扱いして失礼なのはわかっているけれど、そんなことは関係なかった。そもそもいまは記者の相手をする気分ではない。一刻も早く忘れ去りたい過去を思いださせるような相手となればなおさらだった。

「わたしが着いたとき、ちょうど庭師の方が門から出るところでして。そのまま通してもらったんです。いまはご都合が悪いでしょうか、ミス・ロヴィッツ？」

新顔の庭師には誰かがきちんと忠告しておく必要がある。見知らぬ人が突然玄関に現れるのはごめんだった。

けれども、記者はいたって普通の男性に見える。きちんとしたスーツを着て、黒い髪をうしろになでつけている姿は、革製のジャケットやズボンに身を包んだパンク青年とはまるで違う。それに一度断っても、記者という粘り強い職業柄、何度もこうして訪ねてくるだろう。

「わかったわ」ジリーはドアの鍵を解除する暗証番号を押した。「でも、十五分だけよ」

ドアを開けると、記者は自分よりも背が低かった。といっても、ほとんどの男性がそうなので、その事実にはもう慣れっこになっている。ブリーフケースを抱えた記者は、ジェンキンスに負けないくらい害のない人間に見えた。

「お話は居間で」とジリーは言って先を歩いた。「でも、興味深い話ができるかどうかは自信がないけれど。財団は父の仕事で、父はいつも環境に関することに興味を持っているんです。わたし自身は、さほど財団の事業にはかかわっていないの」正直に言って、ラルフ・ロヴィッツは環境のことになどなんの興味も持っていないけれど、環境問題に真剣に取り組む会社等には多くの税金が免除されるのを知って、けっして環境にやさしいとは言えない事業への投資と相殺しているのだった。

「最近、東京へ旅行なさったとか」

ジリーは足を止めて記者の顔を見た。「向こうに住んでいる姉を訪ねただけです。べつにこれといった目的はないの。なにかお飲みになります？　コーヒーでも」

「紅茶だとありがたい」記者の声はレノよりも高く、かすかにアクセントが聞きとれた。どこかなじみのあるような、思いだせそうで思いだせないものがあるような気がした。でも、この青年に一度も会ったことがないのは事実だった。きっとアジア人だからなじみがあるように思うのかもしれない。

「どうぞソファでくつろいで」とジリーは言った。「いま紅茶を用意します」

たんに紅茶をいれるのにこんなに時間がかかるとは想像もしていなかった。そもそもコンスエラがどこに紅茶の葉やティーポットをしまってあるのか見当もつかない。とりあえずリプトンのティーバッグとマグカップを見つけ、それで間に合わせることにした。サマーがいたらお客様に失礼だときっと非難していたに違いない。結局お湯を沸騰させるのにもなんだかんだと手こずり、ミルクや砂糖もトレイにのせるころにはだいぶ時間が経《た》っていた。おそらく、ただ紅茶をいれるのに三十分くらい待たせたに違いない。記者の男はソファに座っていて、小さなデジタル・レコーダーがテーブルの上にあった。抱えていたブリーフケースをどこに置いたのかはわからないけれど、そんなことはどうだってかまわない。でも帰る際には忘れずに言わないと、とジリーは思った。

「ごめんなさい、お待たせして」ジリーはあえてそっけない声で言った。

「いいえ。それより、会話を録音させてもらってもかまいませんか。あとで原稿を書くとき、あなたの言葉を間違えず引用できるように」

「ミスター・リー、引用するような話なんてわたしにはできませんよ」ジリーはレコーダーのわきにトレイを置き、向かいの肘かけ椅子に腰を下ろして、マグカップに手を伸ばした。するとミスター・リーも同じようにカップに手を伸ばした。

その男の手に気づいたのはそのときだった。指が二本、欠けている。ひとつは第一関節から、もうひとつは第二関節からなくなっている。ジリーは紅茶の入ったカップをテーブルに戻し、急に吐き気をもよおした。

「どうかしましたか、ミス・ロヴィッツ」

そうよ。思いだしたわ。ホプシンは往年のアメリカのテレビ番組『ボナンザ』に出てくる人物だ。西部劇の再放送で小さいころ何度も観たことがある。どうりでなじみがあると思ったわ。「いいえ、べつに」ジリーは平静を装って言った。この男はどこにブリーフケースを置いたの？「クッキーを持ってくるのを忘れたので取ってきます」

「いいえ、わたしは紅茶だけで」

「わたしが食べたいんです」ジリーが慌てて立ちあがると、向こうも急に立ちあがった。なぜか先ほどより背が高く、見た目もそんなに穏やかではないように見える。男はコートのポケットに手を突っこんでなにかを探していた。

ジリーはまだ充分に熱い紅茶を男の顔に浴びせた。必死で逃げようとする背後から男が大声で叫ぶ声が聞こえる。ジリーは追いかけてくる男の障害になれと、全力で走りながら椅子やテーブルをひっくりかえした。

けれども、そんな行為もその場しのぎにすぎなかった。キッチンで追いつかれたジリーは、そのままふたりで床に倒れこんだ。がむしゃらに手足を振りまわして抵抗を試み、カウンターの向こうに飛びこえようとするものの、またしても捕まえられる始末。男は足首をつかんで自分のほうに引き戻そうとしている。もちろん、こちらも簡単にあきらめるような性格ではない。分厚いまな板を手に取り、両手でいったん振りあげて、男の頭めがけて振りおろした。

男はそのまま床に倒れてぐったり横になっている。気絶しているだけなのか、死んでしまったのかは判断がつかなかった。頭の下からは血が広がりはじめている。ジリーはふたたび吐き気をもよおした。

とにかく男が意識を取り戻す前に、ほかの誰かがやってくる前に、この家から逃げなければならない。裸足のままだけれど、そんなことは関係なかった。大きなガレージに向かい、いちばん頑丈そうな父親の黄色いハマーを選んで乗りこんだ。

キーはドアのわきにあるラックにあった。ガレージのシャッターを開閉するリモートコントローラーもいっしょにある。轟音《ごうおん》と共にエンジンがかかり、シャッターも上がりはじめたが、全部開くまで待っている暇はない。もう充分開いたに違いないと判断してアクセルを踏むと、ハマーは屋根をこすりながら外に飛びだした。愛車を傷つけられた父親の反応は想像するまでもない。

ジリーは猛スピードでドライブウェイを進み、リモートコントローラーで門を開けようとした。ところが、どういうわけか門は動きもしない。一瞬車を停《と》め、暗証番号を再度押しても、開く気配はない。

閉じこめられたんだわ。ジリーは戦慄《せんりつ》と共にその事実を再認識した。あの男はヤクザの殺し屋だったのだろう。新顔の庭師もこの計画の一端を担っていたに違いない。視線を外にやるたびにそこに姿があった理由が、いまになってわかった。

ジリーはバックにギアを入れかえ、五、六メートルほど下がり、震える指でシートベルトをしっかり締めた。そしてギアをドライブに戻し、アクセルをいっぱいに踏みこんで、黄色いミサイルとなって門に突っこんだ。

まるで煉瓦《れんが》の壁にぶつかったような衝撃だった。ハマーのフロント部分はへこむどころの話ではなく、突然エアバッグが膨らんで、呼吸をするのも困難だった。この三日のあいだに二度もエアバッグの勢いを体験するなんて。必死に手を伸ばし、キーを抜きとって、膨らみきったバッグに穴を開けた。ふたたびエンジンをかけ、バックにギアをかえ、アクセルを踏んだ。が、結局タイヤが空転するだけで、車はその場を動こうとしない。前面にあるグリルが、壊れた門に引っかかっているのだ。

ジリーはハマーから這《は》いでるようにして降り、家のほうに向きなおった。薄暗がりの午後、庭や家に人の気配はない。風が運んでくる煙のにおいはいっそう強くなっていた。まさか火がこんなに早く広がるなんてことはないわよね。ジリーは敷地を囲む高い壁に向かった。壁の上部は電気の通ったワイヤーが張りめぐらされているのだけれど、この状況で選択の余地はない。このまま家にいたらまた誰かが来て――。

背後から忍びよってきた誰かに両腕で羽交いじめにされたのはそのときだった。足をばたつかせて振り払おうとしても力ではかなわない。つぎの瞬間には石壁に背中を強く押しつけられ、怒りの表情を浮かべた見慣れない男の顔を見つめていた。長身のその男はゆったりした緑色の作業服を着ている。黒い髪は肩まであって、頬骨には血の涙のタトゥーが彫られている。

「こんなところでなにをしてるんだ」とレノは言った。

22

ジリーはそこにいるレノの存在に疑念すら抱かなかった。「ここから逃げようとしてるのよ。キッチンで男を殴ったの。まな板でね。殺したのかどうかはわからない。でも、これ以上この家にいることはできないわ」そこまで言ってジリーは気づいた。「髪はどうしたの？」あまりの外見の違いにジリーは戸惑いを覚えた。

「ここでなにをしているのかとまず尋ねるべきだろう？」

「いいわ。あなたはここでなにをしてるの？」

「なにをしてると思う？　例によって、きみを助けに来たんだよ」

「ヤクザの殺し屋はあなたと門ですれ違って入れてもらったって言ってたわ。わたしを助けに来たあなたがそんな過ちを犯すなんて。わたしはもうあなたの助けなんていらないの」

「俺《おれ》だって好きでここにいるわけじゃない。きみの姉さんに頼まれて仕方なく来ただけだ」

互いに近づきすぎて、手を上げて頬を叩《たた》くこともできなかった。もちろん、再会を喜んで泣くつもりなんて毛頭なかった。「でも、いまさら誰がわたしを殺そうとしてるの？どうしてよ。日本を離れたらもうなにも心配することはないものとばかり思ってたわ」

「それはこっちが知りたいくらいさ。タカシが情報を得たんだ。不審な者がきみを見張っていると。そこで俺が使いによこされたってわけ。俺は裏から家の外に出る方法を探っていたんだ。あの男はそのあいだに敷地内に入ったんだろう」

「二日前、あなたは病院にいた？」

「病院って？」

やはりあれは夢だったに違いない。「どうしてヤクザがまだわたしを狙《ねら》ってるの？」

「なぜヤクザだと思う？」

「記者のふりをして家に入ってきた男は指が何本かなかったわ。工場かどこかで不運な事故にあったか、それじゃなきゃ組織犯罪にかかわるヤクザの組員としか考えられないでしょう？」

「祖父の組のメンバーはみな死んだ。ヤクザの組員だとしても、べつの組の者としか考えられない」

「どうしてべつの組のメンバーがわたしを狙うの？」

レノがときおり見せる危険に満ちた冷たい表情をジリーはすっかり忘れていた。それにしても、短く切った黒髪や緑色の作業着姿のレノは、自分が知っているレノとはまるで違う。だいたいどうしてまたわたしの前に現れたの？　せっかく癒《い》えはじめているこの心を、性懲りもなくまた傷つけようというの？

「状況を確認するあいだ、きみはどこかに隠れていてくれ。ガレージがいちばん安全だろう。それはすでにきのう確かめてある。さあ、早くガレージに。俺や警察の者以外は絶対に入れるな」

「なによ、アメリカに来てまでまた命令するつもり？」

「きみこそ、アメリカに戻ってまで憎まれ口を叩いて人を手こずらせるつもりか」レノはうんざりしたように言った。

「あなたに対してはね」ジリーはそう答えるなり思いきり膝を蹴《け》りあげたが、当然、相手のほうが動作は機敏だった。けれどもその隙《すき》にジリーは逃げだし、整然と刈られた芝生を横切って、家のほうに向かった。とにかく携帯電話を取りに行って、警察に通報するのがいちばんだろう。レノをはじめとして、ヤクザだの殺し屋だの、これ以上この手の人たちとかかわっていたら頭がへんになりそうだった。

ジリーはプールのわきで背後から体当たりされ、芝生の上に倒れこむと、つぎの瞬間にはレノに馬乗りになられて動きを封じられていた。その表情は煙霧に覆われた夕暮れの光にぼんやりと浮かびあがっている。こちらを見下ろす表情は謎《なぞ》めいていて、心の内でなにを考えているのかは読めなかった。その表情の背後にあるのは怒り？　軽蔑《けいべつ》？　憎しみ？　それとも、それ以外のまったくべつの感情？

「さあ、起きて、俺の言うとおりにするんだ」レノは穏やかな声を装って言った。「さもなければ俺はなにもせず、連中にきみを殺させるぞ」

「ほんとうはあなたがそうしたいくらいでしょうね」ジリーはもがきながら言いかえした。「でも、タカシや姉さんにはどう説明するつもり？　いいから放して」

レノは馬乗りになったまま動きもせず、身もだえする相手を見下ろしていた。その理由に気づくのにはさほど時間はかからなかった。レノは興奮している。それは股間《こかん》の膨らみが証明していた。

「なんて男なの」ジリーは必死でもがきつづけたが、今度の相手はレノだけではなかった。その事実に気づいて両腿のあいだに熱を帯びはじめている自分が、なんともなさけなかった。

馬乗りになっていたレノはいったん離れ、腕をつかんでわきに立たせた。「健康である証拠だ。さあ、これで俺の言うとおりにするか」

「絶対にいや」

言葉を続けさせる暇も与えず、レノは軽々と体を持ちあげ、肩に抱えて歩きだした。抵抗して背中を叩いても、なんの痛みも感じていないらしい。レノはプールを迂回《うかい》するようにしてガレージへと向かった。

けれども物陰に入るなりレノは右に方向を変え、今度はプールハウスに向かって、ドアを蹴破ってなかに入った。このプールハウスは何年も使われていない。母親は太陽の下で時間を過ごすのが好きで、自分以外は誰もこの場所を使う者はいなかった。床にじかに敷いたマットレスの上では、ひとりくつろぎの時間を過ごすなかで何冊、本を読んだことか。

少々ほこりがたまっているものの、部屋のなかはなにも変わっていなかった。するとレノは突然、マットレスの上に体を放《ほう》り投げた。

「ちょっと、気をつけてよ！」ジリーは怒りをあらわにした。「少し前に車の事故にあったばかりなのよ。もう少し紳士らしい態度がとれないの？」

「いまは紳士になる気分ではなくてね」レノはぶっきらぼうに言いかえした。「これ以上きみのそばにいれば、たぶん首を絞めたくなるだろう。いまから家のなかに行って、きみの言う〝ヤクザの殺し屋〟とやらがほんとうに死んでるのか確かめてくる。それから、ふたりでこの場所から抜けだす方法も考えなければならない。正門はきみが台なしにしたし、使用人の勝手口は警備システムが作動してロックがかかっている。警備システムを解除しないかぎり、そこからも出られない」

「わたしなら解除できるわ」と言って起きあがろうとしたが、すぐに肩を押されてマットレスに倒された。

「きみはここにいるんだ。さもないと縛るぞ」

「あなたはいつも命令ばかりね。とにかく手荒なまねはしないで。わたしだってこう見えても傷つきやすいのよ」

「よく言うよ。きみは相撲取り並みの底力があるだろう。いいか、これでも加減してるんだ。その気になれば、もっと手荒なまねができるんだぞ」

「それであなたが興奮するなら、勝手にすれば」とジリーは言い、レノが着ているだぶだぶのジャケットを引っぱった。

レノはなにやら日本語でしきりに口汚い言葉を吐いている。やがてこちらの手を払ってそばを離れた。「臆病者《おくびょう》」ジリーはからかうように言った。

レノは身動きもせずその場に立ちつくしていた。プールハウスのなかは静まりかえっている。部屋の窓はだいぶ汚れていて、その向こうに見えるはずの母屋もほとんど見えない。レノは振りかえってこちらを見つめ、やがてドアのほうに向かった。

ジリーはなにか投げつけてやりたくて、手近にあるものを探したが、そこにはマットレス以外なにもなかった。

レノはドアを開けるかわりにおもむろに閉めると、ほこりの積もったマットレスに向きなおった。

「俺にどうしてほしいんだ、ジリー。いったいなにを求めてる?」レノの声はだいぶ年をとって疲れているように聞こえた。少なくとも、嫌味で気どり屋のいつものパンク青年ではない。レノは自分と同じように身も心も傷ついているように見えた。

わたしが求めているのは、皿の上にのったあなたの生首よ、と言う？　それとも、二度とあなたの顔なんて見たくない？　または、あなたなんて飢えたタランチュラの餌食《えじき》になればいいのに？　どれも、まだ言い足りない。

ジリーは顔を上げて見つめかえし、最後のとどめになるような言葉を探したが、口をついて出たのはただひとことだった。「あなたよ」

その言葉がどんな結果につながるのかは見当もつかなかった。レノはなにも言わずこのまま去ってしまうかもしれない。あるいは先ほど本人も口にしたように手荒なまねに出るかもしれない。レノは部屋を横切ってマットレスに近づき、手を伸ばせば体に触れられる位置に腰を下ろした。「ジリー、誰かがきみを殺そうとしている」レノは穏やかな声で言った。「俺はもう三週間もセックスをしていない。きみが日本を去ってから一度もだ。性格上、セックスなしの人生は考えられないこの俺がだよ。頼む、いますぐ俺を自由にして、きみの命を救わせてくれ。でなければ、俺はこれ以上耐えられなくなって、きみの体に触れてしまう」

「どうして三週間もセックスしなかったの？　相手かまわずしていたあなたが」

「どうしてって、きみがいなかったからだよ。不都合なことに、きみ以外の女とはセックスしたいなどと思わなかった。なあ、頼むから俺を自由にしてくれ。そしてきみの命を助ける手立てを考えさせてくれ」

ジリーは手を伸ばしてレノの顔に触れた。その肌はなめらかで、ぬくもりを帯びている。短くなった髪が目にかかっていて、ジリーはそれを指で払った。「人生、安全であればいいというものではないわ」ジリーは身を乗りだし、レノにキスをした。

一瞬レノは身動きもせず、重ねた唇にも力を入れていた。が、きっと内側でなにかを突きやぶる衝動が生じたのだろう。いきなり力強い腕のなかに引きよせると、唇を開き、驚くほどの激しさでこちらの反応を求めてきた。事故の後遺症でいまだに体のあちこちが痛むけれど、そんなことはかまわなかった。力強く、かつぬくもりのある体に抱かれたジリーは、その場で溶けてレノの肌を突きぬけ、自然と一体になる感覚を覚えた。

ジリーはレノをマットレスに横にならせた。そこは完璧《かんぺき》な恋人を勝手に思い描いて、よく妄想に浸っていた場所だった。ジリーは夢に描いた王子様とはほど遠いレノと体を重ね、もどかしい思いで服を脱がせて、今度はジッパーに手を伸ばした。同じようにこちらの服を脱がせていたレノは、はぎとった服をマットレスの向こうに投げ捨て、震える両手を押しのけて自分で性器を出した。レノの性器は興奮して完全に硬くなっている。いますぐにでもそれに触れたかった。いますぐにでもそれを口にふくみたかった。

「この状況で本気でこんな愚かなことをする気なら、早いところすませる必要がある」とレノは言って脚を広げさせた。

「でもわたしは――」レノはその先の言葉も待たずに腰を突き、奥深くまで入りこんだ。そのあまりの力強さにジリーは全身の震えが止まらず、すぐに最初の快楽の波が押しよせるのを感じた。

レノは両手で頭を愛撫《あいぶ》し、美しい唇で口づけをしつつ、少しだけ腰を引いた。「ジリー、きみはなにを求めてるんだ。これか?」と言ってふたたび激しく腰を突いた。ふたりの体はその勢いでマットレスの上で弾み、新たなクライマックスが体を駆けめぐった。

「わたしが欲しいのは――」ふたたび腰を突かれ、言葉は快楽の渦のなかにかき消えた。官能の波はつぎつぎと、そして確実に押しよせている。「わたしはただ……」

レノはいまやリズミカルに腰を動かしつづけていた。ジリーは開いた脚を腰に巻きつけ、両腕でその体にしがみつき、身も心も開いて唇を重ねた。いまはレノのすべてが欲しかった。レノのすべてを、体の内側で感じていたかった。あらゆる角度で、あらゆる方法で。もう二度と離れはしない。想像できるかぎりのあらゆる行為をして、何度もまたそれをくりかえしたかった。

レノの体は熱を帯び、汗をかいている。それはこちらも同じだった。静けさに包まれたプールハウスのなか、汗で濡《ぬ》れたふたつの体がぶつかりあう音だけが響いている。ジリーは快楽の波が極みに向けて大きく膨張しつつあるのを感じた。いまにも叫びだしそうだった。この大きな渦にのみこまれ、身も心も砕け散って、いまにも叫びだしそうだった。レノは両手をマットレスについた体勢で腰を動かしつづけている。もう我慢の限界だった。ジリーは相手の片手を取り、叫び声がもれないように、自分の口をふさがせた。最後の理性の壁が崩れ去ったのはその直後だった。烈火のごとく熱い快楽に耽溺《たんでき》したジリーは、レノもまた自分のなかで快楽の極みを迎えるのを感じた。

マットレスに沈みこんだジリーは、まともに息をするのもままならなかった。快楽の名残はいまだに体を震わせている。両目を閉じ、骨の髄まで浸透した愉楽に浸っていると、レノが体から離れるのを感じた。もう一度こちらに引き戻す余力はもう残っていない。ジリーはただ手足を投げだす格好で、そこに横たわっていた。完璧な至福に包まれて……。

脱ぎ捨てた下着で顔を叩かれ、いきなり現実に引き戻されたのはそのときだった。「さあ、服を着て」とレノは言った。「早くしないとふたりとも殺される」

ジリーは目を開けたものの、もうこの場を動きたくはなかった。けれどもレノはすでにあの氷のように冷たいレノに戻っている。ジリーは体を起こし、しぶしぶ言われたとおりに従った。

レノはこちらに背中を向け、感触を確かめるように片手をゆっくりと動かしていた。ジリーはいまだ震える脚でなんとか立ちあがり、レノのほうに行った。

「どうかしたの、その手？」

レノは軽く眉をつりあげ、なじみのある気どった表情を浮かべた。「エクスタシーに浸る女の体にはへたに触れるなってことだな」

「それは違うわ。あなたが冷や水を浴びせて目を覚まさせたんじゃない」まるで平手で頬を叩かれたような気分だった。うしろにあとずさりすると、レノはその手を取ってふたたび体を引きよせ、互いの体を重ねあわせた。いくら暴れようにも、レノの腕はしっかり腰に回されている。

「快感に燃えるきみはすてきだよ」とレノはささやいた。「なんならどこでも噛《か》みたいところを噛んでいいんだぞ」

ジリーは落ち着きを取り戻した。「それより手で殴ったほうがすっきりするわ」

「きみの好きにすればいい」レノの声はやけに明るかった。「きみは俺がどう言ったってここにいるつもりはないんだろう。あくまでもいっしょにということか」レノはあきらめたように言った。

「そうよ」

「じゃあ、少なくとも俺のうしろにぴったりついているんだ。きみの命を助けられなければ、はるばるここまで来た意味がない」

レノが腕の力を弱めたところで、ジリーはその体から離れた。「わたしはあなたのものではないのよ。あなたにはそんな義務はないわ」

「それはどうかな」レノはプールハウスのドアの鍵《かぎ》を開け、煙に包まれた外に出た。

「火が広がってるんだわ」ジリーは咳《せき》をしながら言った。「こんな煙、はじめてよ」

「山火事のせいだけじゃないかもしれない」

もし母屋に誰かが残されているとすれば、その男はすでに死んでいるに違いない。宵闇《よいやみ》が迫るなか、ほかの明かりがつけられた形跡はない。ジリーは背後にレノの存在を感じつつ、キッチンのドアを開けた。なにかあれば力ずくで床に伏せさせるつもりだろうが、それについてはいまは考えたくなかった。キッチンのドアは先ほど逃げだした際に自動的に鍵がかかってしまったらしい。暗証番号を押すと、かちりとロックが解除され、ジリーはあとずさった。「あとはあなたにまかせるわ」

レノはジリーの腕を取り、キッチンに入って明かりをつけた。ヤクザの殺し屋は先ほど倒れたところに横たわっている。喉をかき切られたのだろう。その体の下には血の海が広がっている。

「きみはまな板で殴ったと」レノはジリーの腕をつかんだまま言った。

ジリーは身をこわばらせ、目を見開いて横たわる死体を見下ろした。「ナイフなんて使ってないわ」

「ということは、ほかの誰かがやったことになる」レノは身をかがめて状況を観察したが、片腕を取られたままのジリーもやはり死体に近づく格好になった。死体の近くには血と死のにおいが充満している。その死臭は永遠の悪夢になってもおかしくないほど圧倒的だった。

「お願い」ジリーはそう言って腕を振り払おうとした。

レノはジリーの言葉を無視して、死体を仰向けにさせた。「くそっ」

「なに？　知ってる人？」

レノは死んだ男のホルスターから銃を取り、こちらに差しだした。「間違っても俺に向けるなよ」

レノは横たわる男の姿をじっと見つめ、ようやくその場から離れた。「ヒデト・ナカムラだ。祖父の組に組員として加わっていたことは一度としてない。普段はカリフォルニアを拠点にして動いていた男で、いろいろと裏のコネもある」

「どういうこと？　ちゃんと説明してよ」

「その男が死んでいるなんて、どういうことだ」レノは自分に問いかけるように言った。

「いいか、ジリー、俺の言うとおりにするんだ」

「いい加減、その台詞《せりふ》は聞きあきたわ」

レノは顔をしかめた。「まずきみを先にこの家から逃がす。死体の後始末はそれからだ。答えるに答えられない質問をあとでされたらきみも困るだろう」レノは強引に引っぱるようにしてキッチンの外に出た。

いくら抵抗したところで、なんの効果もない。力強さにおいては相手のほうが断然上だった。「警察に事情を話すのはべつに苦じゃないわ。どうして通報しないの?」

「電話線は切られている。携帯電話の電波も妨害されている状態だ。ナカムラは電気系統に詳しい男だったからな。問題は、誰がこの男を雇ったか」

「そして誰かがこの男を殺したか、ね」

「犯人はここにいますよ、ミス・ロヴィッツ」

レノはさっと振りかえった。物陰からぬっと姿を見せたのは巨漢のコバヤシだった。相変わらずその物腰は落ち着きに満ちている。けれどもその服にはあちこちに返り血のあとがあった。

「コバヤシさん、あなたは祖父と死んだんじゃなかったのか」レノもまた落ち着いた声で訊《き》き、つかんでいた腕をようやく放した。レノがどうしてほしいのかはわかっていた。きっとこのまま走って逃げてほしいのだろう。けれどもジリーはその場を動かなかった。

「わたしもできることならそうしたかった。親分と共に死ねることほど名誉なことはない。だが、その前にどうしてかたきを討ちたかった」

「かたきを討つって……でも、ヒトミやその子分たちはあの爆破で死んだのでは?」

「その女ですよ、ヒロマサさん」コバヤシの声は悲しげだった。「そもそもその女が日本に来なければ、親分が死ぬようなことにはならなかった。カリフォルニアにいるわたしの甥《おい》がかわりにその役を引き受けて、復讐《ふくしゅう》をやり遂げるはずだったんだが、結局失敗してね。それも一度や二度ではなく、三度も」

「どういうこと?」ジリーは両手を血に染めた大柄な男を見上げた。

「最初の試みは交差点であんたを押して車に轢《ひ》かせるつもりだった。つぎはトラックで激突して高架道路から車ごと落とそうとしたが、それもうまくはいかなかった。二度あることは三度あるというのはこのことだな。今回もあんたを殺せずに終わるなんて。甥は俺を失望させた。みずから犯した過ちの報いは、身をもって払わなければならない。だが、今回のことはわたしのせいでもある。そもそも復讐をやり遂げるのはわたしの義務だったのだし」

レノは身動きもせずその場に立っていた。「コバヤシさん、あなたは俺も殺すつもりなのか。祖父は昔から俺をかわいがってくれた。そんな俺をあなたが殺そうとしていると知ったら、祖父はなんと言うだろう。それに、死ぬ直前に祖父がジリーになんと言ったのかは、あなたも耳にしたはずだ。忘れたのか?」

コバヤシの広い額に一瞬しわが寄った。どうやらかつてのボディーガードは親分の死によって理性を失ってしまったらしい。「この女は死なねばならない。誰かが親分の死の代償を払わねばならない」

「でも、なぜ彼女なんだ。ジリーは今回の一件にはなにも関係していない」

コバヤシはまばたきをした。「この女が日本に来るまでは、すべてうまくいっていた。親分はヒトミのたくらみを知っていたが、それはそれとしてきちんと対応を考えていた。その均衡を崩したのはこの女だ。この女がのこのこやってきて、すべてを狂わせたんだ。生かしておくわけにはいかない」

「彼女を始末するつもりなら、その前に俺を殺さなければならないぞ」レノの声はあくまでも穏やかだったが、そこには凍るような冷たさもあった。

「必要とあれば」

レノはコバヤシのほうに向かって歩きだした。薄暗い廊下のなか、その瞳が鈍い光を放っている。「殺せるものなら殺してみろ」

コバヤシはじっと立ったまま、その巨漢で出入り口をふさいでいた。「もうなにをしても手遅れですよ、ヒロマサさん」コバヤシは肉厚の手になにか小さなものを握りしめていた。記者と名乗ったコバヤシの甥がテーブルに置いた、デジタル・レコーダー。コバヤシがスイッチを入れるのを目にしたジリーは、きっと母屋ごと爆発するのだろうと、ぎゅっと目を閉じた。が、いくら待ってもなにも起こらない。やがてぱちぱちと火が燃える音がした。

「甥はすでに母屋のあちこちに火をおこす装置を置いて、作動させている。家が燃える前にいっしょに逃げるつもりだったのだろうが、わたしの決意は最初から決まっていた。みんなここで火に包まれて死ぬのだ。親分がそうであったように……」

「ジリー、逃げろ！」レノはそう叫んだかと思うと、いきなりコバヤシに飛びかかった。レノは巨大な猪《いのしし》に飛びついた蜘蛛《くも》のようだった。たしかに背は高いけれど、相手の巨体に比べればやはりやせている。巨漢のコバヤシはしつこい虫でも払うようにレノを振り払おうとしていた。

けれどもレノはその体にしがみつき、相手の首を肘で突いて、必死で戦いを挑んでいる。ふたりは家具という家具にぶつかりながら格闘していたが、コバヤシの力の前ではさすがのレノも歯が立たないようだった。

ジリーはふと、自分が手にしている銃の存在に気がついた。先ほどレノに差しだされたナカムラの銃。レノの部屋で使ったものとまったく同じタイプの銃を構えたジリーは、胃が締めつけられるような痛みを感じた。「動かないで！」と叫んだものの、その声はふたりのうなり声や勝ち目のない戦いの音にかき消されるばかりだった。

とうとうレノは倒され、床に叩きつけられて動かなくなった。コバヤシはこちらに振りかえった。

火がぱちぱちと燃える音はいっそう強くなっている。それにともなって、あたりも熱くなりはじめていた。母屋の外では煙が渦巻き、ついに居間のカーテンに火がついて、一気に燃えあがった。ジリーはコバヤシに向けて銃を構えたが、両手はぶるぶる震えていた。

これでは引き金を引いても当たりそうにない。

「銃などでわたしは止められんぞ」コバヤシは厳かにさえ聞こえるような低い声で言った。「血には血で報いねばならない。あんたもヒロマサさんも火に包まれて死に、そして生まれ変わる……」

ジリーは安全装置を解除して、すぐにでも発砲できる状態にした。どうして自分がそんなことを知っているのかは見当もつかない。「生まれ変わる心の準備なんてまだできてないわ」その声は銃を握る手と同じように震えている。「レノから離れて。わたしたちはなんとしてもここから抜けだすわ」

コバヤシはこちらに向かって歩きはじめた。ぐったりしたレノの体はコバヤシの向こうにある。かといって、レノを置き去りにして逃げるつもりはなかった。

「わたしは人を殺したことがあるのよ」警告のつもりで口にした言葉も、両手が震えていてはたいした脅しにはならなかった。レノの部屋で頭を吹き飛ばした男の姿が、ふたたび脳裏によみがえった。

コバヤシは無言のまま、一歩また一歩とこちらに近づいている。もしこの巨漢の両手がレノの首にかかっていれば、迷うことなく引き金を引けるのに……。

そのときだった。一瞬、レノの体がかすかに動くのが見えた。なんとしてもコバヤシをレノからできるだけ遠くに離さなければならない。ジリーは手にした銃をコバヤシに投げつけ、大理石の床を踏みならしながら、優雅な曲線を描く階段を駆けあがりはじめた。

消防車のサイレンの音が聞こえるものの、ここにたどり着くにはまだしばらく時間がかかるに違いない。ジリーは足首の痛みもかまわず一度に二段ずつ階段を上がり、踊り場で立ちどまって、窓の外を見た。消防車はすでに到着しているが、先ほど門を突きやぶろうとしたハマーが邪魔になって、敷地内に入れずにいるらしい。ジリーはみずから運命を断ち切った自分を呪《のろ》った。

コバヤシは思った以上に機敏な動きで階段を上がってきている。炎はすでに壁紙を伝って二階にまで届いていて、それぞれの寝室へと続く廊下に迫りつつある。この調子では寝室が火に包まれるのも時間の問題だった。そんなことになれば、完全に逃げ場を失う。キッチンに倒れているレノにだって、やがて炎が襲いかかるだろう。

どうしてあの男に銃を投げてしまったのだろう。どうしてコバヤシの眉間《みけん》を狙って撃って、意識を失ったレノを外に運びださなかったのだろう。よりによってこんなときに怖《お》じ気《け》づくなんて。

レノの姿が見えたのはそのときだった。一度に三段ごと、飛ぶように階段を駆けあがってくる。運悪くコバヤシにだぶだぶのTシャツをつかまれたのもまた、そのときだった。必死の抵抗を試みても巨漢の男には歯が立たず、つぎの瞬間には軽々と持ちあげられ、階段の手すりへと運ばれていた。ああ、わたしはこのまま投げ落とされ、大理石の床に叩きつけられて、人生を終えるんだわ。まず自分にできることはなにもない。

いくら手足を振りまわしても、いくら相手の顔を爪でひっかいても、無駄な抵抗に終わった。コバヤシは生《い》け贄《にえ》に捧《ささ》げる牛を抱えるようにして、わたしを手すりへと運ぼうとしている。

つぎの瞬間、やっと追いついたレノが体当たりをして、三人とも大理石の硬い床の上に倒れこんだ。レノはコバヤシの頭を蹴ったが、それでもコバヤシはなにも感じていないらしい。それは首やわき腹を思いきり蹴っても同じことだった。たぶん、高揚したコバヤシの体はもう痛みなど通りこした状態にあるのだろう。いまではわたしといっしょにレノまで手すりへと引きずっていこうとしている。

ジリーは大理石の階段にごつごつと体をぶつけながら、巨漢の男を見上げ、コバヤシの股間に拳《こぶし》を突きたてた。

コバヤシは甲高い悲鳴をあげ、一瞬バランスを失った。もちろん、レノがその隙を逃すはずがない。何度も脚を振りあげて、執拗《しつよう》にコバヤシの頭を蹴ると、さすがのコバヤシもダメージを受けたようで、大理石の手すりに倒れこむような格好になった。けれども運悪く、今度はレノが巨漢の男と大理石の手すりにはさまれる状態になっている。

レノは力のかぎり相手を押しつづけたが、コバヤシはびくともしなかった。階下の炎は確実に上に向かって広がりはじめている。

「早く逃げろ！」というレノの叫び声も、巨漢の男の体重につぶされて、弱々しいかすれ声になった。

もうそこにためらいなどなかった。ジリーはふたりに向かって思いきり飛びかかった。するとコバヤシは階段の上でふたたびバランスを失い、大理石の手すりの向こう側に重心が持っていかれて、雄叫《おたけ》びのような声をあげてそのまま落下した。階下の床からぐしゃっとなにかがつぶれるような音が届いたのはその直後だった。

レノの頭からは血が噴きだし、片腕を抱えて痛みを我慢していたが、それでもなんとか立ちあがった。「さあ、早くここから逃げないと」

すでに寝室まで届いた炎は渦巻くように燃えさかっている。母屋は煙に包まれ、近くにいるレノさえよく見えない有様だった。こんなふうにして焼け焦げになるためにわたしたちはさんざんな目にあったわけではない。「あなたはわたしを救いに来たんでしょ？」ジリーは厚い煙に咳《せ》きこみながら言った。「なにかここから抜けだす案はないの？」

「ここはきみの家だろう」レノは言いかえした。「この家を知りつくしているきみが導いてくれ」

「わかったわ」レノは怪我《けが》をしたらしい片腕をかばうのに精いっぱいで、人を抱きかかえて逃げるような状態にはなかった。頭から流れている血がしきりに目に入って、ろくに前も見えないらしい。ジリーはいったん立ちどまり、目元の血を必死にぬぐった。手はレノの血でまっ赤に染まっている。生きている証拠だわ、とジリーは思った。こうなったらなにがなんでも生き残らなきゃ。

最後の階段を上りおえたふたりは、やはり炎に包まれた廊下を進みはじめた。「頭を低くしろ！」頭上で煙が渦巻くなか、レノが叫んで注意をうながした。

この家で唯一窓が開くのは自分の寝室だった。両親は装置で浄化した空気を好むので、部屋の窓ははめ込み式になっている。火はすでに自分の寝室に燃えうつっていて、母親が選んだいかにも女の子らしい趣味の壁紙が燃えるのを、ジリーは複雑な思いで眺めた。でも、いまはそんな感傷に浸っている場合ではない。部屋の奥にある開き窓に向かい、思いきって押し開けようとすると、レノがすかさずそれを制した。

「待った」レノは息を切らしていた。「爆風が起きて、ふたりとも黒焦げになる可能性がある」

「でも、ここ以外に出るところはないのよ」ジリーは言った。「真下にプールがあるわ。思いきって飛べばだいじょうぶかもしれない。たとえ危険でも、可能性にかけて死ぬほうがまだましだわ。ただ、ひとつだけ教えて」

「この場でいったいなにを……」

「亡くなる直前、あなたのおじいさんはわたしに向かってなんて言ったの？」

「きみは日本語がわかるんだろう！」

「あのときは聞こえなかったのよ」

「べつにどうでもいいことだ」

「なんて言ったの？」

レノはいらだちに黒い髪をなで、ぶっきらぼうに言った。「わが家族へようこそ、孫娘よ」

レノはいったん離れ、寝室のドアを肩で閉めた。「これで少しはましだろう。たぶん、風は起きない」そして手に手を取り、眼下にあるプールを見下ろした。振りかえったレノの瞳は妙に輝いていた。「俺はもうきみに言ったか？　きみなしでは生きられないと」

「いいえ」とジリーは言った。「でも、ふたりして生き残ったらあらためてまた言ってちょうだい」もうこの部屋では呼吸すらままならなくなっていた。死は確実に迫っている。そんな状況なのに、うれしくてうれしくて笑いだしたかった。

レノはこくりとうなずき、顔をほころばせた。髪を短くして黒に染めなおしても、レノはレノだった。「飛ぼう、ジリー。ずっとこうしているわけにはいかない」ふたりは助走のためいったん下がり、手を握りあって、一気に駆けだした。そして互いにかき集められるだけの力をかき集めて、窓から飛びおりた。

煙霧の広がる冷たい空中で、握りあっていた手は離れた。つぎの瞬間にはジリーは水のなかにいて、上下の感覚を失い、呼吸ができなくなっていた。けれども両脚がプールの底につくのを感じたジリーは、思いきり底を蹴って、ようやく水面に顔を出した。

「レノ！」

そう叫ぶやいなや、レノの頭はすぐわきに現れた。まるでディズニーランドでお気に入りのアトラクションを楽しんだばかりのようなすがすがしい顔だった。

「俺はここだよ、ジリー」

「〝エクスタシーに浸る女〟ですって？」ジリーはそう言ってレノの顎を力いっぱい拳で突き、塩素で消毒された水の下に沈む男を満足げに見つめた。

23

「ここのところずいぶんひんぱんに来ているようだが」救急治療室の医師が言った。「さすがに三日に二回というのは尋常じゃない」

ジリーは苦笑いを浮かべようとしたが、笑顔になっているかどうかは自分でもわからなかった。くじいた足首にはまるで骨でも折れているような痛みがあるけれど、医師の説明によればだいじょうぶらしい。体の左側に火傷《やけど》があって、それ以外にもあちこちにあざができている。プールで溺《おぼ》れなかったのがせめてもの救いだった。

「最近、気が滅入《めい》っているとか、自分は価値のない人間だと思っているとか？　もしそうなら、そういう悩みに対応してくれる医師を紹介しよう」

「自殺しようとしたわけじゃありません。誰かがわたしを殺そうとしていたんです」

医師はジリーの手を軽く叩《たた》いた。「では、ソーシャルワーカーを呼ぼう」

「べつに相談相手やカウンセリングなんて必要ありません。ただもう家に帰りたいだけです」

「警察がきみと話をしたいと言っている。交通事故にあったあげく今回の怪我《けが》。まあ、頭が混乱してしまってもけっして不思議ではないが」

「わたしの頭は正常です。べつに混乱なんか」とジリーは言った。「レノはどこ?」

「レノの町だったら、ラスヴェガスの北じゃないか」と医師は言った。

話の通じない医師を蹴《け》り飛ばしてやりたい衝動にかられたが、そんなことをすれば即刻、精神病棟行きはまぬがれなかった。「わたしといっしょにここに連れてこられた人よ。どこにいるの?」

「ミスター・シノダのこと? もうとっくに治療が終わって帰られたよ」

まったく、あいさつもせずに姿を消すなんていかにもレノらしい。きっといまごろ東京行きの便にでも乗っているのだろう。常軌を逸した誰かがまたわたしを殺そうとしないかぎり、もう二度とあの男と会うことはない。

もちろんその気になれば、見知らぬ誰かをけしかけて、自分を殺したい気分にさせることもできる。レノだって、きみといっしょに時間を過ごせば誰だってそのうち殺してやりたい気分になると言っていたのだ。でも、そんな自分の一面はレノと出会ってから気づいたことだった。まあ、相手をレノだと思ってまた同じ態度をとれば、誰だってわたしを殺したくなるに違いない。そうすれば、きっとレノは戻ってくる。

わたしったら、そんな妄想を働かせるなんて、やっぱり頭が混乱しているのかもしれない。本来ならやっかいな男がいなくなって喜ぶべきなのに。「家に帰りたいわ」ジリーはもう一度言った。

「残念だが、ミス・ロヴィッツ、家に帰るといっても、きみの家は全焼してしまったんだよ。近隣の住人たちも避難している。でも、この町に知りあいはいるだろう。しばらくのあいだそこに泊まらせてもらいなさい。警察によれば、海外にいるご両親と連絡が取れたそうだ。いま飛行機でこちらに向かっているとのことだが……」

「とにかくもう帰ります」治療を終えたといっても、全身は煙と塩素のにおいにまみれている。体のあちこちに痛みが残っていて、一度ずたずたになったはずの心もふたたび傷が開いてしまったようだった。もしかしたらレノの言うとおりなのかもしれない。恋に落ちそうになった場合は、じっとして時が過ぎ去るのを待つべきなのだろう。

「誰かを呼んでほしいかね」

「タクシーを。とりあえずビヴァリー・ヒルトンに泊まるわ」

「では、ここで少し待っていたまえ。いまソーシャルワーカーも来る」

医師は反論する暇も与えずその場を去り、ジリーは唇を噛《か》んだ。年配の医師の白衣についていた名札に気づいたのはそのときだった。〈ドクター・ヤマダ〉

ドクター・ヤマダはわたしが眠るベッドに横になり、その腕に抱きしめて、キスをした。けれども、あれは間違っても話の通じないあの年配の医師ではない。治療室の観察窓を通して、ドクター・ヤマダが警官や刑務所の婦人看守のように見える女性と話しているのが見える。たぶん、彼女がソーシャルワーカーなのだろう。このままおとなしく待って、彼女に身の上相談をするつもりはなかった。

診察台から下りると、着地した際に体重がかかって足首がうずいたが、我慢して奥のほうにある出入り口に向かった。そして途中にあるカーテンを開けると、そこにはまた診察台があって、見慣れた男が横たわっていた。額を包帯で巻かれ、腕をつられた状態でそこにいるのは、ほかでもないレノだった。たぶん、プールで顎を殴った際にできたのだろう。唇に切り傷ができているにもかかわらず、にんまりと悪ぶった笑みを浮かべている。

自然とわいた驚きとうれしさに思わず飛びつきそうになったが、なんとか自制心を保ち、診察台に横たわる男を見下ろした。「まだ聞いてなかったわ。あのトレードマークの美しい赤い髪はどうしたの？」

「目立たないように周囲に溶けこむ必要があったんだ。おうむのような見かけをしていたら、守れる人も守れない」

「じゃあ、わたしのために？」

てっきりすぐに否定の言葉が返ってくると思ったけれど、レノはかわりに言った。「誰かがきみの動きを見張っていた。きみの無事を確かめる必要があったんだ。だが、この町に着いたころにはもう遅すぎて、きみはすでに病院にいた」

「あの夜、病室のベッドに来たのはあなたよね」

レノはそれも否定しなかった。「ここから抜けだしたいか？　医師や警察はきみに精神鑑定を受けさせようとしている」

この男といっしょにいたらろくなことにならない。もしかしたらまた危ない目にあうかもしれない。例によってひどく心を傷つけられるかもしれない。じっとして時が過ぎ去るのを待つといっても、いまはただこの男といっしょに横になっていたかった。

「いまごろは東京行きの便に乗っているものと」

「きみなしでかい？　まさか」

なんてことだろう。嫌味な男だったときでさえ、レノは魅力的だった。それがいまは世界でいちばん大切なものでも前にしているかのように、レノが笑顔でこちらを見上げている。きっとひどい格好をして、煙に巻かれて体からはひどいにおいを放っているに違いないのに。まるで世界がひっくりかえったかのような気分だった。

「あなたがわたしを愛しているとは思えないわ」とジリーは言った。

「ばかなことを言うなよ、ジリー。愛してなければなぜここにいると思う。それより、ずっとここにいたいのか。それとも俺《おれ》といっしょに来るだけの度胸はあるか」

「また髪を伸ばしてくれる？」

「きみがそうしてほしいなら」

「じゃあ、言葉でちゃんと言って」

「きみもひと筋縄ではいかないタイプだな。サマーから念を押されてはいたけれど」

「わたしだってしつこく念を押されていたわ。お願い、あなたの気持ちをちゃんと言葉にして」

レノは仕方がないというように長いため息をついた。「愛してるよ」と日本語でレノはつぶやいた。

「今度は英語で」

「アイ・ラブ・ユー」

ジリーは瞳を輝かせてレノに言った。「わたしも愛してるわ。さあ、こんなところからさっさと抜けだしましょう」

「それは名案だ、行こう！」レノはほっと胸をなでおろした。そしてつぎの瞬間には、ふたりの姿はどこかに消えていた。

訳者あとがき

『BLACK ICE』『COLD AS ICE』『ICE BLUE』『ICE STORM』（邦題では順に『黒の微笑』『白の情熱』『青の鼓動』『銀の慟哭』）と続く、〈アイス・シリーズ〉。その第五弾、『緋の抱擁』（原題：FIRE AND ICE）をここにお届けします。

今回のヒーロー役は、いまや〝委員会〟の新しいメンバーとなった日本人のパンク青年、レノ。相手役には『青の鼓動』のヒロイン、サマーの妹であるジリー・ロヴィッツがヒロインとして登場します。

著者が日本びいきであることは周知の事実ですが、それを証明するかのように、日本人のヒーロー役を立て、舞台も東京という設定で物語は進みます。

大好きな姉のサマーを驚かせようと急に思い立って日本を訪れたジリー。けれどもほんとうの目的は、数年前にはじめて会って以来、恋心を膨らませているレノとの再会。ところが、そんな彼女の旅もいつのまにか、レノの祖父が組長を務める組織の内部反乱に巻きこまれ、みずからも命を狙《ねら》われる身に。再会したレノと共に逃げる最中も、なにかとふたりは口論し、ジリー自身も胸の内で温めていた恋心はただの幻想だったのではないかと不安に思いはじめる始末。一方のレノはそんなすべてを知りつつ、彼女の命を救おうとあえて冷たい言動に徹して……。ふたりの若者は最後にわかりあえるのか、それとも意地の張りあいのなかで、芽生えた愛の芽を自分たちの手で摘んでしまうのか。

〈アイス・シリーズ〉ではこれまで、世界平和を陰で守る秘密組織〝委員会〟のエージェントである、バスチアン・トゥッサン、ピーター・マドセン、タカシ・オブライエンなど、いずれも有能で氷の心を持つ男たちがヒーロー役として活躍してきました。今回のヒーローも前述のとおり〝委員会〟のエージェントですが、レノはこれまでのヒーロー像とはちょっと違った、反発精神の持ち主です。目元に入れた血の涙のタトゥーや燃えるような赤い髪がその証拠。父親が日本人で母親がアメリカ人という複雑な生い立ちを背負うレノは、ヤクザの組長の孫でもあり、その奔放な性格や魅力のある顔立ちで、善悪の混ざりあった世界を生きてきます。ただ、各作品のヒーロー役に共通しているのは、それぞれ自分なりの解釈で〝真実の愛〟を心底信じているということ。それがあるからこそ、ヒロインたちは抗しがたく彼らに惹《ひ》かれていきます。

〝真実の愛〟はただ甘いぬくもりに包まれているだけでなく、そこには厳しさやほろ苦さ、そして切なさがあり、ときに愛情というものとは矛盾した残酷な選択を強いることもあります。そんな世界に生きているからこそ、このシリーズのヒーロー、そしてヒロインたちは生き生きと輝いているのでしょう。

数年にわたり本シリーズを通して訳を担当させていただいたわたしは、そんな彼らや彼女たちが大好きです。各作品がRITA賞をはじめとするいろいろな賞に輝いているのも、その魅力的なヒーロー・ヒロイン像があってこそのこと。〈アイス・シリーズ〉に出てくるそれぞれのキャラクターは、たとえ端役であっても白と黒では割りきれないこの世界を身をもって示してくれます。

最後の舞台となるのは東京で、正直なところ、たしかに場面によっては「ちょっとこれはあり得ない」と苦笑したくなる部分も少なからずありますが、それもまたご愛敬《あいきょう》で。今回、期待どおりの暴れ方をしてくれたレノに。そして世界のあらゆる舞台でこれまで活躍してくれた、影のあるヒーローたちに、友愛の念をこめて。

きっと彼らはいまもわたしたちの心のなかで、世界の平和を守ってくれているのでしょう。

二〇〇九年十月

村井　愛

訳者　村井　愛

1968年生まれ。米国の大学で文学を学び、帰国後、翻訳の世界に入る。文芸、ミステリー、ノンフィクションなど幅広いジャンルの翻訳を手がける。主な訳書に、アン・スチュアート『黒の微笑』『白の情熱』『青の鼓動』『銀の慟哭』（以上、MIRA文庫）がある。

緋の抱擁

2009年10月15日発行　第1刷

著　　者／アン・スチュアート
訳　　者／村井　愛（むらい　あい）
発 行 人／立山昭彦
発 行 所／株式会社 ハーレクイン
　東京都千代田区内神田1-14-6
　電話／03-3292-8091（営業）
　　　　03-5309-8260（読者サービス係）
印刷・製本／凸版印刷株式会社
装 幀 者／（株）ZUGA　佐々木続剛

ISBN978-4-596-91382-1

黒の微笑
アン・スチュアート
村井 愛 訳
通訳の代打を頼まれた時には知る由もなかった。パリ郊外のシャトーに、暗黒の世界と運命の愛があることを…。AARアワード3部門受賞作品。

白の情熱
アン・スチュアート
村井 愛 訳
NYの弁護士ジュヌヴィエーヴは、書類にサインをもらうため、休暇を前に大富豪の船に立ち寄った。それが危険なバカンスの始まりだとは知らずに…。

青の鼓動
アン・スチュアート
村井 愛 訳
美術学芸員サマーの平穏な日々が一変。乳母の形見をめぐり、巨大カルト集団や暗殺者に狙われた彼女は…。親日家の著者が、日本を舞台に贈る衝撃のロマサス！

銀の慟哭
アン・スチュアート
村井 愛 訳
極秘のテロ対策組織を統率するイザベラに課せられたのは悪名高き傭兵の保護。だがその男に会ったとき、彼女の脳裏に忘れられない甘い悪夢が蘇り…。

見えざる檻
アレックス・カーヴァ
新井ひろみ 訳
爆破を匂わす犯行声明文がFBIに届き、特別捜査官マギーは指定場所に急行した。見えない罠が待ち受けているとも知らずに…。緊迫のシリーズ第6弾！

砕かれた薔薇
ビバリー・バートン
仁嶋いずる 訳
妻を殺害されて以来、心を失ったジャッド。彼への愛を封印し、事件を追い続ける元刑事リンジー。新たな殺人を機に、二人の人生が再び交錯する…。